U0097164

中國語言文字研究輯刊

五　編

許　錟　輝　主編

第12冊

小屯南地甲骨句型與斷代研究（上）

姚　志　豪　著

花木蘭文化出版社

國家圖書館出版品預行編目資料

小屯南地甲骨句型與斷代研究（上）／姚志豪 著 — 初版 —
新北市：花木蘭文化出版社，2013〔民 102〕
目 4+212 面；21×29.7 公分
（中國語言文字研究輯刊　五編；第 12 冊）
ISBN：978-986-322-515-7（精裝）
1. 甲骨文　2. 研究考訂
802.08　　　　　　　　　　　　　　　　102017817

ISBN-978-986-322-515-7

中國語言文字研究輯刊
五　編　　第十二冊　　　　ISBN：978-986-322-515-7

小屯南地甲骨句型與斷代研究（上）

作　　者　姚志豪
主　　編　許錟輝
總 編 輯　杜潔祥
出　　版　花木蘭文化出版社
發 行 所　花木蘭文化出版社
發 行 人　高小娟
聯絡地址　235 新北市中和區中安街七二號十三樓
　　　　　電話：02-2923-1455／傳真：02-2923-1452
網　　址　http://www.huamulan.tw 信箱 sut81518@gmil.com
印　　刷　普羅文化出版廣告事業
初　　版　2013 年 9 月
定　　價　五編 25 冊（精裝）新台幣 58,000 元

版權所有・請勿翻印

小屯南地甲骨句型與斷代研究（上）

姚志豪　著

作者簡介

姚志豪，台灣台中人，1968 年生，逢甲大學中文系 2007 年博士。曾擔任國民中學、高級職業學校教師、現任逢甲大學中文系兼任助理教授，中國文字學會秘書長。專長中國古文字學、語言學，語言學知識由中山大學林慶勳先生啓蒙，師從東海大學朱歧祥、逢甲大學宋建華二位先生。近年專力於商代金文、甲骨語言結構及字體分類斷代之探討。

提　要

　　小屯南地甲骨（簡稱「屯南」），是 1972 年冬在安陽小屯村南公路旁由人民公社社員所發現的。1973 年春季，中國社會科學院考古研究所安陽工作隊開始科學挖掘，共挖出 5041 片甲骨，其中牛胛卜骨佔 4959 片，龜卜甲 70 片和牛肋條 4 片。

　　「屯南」甲骨的出土具有特殊的時代、科學意義，相較於早年中央研究院歷史語言研究所的十五次挖掘，本批材料使用了更進步的挖掘技術，減少了綴合的困難。同時，每版甲骨都有明確的地層坑位紀錄，奠定了往後科學發掘的基礎，是整體殷墟甲骨挖掘歷史中重要的里程碑。

　　《屯南》圖錄自出版應世以來，學界研究即偏重在「分期、斷代」層面。使得《屯南》本身在材料上的多樣特徵如：多用骨版、刻寫習慣、行款文例、年代相對集中（康丁、武乙、文丁三朝刻辭成爲一個整體，並且嚴密相關）等等都被忽略，至爲可惜。因此，筆者才有此一構想，希望將《屯南》這批材料純粹以「語言對比」、「歷時描述」的角度進行探討，眞正落實單批出土甲骨的語言研究。

　　《屯南》主體「康丁、武乙、文丁」三朝卜辭的出土，不但確立陳夢家提出的「中期卜辭」概念的合理性，同時更讓董作賓先生早年強調的卜辭「分派研究」有了新的輔證。筆者認爲，《屯南》「康丁、武乙、文丁」三朝卜辭在句法、文例型態上前後一貫，有不可分割的發展關聯，這點合於陳夢家的說法。連帶地，被部分學者劃爲武丁晚期、命名爲「歷組」的武乙、文丁卜辭，年代定位自然也應回歸到中晚期。而武乙、文丁卜辭在事類、文例上與武丁期卜辭的諸多相似點，應該被視爲對早期禮制的模仿，我們從分析句型結構、類型的過程，得到這樣的體會，這點合於董作賓先生的分派理論。

　　本論文針對前修所作過的努力，補苴過去單坑甲骨刻辭語言研究的不足，加深加密，專一研究角度，而成《小屯南地甲骨句法斷代研究》一文，期能在單坑甲骨科學研究上，達到語言材料的純化。這將使得研究成果在斷代、史實研究上更具有準確的效用。

目次

第一章 緒 論

第一節 研究動機、材料與方法

一、研究動機與目的

　　小屯南地（以下簡稱「屯南」）甲骨是在 1972 年冬在安陽小屯村南公路旁爲公社社員所發現的，1973 年春季，中國社會科學院考古研究所安陽工作隊開始科學挖掘，共挖出 5041 片甲骨，其中卜骨佔 4959 片，卜甲 70 片和肋條 4 片。具體整理成果在 1980 年 10 月，由中華書局出版《小屯南地甲骨》（簡稱《屯南》）圖錄及釋文。

　　《屯南》甲骨的出土，具有特殊的時代、科學意義，相較於早年中央研究院歷史語言研究所的十五次挖掘，本批材料使用了進步的挖掘技術，減少了綴合的困難，同時每版甲骨都有明確的地層坑位紀錄，奠定了往後科學發掘的基礎，是整體殷墟甲骨挖掘歷史中重要的里程碑。

　　我們之所以選擇《屯南》甲骨卜辭作爲研究題材，是有其特殊意義的。《屯南》甲骨的主體是殷墟中期「康丁、武乙、文丁」三個王世的卜辭，這些材料經過了科學挖掘與整理，結合舊有出土的各批中期卜辭，可以建立一個性質單一的卜辭群組，年代向上可以承接武丁、祖庚、祖甲以來卜辭語言變化的序列，

向下可以導引出帝乙、帝辛以周祭系統為主體的卜辭句型淵源，是極具關鍵性的一批材料，值得我們細細探索。以下，就先從《屯南》卜辭過去在研究領域中被引用、論證的情形談起，作為本文研究動機發生的張本。

（一）過去討論狀況與成果

首先，要來談談過去關於《屯南》卜辭研究的大致方向與狀況，這與本論文之所以訂立「句型研究」的基調有深刻的關係。筆者先從過去，尤其是中國學界對《屯南》刻辭的使用態度及研討方向來敘述。其中，包含對台灣首部關於《屯南》甲骨全面性的研究論著——林宏明《小屯南地甲骨研究》進行討論。藉著瞭解該論文的重點以及既有的成績，相對描繪出本論文的研究角度與規劃方向。

《屯南》自出版應世，研究伊始即偏重分期、斷代研究。為了文字的順利進行，溝通不同分期理論的稱呼，我們先引用李學勤所列，關於董作賓、陳夢家兩者的斷代分組對照表，格式稍作調整：（括號內增補主要貞人名）

李學勤	董作賓	陳夢家
賓組（武丁）	一期（賓、亘、㱿、永、爭、韋）	賓組；武丁卜辭 𠂤組；武丁晚期
𠂤組（武丁早期） 子組（武丁） 𠙴組（武丁）	四期；文武丁卜辭 （𠂤、勺、犬、子、余、我、午、𠙴、出）	子組 午組
出組（祖庚祖甲） 歷組（武丁晚至祖庚早期）	二期（出、兄、逐、喜、夬、大、尹、行、旅、即、犬） 四期	出組；庚甲卜辭 武文卜辭 康丁卜辭
無名組 （康丁、武乙中期以前） 何組 （武丁晚期至武乙）	三期a 三期b（何、寧、彘、彭、口、逆、狄、叩、屯、壴）	何組；廩辛卜辭 乙辛卜辭
黃組（帝乙帝辛）	五期（黃）	

〔註1〕

先看看近數十年來，甲骨學者對《屯南》甲骨卜辭應用於研究的情形。

由以下幾篇具有標竿性質的論著可以看出，斷代問題的重心始終與屯南甲骨有關：

〔註1〕李學勤〈小屯南地甲骨與甲骨分期〉，《文物》1981 年 5 期，頁 28。

李學勤：〈論婦好墓的年代及有關問題〉、〈小屯南地甲骨與甲骨分期〉

裘錫圭：〈論歷組卜辭的時代〉

林　澐：〈小屯南地發掘與殷墟甲骨斷代〉

其中，李學勤率先以〈論婦好墓的年代及有關問題〉繼承陳夢家關於「文武丁卜辭」時代的懷疑觀點〔註2〕，延伸其非王卜辭並非文武丁時代的說法，提出武乙大部分卜辭（即李氏所稱「歷組」）也應歸入第一期的判斷。由於屯南所出甲骨多屬「康丁、武乙、文丁」時期，也就是陳夢家所定、李氏所稱的「歷組、無名組」卜辭，自然，《屯南》甲骨卜辭就成爲攻研「歷組」年代的常用資料。

　　其次，裘錫圭賡續發揮李氏說法，在「人名、占卜事項、親屬稱謂」三項範圍，增補李氏關於「歷組」時代歸屬武丁、祖庚時期的論證〔註3〕，這些論證都大量地引用了《屯南》卜辭的資料。

　　林澐則是以「字形分類」作爲斷代問題的基本手段，並強調字形爲甲骨細部分類的絕對標準。〔註4〕林氏在文中利用了《屯南》卜辭提出「𠂤組早於賓組」〔註5〕、「無名組晚期卜辭才是文丁卜辭」〔註6〕的說法。《屯南》新出的字形，

〔註2〕陳夢家殷虛卜辭綜述頁203云「董作賓在《乙編·序》中將他所謂第四期貞人自扶以下17名定爲文武丁貞人，這是他和我們最大的差異。胡厚宣在《京津·序要》中對此期卜辭猶豫不決，但暫時把他們放在武丁之前。我們最近才看到貝塚茂樹的〈甲骨文斷代研究法的再檢討〉，知道他也懷疑董氏的新說，他把我們稱爲子組師組的卜辭也定在武丁時代。由于此兩組卜辭與賓組卜辭書體的不同，他在結論認爲兩種貞卜機關所爲。」由此我們知道陳氏並未否定武乙卜辭的時代。

〔註3〕裘錫圭：〈論歷組卜辭的時代〉《古文字研究》第六輯，頁274，1981年11月。

〔註4〕林澐說：「從歷史經驗來看，在對署卜人名的卜辭進行分類時，卜人及其同版關係是正確分類的基本依據。但同一卜人集團所卜諸片要進一步分成細類、卜人組之間互相交錯過渡現象的區劃界限、以及不見卜人諸片的歸類，字體（即書體風格，字形特徵和用字習慣三個方面）是起很重要作用的。至于對習慣上不署卜人名的一大批卜辭，堪稱分類第一標準的，只是字體而已。」〈小屯南地發掘與殷墟甲骨斷代〉《古文字研究》第九輯，頁145、146，1984年1月。

〔註5〕林澐：〈小屯南地發掘與殷墟甲骨斷代〉《古文字研究》第九輯，頁123，1984年1月。林氏根據屯南地層，論定在相當於大司空村一期的地層中未見有同出的賓組卜辭，也就成立了「𠂤組早於賓組」的說法。

〔註6〕同上。頁139，林澐並云：「整個無名組存在的年代，歷祖甲、廩辛、康丁、武乙、

正是這兩個論題的重要參據。

這些論著對《屯南》的基本態度十分明顯，都將它視爲斷代的重要參據，尤其是針對歷貞（組）卜辭的斷代討論。相對地，將《屯南》視爲一個整體，引爲基礎材料，予以專題探討的論著幾乎是沒有的，這與當初中國學界在八〇年代持續進行斷代問題探討的熱潮，是脫不了關係的。〔註7〕在這樣的態度下，《屯南》只成爲斷代研究的取資來源之一。爲了斷代，引用《屯南》進行討論的角度局限在出土地層、刻辭字形、以及部分內容如相關人名出現的討論上，《屯南》本身在材料上的多樣特徵，如：多用骨版、刻寫習慣、行款文例、年代相對集中（康丁、武乙、文丁三朝刻辭成爲一個整體，並且嚴密相關）等等都被忽略，至爲可惜。因此，我們才有了這一個構想，希望將《屯南》這批材料純粹以「語言對比」、「歷時描述」的角度進行研究，眞正落實單坑出土甲骨的語言研究。

接下來要談到台灣第一部關於屯南甲骨的研究著作——《小屯南地甲骨研究》。

林宏明《小屯南地甲骨研究》一作，爲政治大學中國文學研究所九十一年博士論文。該文爲台灣地區第一部關於《屯南》甲骨全面性的研究論著，對本論文寫作動機有相當重要的啓發作用。論文目次如下：

文丁五王……」見頁 140。

〔註7〕早期，日本有貝塚茂樹、伊藤道治提出〈甲骨文斷代研究法的再檢討〉（《甲骨學》第三號，1954 年）；台灣也有嚴一萍著《甲骨斷代問題》（藝文印書館，民 80 年元月）、〈歷組如此〉（《中國文字》新八期，1983 年）加入討論。

由上列目次我們明顯看到林氏的研究重點落在甲骨綴合、文例研究、同文卜辭、卜骨署辭研究、歷組卜辭年代討論等幾個面向上。其中「綴合、文例研究」兩個領域中，筆者與林氏的定義、看法不同，分別討論如下。

首先是綴合。《小屯南地甲骨研究》中林氏綴合共計 46 版〔註8〕，綴合工作有成，但也存在著疑誤之處。比如說《屯南》3502+2954 版〔註9〕，不但兩片接痕完全不相契，字形也配合不上。〔註10〕還有「遙綴」〔註11〕問題極大，它擺脫了接合面的各項考慮，直接以文辭、字體、卜序等語言特徵來綴合，是最危險的作法。誠如作者自云：

> 由於筆者仍是以書面材料爲依據，在無法覆核原物的情況下，可能
> 會有因拓片不清、判斷不周所造成的錯誤。〔註12〕

這些造成誤判的因素，本身就是極爲主觀的，如果據此遙綴，加上遭遇同套卜辭、慣用套語的偶合狀況，不可避免地將發生許多錯誤。爲了謹愼，我們寧可不用這種綴合方式。

在文例研究方面，林宏明《小屯南地甲骨研究》第三章〈卜骨刻辭文例研究〉中，開始著手處理《屯南》卜骨的語言問題。林氏以「領句」、「首刻卜辭」二種角度來處理問題標的。所謂「領句」，林氏云：

> 甲骨卜辭經常需要針對一件事情正反對貞、選貞、多次卜問，很多
> 卜辭因爲內容和之前卜問的內容相關，爲了避免重複而以省簡的形
> 式出現。在這種情況下，可以發現有些卜辭顯然就是某一群卜辭中
> 較早卜問的句子，它的刻辭比較完整，對於理解一組卜辭來說它起
> 著帶領的作用，筆者把它稱爲「領句」。由「領句」所帶領的卜辭稱

〔註 8〕見林宏明《小屯南地甲骨研究》頁 43～45，〈綴合情況表〉共計 105 版，包含《合集》編者、嚴一萍、許進雄、蔡哲茂、肖楠、裘錫圭、黃天樹、劉一曼、彭裕商、考古隊、常耀華諸人共計綴合 59 版，林文所綴計 46 版。

〔註 9〕見《小屯南地甲骨研究》頁 33、84。

〔註10〕作者在〈綴合表〉第 74 組紀錄號爲「2954+3497」，可能爲其正確的紀錄見《小屯南地甲骨研究》頁 45。然而，該組綴合接痕也不密契，字形左右配合起來，仍有疑慮。

〔註11〕這是指甲骨破裂後，可能有同屬一版，但實際上並不相鄰的殘片。在缺乏接合面考慮下，以甲骨的其他特徵，如字體接近、文辭相合、卜序相連、坑層相同等作爲條件的一種綴合。

〔註12〕見《小屯南地甲骨研究》頁 49。

爲「附屬卜辭」，「附屬卜辭」的形式經常比較省略。〔註13〕

其次，關於「首刻卜辭」，林氏提及：

> 具有領句性質的卜辭中，有一種比較特別，它應該是這版甲骨中最
> 早契刻的卜辭，它在被契刻時，通常全版還尚未契刻其他的卜辭，
> 所以它的契刻位置比較固定。〔註14〕

作者以「領句」、「首刻卜辭」的觀念來闡述卜骨句例的通讀技巧。其後在第四、五章中針對同文卜辭、署辭作分類探討，方式同前。

筆者以爲，「領句」、「首刻卜辭」的觀念的確對通讀卜辭有著積極的幫助，但它們的幫助是有限的。首先是整版全骨數量太少，在 4800 餘片中僅佔 100 片左右，這 100 餘版也非完璧，還有一部分是字迹剝蝕不清的〔註15〕。我們釋讀《屯南》卜辭，首先面對的就是骨版殘碎的現實，不能等待完整的辭條成列出現，才進行研究；對於同文卜辭的少量出現，我們也抱持同樣的看法。第二個商榷是定義問題，「領句」、「首刻卜辭」兩者有一定部分是相互重疊的，而且早刻的卜辭不一定成分完整，甚至同一組句例中彼此語法成分平分互足，看不出誰是領句、誰爲首刻的例子很多，這就對定義本身形成了挑戰。

所以，「領句」與「首刻卜辭」不但名義難以清楚界定，在同版卜辭中也難以辨認。這是因爲同組對貞卜辭在書寫上本來就有互足文辭、彼此互爲主從、語意重點不一的現象，這現象對卜辭語法的探討利益有限，與其定義某條卜辭爲「領句」或「首刻」卜辭，不如將目光放在全體句例上更爲實際，也免去定義的爭端。

另外，作者所引用的甲骨斷代分期架構，直接引用中國部分學者的分組方式，可能並不是最好的作法。眾所周知，關於《屯南》卜辭的目前研究成果，絕大多數重心都在甲骨斷代問題上，在斷代問題、分組討論都還沒共識的情形下，直接引用會有循環論證的邏輯瑕疵；相對的，董作賓先生的五期斷代框架至今都沒有太多爭議，作爲基本的研討背景是適當的。

〔註13〕《小屯南地甲骨研究》，103 頁。

〔註14〕《小屯南地甲骨研究》，115 頁。

〔註15〕中國科學院考古研究所安陽工作隊：〈1973 年安陽小屯南地發掘簡報〉，《考古》1975 年 1 期，頁38。

總合來看，《小屯南地甲骨研究》偏重在《屯南》甲骨的綴合、文例研究、同文卜辭、卜骨署辭等方面，對《屯南》甲骨的整體描述已經作出相當貢獻，對於《屯南》甲骨的各項科學探討，有著提示與帶領的作用。如今，整理出《屯南》全體刻辭的句型、語法條例，以及條例對於《屯南》甲骨疑難文例的有效解釋，進而有助於卜辭斷代，就是筆者想要賡續達成的目標。

（二）本論文研究動機的形成

過去甲骨學的相關研究，往往存在著王與非王卜辭、早期與晚期等等不易解答的爭議，大部分原因是來自於材料本身出土資料的散失，以及不同時、地甲骨版片的混同。《屯南》甲骨則不同，它具備了完整的出土坑位、地層關係等紀錄，整批材料的科學性超越了之前所有甲骨。《屯南》甲骨的地層關係，堅定了「𠂤、子、午」三組非正統卜辭存在於殷墟文化早期的立場。同時，武乙、文丁卜辭（或稱歷組卜辭）是否存在於中期晚段的爭論，也因《屯南》甲骨的出現，豐富了平行的例證，更加有利於今後的深入討論。

小屯南地大部分甲骨出自中期地層，時代斷限鎖定在「康丁、武乙、文丁」三王，為增進殷墟中期卜辭研究，提供了最佳的材料。過去以為「廩辛、康丁」卜辭同屬一期、性質相近的說法因為《屯南》甲骨出土而動搖，《屯南・前言》提到：

> 卜辭發展到康丁時代，在文例、字體各方面都起了很大變化，有些
> 變化一直延續到文丁時代，形成了康武文卜辭的共同特點。〔註16〕

整理者提出了「廩、康卜辭的共同點固然不少，但康、武、文卜辭的關係更為密切」〔註17〕這樣的定論。這個定論，亟需我們以語言研究的角度加以科判。

單坑甲骨加上科學挖掘，使得《屯南》甲骨成為今日出土甲骨中，少數具有單一背景的研究素材，朱師歧祥曾云：「今後甲骨語言之研究，單坑材料將成為新的焦點。」〔註18〕筆者因而有此想，以《屯南》甲骨卜辭之句法、斷代為研究主題。

本論文針對前輩學人所作過的努力，補苴過去單坑甲骨刻辭語言研究的不

〔註16〕《屯南・前言》頁31。

〔註17〕同上註。

〔註18〕此為朱師在東海大學中文系博士班「甲骨學專題」課堂上所言。

足，加深加密，專一研究角度，而成《小屯南地甲骨句法斷代研究》一文，期能在單坑甲骨科學研究上，達到語言材料的純化。這將使得研究成果在語言、歷史研究上更具有準確的效用。

站在既有的研究基礎上，筆者擬出四個研究細目：

（1）材料重訂與整理：即新《釋文》與校訂、案語的完善

（2）與文辭相關的外緣研究。如：字體分類之局限、特殊刻寫習慣、行款之特色

（3）句型、文例與相關的卜辭語言問題探討

（4）語法與斷代問題相關研討、董氏「分派研究」之實踐可能

此即本論文以「句法、斷代研究」爲論題主軸的動機。

二、研究材料與方法

小屯南地甲骨經整理、綴合後，以專書圖錄《小屯南地甲骨》出版，收錄4589 版大小甲骨，牛胛骨版佔絕大多數，龜甲僅 52 版，「多骨少甲」這點，也是《屯南》甲骨引人注目的特色之一。近年在小屯村花園莊東地所出土甲骨，多見大版龜甲，與《屯南》甲骨恰相映成趣〔註 19〕，這點對比，今後仍有極大的討論空間，值得留意。

《屯南》甲骨的刻寫時代，自武丁開始直至帝辛，但第二期「庚、甲」卜辭有明顯缺環，沒有出土任何甲骨，第三期前段的廩辛卜辭、第五期帝乙、帝辛卜辭也極少，大部分集中在「康丁、武乙、文丁」三個王年，橫跨了過去五期甲骨斷代框架中的第三期後半、第四全期，這也是《屯南》甲骨異於其他單坑甲骨的明確特點。

爲了使《屯南》甲骨刻辭的語言研究有完整的基礎，我們依預定計畫先對材料作詳細描述，這一部分的基礎工作便是卜辭的「釋文整理」及「內容事類」的分析。在總攝所有類型的卜辭釋文過程中，卜辭句法研究的材料，也就更加單純。這部分的工作完成後，才可以進行卜辭事類分布、句型以及相關斷代問

〔註 19〕見中國社會科學院考古研究所編：《殷墟花園莊東地甲骨》〈前言〉頁 1 云：「1991年 10 月，中國社會科學院考古研究所安陽工作隊在殷墟花園莊東地發掘了一個甲骨坑，編號 91 花東 H3。坑內出土甲骨 1583 片，其中有刻辭的 689 片，以大塊的和完整的卜甲居多。」，雲南人民出版社，2003 年 12 月。

題的討論工作。

我們作總攝辭條的工作，先收攝所有辭條，聯繫同文句例，並且分別王年〔註20〕，以「康丁、武乙、文丁」卜辭爲主體，表列出 4612 版（4589 版外，另含附屬小屯西地甲骨 23 版）刻辭。根據這批材料，進行下文各節的描述與分析。

筆者依據的文獻與材料列舉如下：

中國社會科學院考古研究所：《小屯南地甲骨》（含釋文）

姚孝遂、肖丁：《小屯南地甲骨考釋》（附釋文）

中國科學院考古研究所安陽工作隊：〈1973 年安陽小屯南地發掘簡報〉

中國社會科學院考古研究所安陽工作隊：〈1973 年小屯南地發掘報告〉

郭振祿：〈小屯南地甲骨綜論〉

朱歧祥：〈小屯南地甲骨釋文正補〉收入《甲骨學論叢》

林宏明：《小屯南地甲骨研究》政治大學中文所 91 年博士論文

其次，要談到研究方法。

由於所面對的材料是甲骨卜辭，甲骨卜辭基本上有「省文、移位、加接、複合詞類比」等種種變異句型〔註21〕，必須以辭句的句型、語法、詞彙爲討論焦點，所以如何配合卜辭特性，使用一個可以貫穿常態與變異現象的研究方法，就格外重要。因此，在研究的基本方法上，我們以「文例對比」作爲主要手段。朱師歧祥定義「文例」云：

> 文字是表達語言的工具，因此對任何文字的考釋，不能只站在個別的字形上分析理解，而是需要由一連串常態而有意義的文字間了解某字的位置和功能。如此，才能客觀的掌握某字的實質意義，並保證我們對該字的本義、引申義、假借義等的理解確實無訛。這種串連常態出現的詞彙，我們稱之爲文例。〔註22〕

〔註20〕王年之判斷以《屯南》下冊第一分冊之釋文爲據。

〔註21〕此說見於朱師歧祥：《殷墟卜辭句法論稿》頁 172，學生書局，1990 年 3 月。

〔註22〕見《甲骨文研究》頁 344，〈論文例對研讀甲骨的幫助〉，台北里仁書局，1998 年 8 月。

可見這個定義不同於傳統的「甲骨文例」。〔註23〕「文例研究」在手法上並不同於傳統的甲骨辭例或者同文卜辭的研究，朱師云：

> 文例是要透過大量相同或相近的材料，以相互排比的方式，比較其中的差別性和共性，利用已知來推尋未知，這樣才能發揮文例的作用。〔註24〕

這就是筆者所使用的文例研究方式。它的優點在於掌握常態文辭、句法義例，用以對勘罕見的變異辭例與句例，最重要的是，將常態文例投回卜辭的文海中，都能夠無往而不適，不會出現專取有利證據的嫌疑。

甲骨文例互較的形式，有同版互校和異版互校兩種，而同版又勝於異版。《屯南》卜辭提供百餘版完整胛骨，在同版互校上尤其佔有優勢，非常適合我們作文例研究。在研究態度上，筆者有一個立場鮮明的要求：

「文例研究」，是必須兼顧語言形式與詞彙用義而進行的，並不是直接以材料表面上的語序排列作為攻研標的，尤其是純粹語法分析而排除語用（或語義）參考的作法。沈培在談及卜辭常見的「賓語前置」現象時認為：

> 為什麼它們（賓語）要移位到動詞前呢？不少人認為這種語序變動是為了強調賓語。但是從上面的討論來看，大多數在動詞前的受事成分並不是焦點。上述那種說法顯然不能成立
>
> 也有人提出，漢語的賓語位置比較靈活，既可以放在動詞後，又可以放在動詞前。有人甚至認為，原始漢語是 SOV 語序，賓語本來就應放在動詞之前。前一種說法似乎可以成立，其實也有問題。這實質上是把主語、賓語與施事、受事等同起來，等於取消了語法分析代之以語義分析。近年來語法學界對這種混淆語義與語法的作法已經作出了很多批評，應當引起我們的重視。〔註25〕

這個說法可以再商榷。賓語移位主要目的是「強調賓語在句中的功能」，並不是

〔註23〕胡光煒曾著《甲骨文例》（收入《胡小石論文集三編》上海古籍出版社，1995 年 10 月），董作賓先生也作過〈骨文例〉（《中央研究院歷史語言研究所集刊》第七本一分，1936 年 12 月）一文，但談的是甲骨刻辭的行款，意涵不同。

〔註24〕同註22。

〔註25〕沈培：《殷墟甲骨卜辭語序研究》頁 64。台北文津出版社，1992 年 11 月。

單純地強調賓語的地位。況且，就沈文中提出的句例，左右對比來看：〔註26〕

| 6152 貞：舌方于河匄。 | 6203 壬申卜，殻貞：于河匄舌方。 |
| 22231 戊寅卜，貞：三卜用。（下略） | 31667 其用三卜。 |

「舌方」、「三卜」是二句例中的重點，我們看不出提前的賓語「不是焦點」的理由，這顯然是主觀認定的結論。

沈文更大的問題在排斥語義分析的要求，使得語法研究只能機械式地依照語料的組合順序去成立語法規則，這等於是在說明卜辭不存在變異句型的可能，依上引的論題來看，賓語移前的現象是不需要追究原因的，因為形式就是原因，語言形式如何排列，就代表了它的規則，也就意味著變異句型之前並不存在著變化的期程。

文例研究注重的，是句法對比、語彙用義的安妥。「用義」二字包含著功能性的、適應現實語境的內涵，不是單純的語義。況且，甲骨卜辭本身不宜使用一般或現代漢語語法理論去套用〔註27〕，而產生像「配價」、「受事」、「施事」、「謂語」〔註28〕這些術語。因此，本文在討論中，才會謹慎地、少量地使用「主詞」、「動詞」、「受詞」、「時間詞」、「介詞」這些稱呼，避免對卜辭的語言規則造成扭曲。於是在本論文中，筆者即以單純的文例排比、層次分析，並建立條例，步步描繪《屯南》卜辭的語言實況與歷時演變，這就是本論文預定達成的目標。

三、研究步驟與局限

筆者預定進行的研究步驟如下：

1. 作出〈小屯南地甲骨釋文校案〉（附錄之小屯西地甲骨併入處理）
2. 〈報告〉附錄補遺餘片釋文
3. 依釋文作《屯南》卜辭句型的敘述與分析

〔註26〕為使描述客觀，筆者對這些句例完全依沈書迻錄下來，不作改動，包含標點、省略符號。

〔註27〕沈文使用的基本語法理論來自於朱德熙《語法講義》、《語法答問》等作，見《殷墟甲骨卜辭語序研究》頁 77、78。

〔註28〕甲骨卜辭有無「謂語」，本身就是個疑問，因為我們找不出絕對可以作為「表態句」的例證。

4. 依詞彙、句法表現嘗試進行斷代相關問題的討論

5. 總結各項語言討論成果，進行對《屯南》甲骨刻辭的定位

這些預定步驟在實際進行時，因著基本材料的種種特徵，研究工作上會有或多或少的局限，茲分別敘述如下：

首先是《小屯南地甲骨》的圖錄品質問題，配合這段說明，可以參看本文附圖一至十。

大部分甲骨圖錄採用的是黑白雙色的甲骨拓片，拓片在書版上的實際表現，左右研究者判斷結果甚鉅。披閱過《殷虛文字甲編》〔註29〕、《殷虛文字乙編》〔註30〕、《殷虛文字丙編》〔註31〕、《京都大學人文科學研究所藏甲骨文字》〔註32〕、《甲骨文合集》〔註33〕等圖錄的讀者都明白，各本圖錄對於拓片的製版、印刷都照顧到了圖片的「漸層」〔註34〕效果，在黑白對比較為模糊的區塊較能呈現甲骨高低厚薄的差別，可以補救平面圖片不夠立體的缺點，這在文字判讀上有著重要的影響，但是，《屯南》並未作到這個要求，各圖版黑白對比明顯，遇到模糊過甚的圖版，讀者只能依釋文〔註35〕來輔助引用，這點對我們釋文校正工作的精確性有一定的影響。

其次，是部分《屯南》卜辭材料數量過少的問題，這包括了「歷卜辭」、小屯西地胛骨卜辭，以及武丁期「𠂤、午」兩組的卜甲卜辭。

本論文中所謂「歷卜辭」，即卜辭中真正具有貞人「歷」之名的卜辭。筆者以為這是最為純粹的「歷組卜辭」，是「歷組卜辭」研究的核心。自從李學勤在

〔註29〕董作賓：《中國考古報告集之二・小屯第二本・殷虛文字甲編》中央研究院歷史語言研究所，1976年11月。

〔註30〕董作賓主編：《中國考古報告集之二・小屯第二本・殷虛文字乙編》，中央研究院歷史語言研究所，1953年12月。

〔註31〕張秉權：《中國考古報告集之二・小屯第二本・殷虛文字丙編》，中央研究院歷史語言研究所，1997年5月。

〔註32〕貝塚茂樹編著，京都大學人文科學研究所印行，1959年3月。

〔註33〕郭沫若總編、胡厚宣主編：《甲骨文合集》，中華書局，1978年10月至1980年12月。

〔註34〕指黑、白兩色間不同程度的色彩層次與深淺。

〔註35〕同時，《屯南》並未附錄全部甲骨的摹本或者照片。

1977 年提出「歷組卜辭」這個名稱，並表示該類卜辭年代應由武乙、文丁期提早到武丁晚期〔註36〕後，「歷組」就成爲卜辭斷代分期、擬構發展序列的重要關鍵。「歷組」年代如果移往早期，建立與武丁「自組」〔註37〕卜辭前後相續的關係，那麼，由《屯南》「康丁、武乙、文丁」三王卜辭所表現的中期卜辭結構，就會完全崩解，董作賓先生五期斷代中的第四期材料將完全淘空，是以貞人「歷」的卜辭年代問題就顯得格外重要。然而，不論是《合集》舊錄的四期卜辭或是後出的《屯南》卜辭，可用爲「歷卜辭」語言研究的材料數量仍是過少的〔註38〕，這對我們重新論證「歷組」年代的工作，在舉證上有一定的、負面的影響。

小屯西地胛骨卜辭也是如此，該批甲骨非常重要，裘錫圭曾確認爲殷墟中晚期的「非正統卜辭」，與武丁期非王卜辭有相當程度的關聯。他說：「這次所出的 4 號、6 號等四骨，卜辭的辭例、行款都比較特殊，應該是三、四期的非正統卜辭〔註39〕，所以其親屬稱謂與正統的三、四期卜辭不能相合。」〔註40〕，他以刻辭的形式、內涵來配合地層實況，作出了堅實的定論。

但是，小屯西地卜骨刻辭共有十版，半數刻辭過分殘缺，並遭到刮削，字數稀少。值得紀錄的則有 5 版〔註41〕，我們看不到殷墟中晚期「非正統卜辭」的全部事類，只能在極少量的祭祀卜辭句型與行款特徵中尋求佐證，論述過程難免感到不盡全面，這是一個缺憾，期待能在將來新出土的中期甲骨裡得到更多同類材料，以彌補例證不足的現況。

武丁期「自、午」兩組的卜辭，在《屯南》的早期地層中出現，它與「康丁、武乙、文丁」卜辭同地共出，非常值得留意。在本論文中，我們不斷地在

〔註36〕李學勤：〈論婦好墓的年代及有關問題〉，《文物》1977 年 11 期，頁 37。

〔註37〕武丁期除了以貞人「賓」爲主的聯繫群之外，尚有「自、子、午」三組非正統派卜辭。見陳夢家：《殷虛卜辭綜述》頁 158，云：「賓組的字體是謹嚴方正不苟的，祖甲和乙辛卜辭是接受這個傳統的，而自、子、午三組的字體是非正統派的。」中華書局，1992 年 7 月。

〔註38〕根據本文普查與過濾，這批卜辭在語言研究上堪用的材料只有七版。見本文第三章第一節。

〔註39〕該類卜辭，今日內地學界普遍稱爲「非王卜辭」，本文亦延用之。

〔註40〕裘錫圭〈讀《安陽新出土的牛胛骨及其刻辭》〉《考古》1972 年 5 期，頁 43。

〔註41〕見本論文第二章、第五節：〈論小屯西地甲骨的句型及文例〉。

句型、文例、行款等特徵中提到「康、武、文」卜辭與武丁期非正統王室卜辭同一派別的聯繫可能，然而《屯南》中的非王卜辭數量太少〔註42〕，早、中期卜辭越過了「祖庚、祖甲、廩辛」時代，出土共存關係得不到語言形式足夠的佐證，非常可惜。

瞭解以上的材料現況，我們更加堅定了以「康丁、武乙、文丁」卜辭為重心，以「句型、文例」為主軸的討論路線，期待能建立殷墟中期卜辭語言研究的前進基地，為甲骨語言研究作出貢獻。

第二節　《屯南》甲骨卜辭的事類分析

本節討論的《屯南》卜辭，材料範圍限在「康丁、武乙、文丁」三朝，它是《屯南》的主體，共同出土於中期灰坑與窖穴，數量上遠遠勝過早期地層所出的「𠂤、午」組卜辭，以及晚期的帝乙、帝辛卜辭，加上這三朝卜骨同坑同層，關係密切，非常適合我們作文辭的分析探討。因此，筆者決定以「康丁、武乙、文丁」刻辭作為取材對象，它們足以代表《屯南》全體卜辭。

討論《屯南》卜辭的事類，不僅是對《屯南》研究的初步認識，並且可以對瞭解新近「歷組」〔註43〕刻辭年代的論爭關鍵，有相當的幫助。利用事類詳細分析「武乙、文丁」刻辭，以作為斷代工作的參考，是極有意義的。我們都瞭解，歷組卜辭部分事類、人名與武丁期卜辭有相同的現象，是主張歷組年代提前的主要證據，但這個作法本身就有取用有利材料以助成預設立場的嫌疑，修正研究方向的作法就在於掌握歷組完整的事類表現，藉著細緻的分析，區隔出「歷組」不同於武丁王卜辭的事類形式。這恰可與本論文主要攻研角度「句型、句型、文例」相呼應，證明表面上極為相似的事類，不見得必定是相同斷代的依據。

建立中期「康丁、武乙、文丁」刻辭具有特色的事類展現，能夠幫助我們對以下幾個問題有更完整的認識：

〔註42〕根據郭振祿〈小屯南地甲骨綜論〉一文〈出土刻辭甲骨統計表〉列，出土於小屯南地早期一段早期二段（相當於武丁之前及武丁期）的刻辭甲骨共 20 片，其他在中晚期地層者亦屬少量。見《考古學報》1997 年 1 期，頁 35～36。

〔註43〕本論文在需要的場合，借用「歷組」作為「武乙、文丁」卜辭的代稱，并以「歷組父丁類」卜辭為舊說的武乙卜辭；以「歷組父乙類」為文丁卜辭，定義與肖楠〈再論武乙、文丁卜辭〉一文所述相同。見《古文字研究》第九輯，頁 155。

（一）「廩辛、康丁」刻辭的分割

（二）康丁與「武乙、文丁」因襲來源的區別

（三）「武乙、文丁」刻辭的年代爭議

這些問題中，尤其是「武乙、文丁」刻辭，和早期（武丁、祖庚）對比，就能更完整地看出這批武乙、文丁時代歷史檔案的獨立背景；相對地，也促使我們回想董作賓先生當年「新舊派」卜辭研究的分期新法，這個老早已被大多數學者忽略的攻研角度，從《屯南》刻辭身上又看出了希望。如前段所談及的，事類相近，不定是年代相同；但事類相近，同時也有可能看出「武丁」、「武乙文丁」兩時期傳承的舊派禮制是否存在，這是本節想要追求的目標。

一、《屯南》刻辭的事類統計

《屯南》甲骨卜辭，是整個殷墟中期（康丁、武乙、文丁）刻辭的縮影，它的內容涵蓋了第三期的後半部分（康丁），以及第四期全部（武乙、文丁）。依照過去五期斷代的區分，很容易割裂「康、武、文」三朝卜辭的關聯；然而，如果依照今日常見的分組分類方式，以殷墟卜辭「兩系」〔註44〕的新說來看待《屯南》，《屯南》的組合就會成為「無名組二類」加上「歷組」〔註45〕這樣的關聯，而根據新說，歷組存在於第一期尾段、祖庚前段，無名組反而跳過了祖甲、廩辛的空檔，存在於康丁期〔註46〕，這樣破碎的結合關係並不符合出土的實況。

除了從語言形式的角度去肯定《屯南》整體的結合關係，我們也利用本節分析事類的機會，去觀察「康、武、文」三朝卜辭的史實紀錄是否前後有因襲之處。我們知道，武乙、文丁卜辭（歷組）有部分人名與事類和武丁相同，構成該期卜辭年代提前的理由，但我們相信，細緻的事類分析，配合文

〔註44〕李學勤：〈殷墟甲骨分期的兩系說〉《古文字研究》第十八輯，頁 26，中華書局，1992 年 8 月。

〔註45〕分組分類定名見李學勤、彭裕商著：《殷墟甲骨分期研究》，上海古籍出版社，1996 年 12 月。

〔註46〕林澐另有一說，為：「整個無名組存在的年代，歷祖甲、廩辛、康丁、武乙、文丁五王。」見〈小屯南地甲骨發掘與殷墟甲骨斷代〉，《古文字研究》第九輯，1984 年 1 月。此說可再商榷，無名組前辭、命辭形式和祖甲、廩辛完全不類，既不是非王卜辭，又不與王卜辭相合，不能並存於同期。

例（包含辭彙、句型的使用）去觀察，會發現武乙、文丁卜辭都和康丁相承接的明顯痕跡。

我們先依照《屯南》編者所定1989版年代確定、事類明顯的可用材料，以每版號甲骨年代〔註47〕爲經，以六大事類（祭祀、田獵、軍事、卜旬卜禍、風雨年成〔註48〕、記事〔註49〕刻辭）爲緯〔註50〕，紀錄每一版號，列入表格如下：

分期＼事類	康丁	康丁↓武乙	武乙	武乙↓文丁	文丁
祭祀	4.18.20.22.36.37.50.57.59.60.70.73.75.77.79.83.88.92.95.107.110.132.139.158.162.173.175.179.199.206.210.227.236.244.253.260.261.287.288.295.296.315.323.324.348.366.368.463.469.490.492.498.567.594.606.609.610.613.615.618.622.628.632.635.640.642.651.652.656657.662.673.679.689.691.696.704.	41.55.76.152.174.246.286.305.448.456.489.548.768.808.895.922.948.952.993.1065.10941123.121.1219.122.1255.127.1291.139.1512.204.2091.216.2196.234.	2.9.25.27.31.33.34.35.51.52.65.67.68.78.80.85.89.93.98.102.123.128.135.142.145.155.169.171.178.180.181.182.183.187.188.189.192.193.202.215.220.223.228.231.234.235.237.248.250.266.275.283.289290.304.310.314.317.320.321.327.332.342.343.347.388.417.418.423.427.441.442.488.493.496.503.504.	204.213.225.239.280.284.565.732.770.824.835.917.1153.214.2215.236.2369.237.2836.291.3091.332.3664.368.3738.386.3925.411.4113.431.4362.	87.100.148.313.339.422.451.486.505.580.582.717.739.751.759.771.774.783.784.804.911.961.1051.1155.2104.2123.2200.2272.2282.2287.2305.2308.2309.2347.2348.2426.2482.2534.2601.2716.2833.

〔註47〕表格以「康丁、武乙、文丁」三期爲主幹，而以「康丁至武乙」、「武乙至文丁」兩期爲附屬，共分五期。附屬兩期，意謂該類卜辭性質居兩朝之間，可能爲前者末期或後者初期。

〔註48〕本類包含卜問農事收成（受禾、受年）、風雨（其雨、不雨）等卜辭。由於卜問風雨之詞經常存在於祭祀、田獵等類卜辭之中，此情形發生時，以命辭主題句意爲分類標準。例屯2046「〔辛〕酉貞：王往田，不雨？」該例歸類爲田獵卜辭。

〔註49〕記事刻辭不含單純的干支例，而以「干支，奠乞骨若干，○」爲基本句型來衡量。例如屯988「丁丑，奠☑」、屯1119「庚戌，奠乞骨三」、屯2677「庚戌，奠乞囻骨三」等。

〔註50〕兩種事類在同條句例中出現者，以命辭主體先敘述者爲分類基準。例如屯148「辛卯卜：旁岳，雨？」命辭主體爲祭祀，問卜有雨否，則以祭祀類視之。

714.737.738.743.746.748.754.763 766.793.809.813.817.820.822.825. 861.868.879.882.886.926.957.958. 959.966.968.971.1003.1004.1005. 1011.1014.1042.1048.1055.1057. 1061.1088.1092.1093.1129.1140. 1144.1147.1171.1175.1220.1439. 1442.1443.1446.1484.1501.1505. 1532.1590.2069.2080.2107.2121. 2137.2146.2148.2174.2179.2185. 2193.2209.2219.2232.2259.2261. 2265.2267.2268.2276.2292.2294. 2304.2315.2324.2331.2334.2339 2343.2345.2349.2354.2356.2359 2360.2363.2374.2375.2385.2388. 2392.2393.2396.2397.2403.2406. 2412.2413.2416.2429.2470.2478. 2483.2499.2501.2505.2506.2520 2538.2552.2557.2562.2580.2582 2621.2623.2643.2644.2646.2652. 2653.2665.2666.2682.2683.2684 2699.2706.2710.2715.2742.2774 2784.2828.2838.2844.2854.2900. 2921.2946.2951.2962.2983.2984. 2988.2994.2996.3001.3002.3003. 3009.3012.3019.3024.3025.3030.	2364.246. 2667.266. 2738.274. 2803.283. 2943.305. 3140.314. 3179.318. 3210.324. 3259.345. 3629.371. 3776.379. 3808.387. 3964.406. 4523.458.	507.511.513.521.523.524.525.532. 536.539.551.556.560.563.578.581. 584.586.589.590.593.595.599.600. 601.603.608.611.631.636.639.647. 665.672.675.680.697.705.706.711. 719.720.723.725.726.735.744.750. 755.761.775.777.781.794.810.827. 830.856.867.874.875.885.887.890. 893.900.906.908.913.914.916.920. 921.923.930.932.933.935.936.943. 945.946.951.954.960.963.965.969. 974.978.992.996.1000.1007.1012. 1015.1018.1022.1024.1029.1030. 1033.1035.1038.1046.1050.1053. 1054.1059.1060.1062.1072.1074. 1075.1076.1078.1083.1089.1090. 1091.1095.1096.1102.1104.1105. 1106.1110.1111.1113.1114.1115. 1116.1118.1119.1120.1122.1126. 1128.1130.1131.1138.1145.1149. 1154.1161.1173.1212.1221229. 1230.1234.1241.1247.1249.1262. 1265.1266.1276.1300.1302.1304. 1308.1310.1312.1334.1337.1344. 1357.1359.1369.1371.1383.1384. 1437.1444.1448.1463.1468.1472.		2953.2998. 3006.3028. 3092.3113. 3114.3171. 3244. 3279.3391. 3565.3593. 3612.3640. 3724.3782. 3947.4027. 4037.4039. 4043.4053. 4076.4100. 4191.4249. 4318.4349. 4414.4524. 4541.

3037.3049.3058.3062.30 64.3065. 3088.3109.3110.3115.31 19.3122. 3124.3127.3132.3137.31 39.3141. 3152.3157.3161.3175.32 20.3229. 3240.3265.3267.3283.32 86.3313. 3348.3352.3376.3387.33 90.3393. 3406.3425.3439.3445.34 58.3462. 3535.3542.3545.3550.35 55.3563 3572.3601.3668.3676.36 77.3688. 3709.3711.3722.3727.37 41.3743. 3778.3779.3828.3831.38 53.3863 3896.3897.3941.3956.39 60.3963. 3969.3995.4004.4020.40 23.4032. 4065.4066.4068.4071.40 78.4089. 4091.4093.4102.4122.41 76.4181. 4240.4243.4299.4320.43 23.4325. 4337.4351.4371.4388.43 93.4396. 4412.4415.4419.4420.44 21.4422. 4425.4431.4450.4453.44 55.4492. 4505.4510.4534.4539.45 43.4544. 4548.4552.4554.4558.45 70.4571. 4572.4576.4579.4582.		1482.1486.1488.1499.1 509.1511. 1540.1565.1583.1603.1 619.1643. 1697.1701.1874.1943.2 008.2010. 2014.2027.2029.2031.2 032.2036. 2039.2040.2043.2044.2 055.2065. 2078.2097.2103.2105.2 122.2124. 2129.2130.2142.2143.2 155.2183. 2198.2227.2234.2247.2 253.2281. 2293.2295.2296.2303.2 310.2322. 2332.2336.2342.2361.2 366.2391. 2410.2414.2417.2420.2 438.2444. 2457.2459.2471.2487.2 510.2511. 2516.2524.2563.2567.2 584.2593. 2603.2615.2616.2619.2 625.2648. 2657.2704.2705.2707.2 781.2785. 2792.2799.2811.2812.2 815.2830. 2837.2842.2843.2846.2 852.2860. 2861.2865.2868.2869.2 906.2908. 2912.2920.2937.2939.2 940.2949. 2969.2981.3033.3035.3 039.3041. 3042.3044.3045.3046.3 053.3069. 3077.3083.3087.3090.3 094.3099. 3103.3112.3117.3120.3 125.3133. 3166.3182.3185.3198.3 205.3225. 3228.3243.3262.3268.3 272.3287. 3303.3347.3379.3388.3 402.3443.		

		3549.3552.3558.3562.3567.3571. 3581.3594.3595.3627.3633.3654. 3661.3667.3670.3672.3673.3674. 3675.3716.3726.3728.3730.3736. 3739.3746.3748.3756.3763.3764. 3766.3786.3787.3790.3805.3811. 3822.3824.3826.3844.3852.3854. 3875.3890.3891.3898.3901.3908. 3909.3914.3918.3940.3944.3955. 3958.3961.3965.3967.3972.3973. 3976.3978.3983.4009.4015.4026. 4047.4048.4049.4050.4052.4055. 4056.4088.4105.4107.4108.4129. 4155.4178.4198.4233.4257.4286. 4287.4288.4293.4295.4304.4317. 4321.4324.4330.4331.4333.4336. 4338.4347.4355.4360.4365.4366. 4367.4372.4379.4387.4397.4400. 4404.4424.4427.4434.4460.4475. 4479.4480.4487.4509.4528.4530. 4538.4545.4583.4586.		
田獵	6.8.28.39.42.49.53.86.106.117.125. 136.205.212.217.226.240.249.256. 271.272.303.316.322.333.334.335. 352.357.392.394.435.453.495.515. 519.522.528.546.549.557.559.568. 587.588.598.617.619.621.625.626.	30.159. 224.277. 592.819. 949.1032. 1039. 1070. 1124. 1183. 1240. 2067. 2136.	48.232.259.300.344.395.420.629. 923.941.953.997.999.1069.1125. 1128.1295.2017.2046.2095.2102. 2213.2319.2325.2626.2857.2895. 2911.2979.3014.3047.3118.3170. 3202.3221.3551.4417.4484.	252.1087. 2150.379.	663.664.

634.637.641.645.650.658.659.678. 692.693.694.698.699.722.730.736. 745.757.758.762.778.786.790.815. 888.897.898.955.962.984.1013. 1019.1021.1031.1098.1103.1108. 1127.1137.1142.1148.1132.1152. 1180.1192.1306.1313.1440.1441. 1469.1479.1500.1520.2061.2087. 2090.2094.2114.2116.2125.2151. 2159.2163.2168.2169.2170.2179. 2181.2191.2192.2195.2205.2216. 2254.2256.2257.2258.2269.2291. 2298.2299.2321.2326.2329.2335. 2341.2355.2357.2358.2383.2386. 2395.2401.2408.3409.2415.2430. 2432.2468.2494.2495.2512.2529. 2531.2539.2542.2551.2569.2578. 2579.2589.2598.2608.2610.2612. 2618.2685.2702.2711.2713.2718. 2722.2726.2735.2736.2739.2741. 2743.2748.2755.2761.2762.2786. 2847.2851.2922.2965.2966.2967. 2970.2971.2973.2978.2993.2995. 3004.3008.3011.3017.3020.3023. 3027.3034.3054.3057.3074.3098. 3130.3143.3156.3169.3176.3183. 3188.3193.3196.3201.3207.3208. 3230.3232.3242.3254.3275.3304.	2158. 2230. 2290. 2344. 2365. 2642. 2703. 2721. 2727. 2745. 2746. 2751. 2756. 2758. 3022. 3075. 3096. 3168. 3548. 3609. 3663. 3772. 4073. 4326. 4416. 4550. 4585.			

3322.3344.3355.3380.33 81.3554. 3573.3577.3588.3599.36 07.3608. 3613.3615.3659.3693.37 12.3721. 3729.3759.3777.3795.38 29.3830. 3833.3846.3920.3962.39 96.4007. 4008.4022.4033.4045.40 69.4092. 4104.4134.4140.4165.41 90.4196. 4256.4281.4291.4301.43 34.4342. 4357.4359.4375.4413.44 51.4452. 4457.4459.4462.4483.44 90.4525. 4536.4542.4556.4561.45 62.4563. 4578.4580.4584.4598.				
軍事	257.258.591.728.873.94 2.1341. 2064.2119.2279.2286.23 01.2311. 2320.2328.2350.2613.26 36.2651. 3038.3270.3416.3637.36 55.4025. 4197.4200.	2370.	7.23.38.63.119.149.243. 267.298. 487.503.508.570.799.80 6.918.991. 994.1009.1047.1066.10 82.1099. 1178.1209.1301.1571.1 934.2038. 2177.2224.2260.2367.2 585.2678. 2907.2909.2915.3340.3 396.3467. 3488.3912.3913.4029.4 051.4054. 4075.4183.4489.	29.134. 190.734. 776.1049. 2100.341 8.	10.19.81.82. 230.340. 2351.2564. 2601.2605. 2634.2635. 2782.2845. 3580.4103. 4170.4188. 4215.
卜旬卜禍	782.1044.1097.1121.211 7.2140. 2160.2189.2207.2262.22 74.2277. 2285.2289.2313.2371.24 28.2464. 2473.2475.2476.2497.24 98.2550. 2553.2559.2565.2568.25 77.2586. 2588.2595.2596.2599.26 06.2607. 3000.3013.3063.3128.31 89.3213. 3226.3231.3538.3546.35 74.3575.	74.115. 120.221. 241.282. 331.364. 426.440. 516.527. 707.821. 878.947. 977.1002. 1017.1136 .1172. 1269. 1476. 2162. 2176. 2188. 2218.	1.15.104.122.133.176.1 77.194.251. 338.353.362.378.415.42 1.429.457. 550.562.674.677.690.71 3.798.881. 884.905.928.929.937.95 6.972.990. 1006.1020.1023.1045.1 086.1139. 1202.1224.1253.1254.1 293.1307. 1327.1339.1376.1496.1 533.1547. 1769.1941.2079.2089.2 135.2166.	552.742. 2201.224. 2641.	484.616. 944.1493. 1759.2439. 2525.3847. 3966.4072. 4426.4477. 4507.4564. 4565.

	3596.3597.3725.4063.4079.4279. 4309.4319.4328.4356.4370.4376. 4389.4401.4481.4494.4555.	2314. 2376. 2407. 2536. 2566. 2591. 2620. 2720. 2725. 2853. 2928. 3426. 3431. 3553. 3587. 3634. 3740. 3761. 3821. 3885. 3895. 4067. 4398. 4407. 4408. 4409. 4454. 4551.	2186.2223.2280.2312.2337.2353. 2437.2446.2472.2587.2903.2938. 2977.3007.3052.3056.3204.3214. 3338.3389.3438.3541.3618.3665. 3679.3702.3744.3745.3859.4012. 4013.4150.4251.4364.4390.4394. 4498.4568.		
其他	64.196.203.208.211.218.345.537. 545.579.614.620.624.715.765.880. 896.967.1008.1294.1460.2152. 2300.2423.2455.2480.2532.2533. 2560.2744.2759.2776.2991.3015. 3173.3217.3368.3705.3749.3799. 3835.3892.3893.3928.3977.4024. 4077.4123.4315.4358.4532.4567.	62.108. 214.2627. 3752. 4014. 4456.	32.56.61.130.154.170.242.254.263. 341.372.379.445.483.499.514.646. 857.860.912.938.950.979.985. 1027.1036.1056.1058.1063.1107. 1132.1174.1445.1452.1543.1581. 2053.2093.2273.2297.2318.2373. 2427.2441.2629.3043.3072.3160. 3162.3212.3576.3602.3735.3797. 3855.3874.3933.3939.3959.4021. 4150.4251.4364.4390.4394.4498. 4568.	307.756. 769.1001. 1176. 1195. 2212. 3569.	197.306.325. 328.405.449. 630.681.740. 772.787.976. 1377.2106. 2126.2161. 2283.2288. 2352.2399. 2502.2604. 2783.3174. 3194.3770. 4120.4335. 4350.4399. 4458.
記事刻辭			131.216.523.638.668.700.924.988. 1119.1396.1465.2461.2677.2789.3106. 3116.3427.3539.	172.219. 1064. 2211. 3480.	771.788. 2282.2309. 2916.3028. 3593.

根據上表，以同樣模式，統計各欄、列內版號數目如下：（引號內百分比爲該期內各事類卜辭所佔有比例）

事類＼分期	康丁	康丁-武乙	武乙	武乙-文丁	文丁	合計
祭祀	371（46％）	63	536（67％）	31	73（50％）	1074
田獵	296（37％）	42	38（5％）	4	2（1％）	382
軍事	27（3％）	1	50（6％）	8	19（13％）	105
卜旬卜禍	65（8％）	55	93（12％）	5	15（10％）	233
其他（風雨、年成）	52（6％）	7	67（8％）	8	31（21％）	165
記事刻辭	0	0	18（2％）	5	7（5％）	30
合計	811	168	802	61	147	1989

從數字可以看出，康丁期祭祀與田獵並爲卜辭主要成分，合佔83％；武乙期情勢明顯發生變化，田獵卜辭大量減少（37％ → 5％ → 1％），祭祀卜辭成爲獨大的主角，謝濟說：

> 歷組卜辭的事類趨向簡單，而祭祀卜辭的比例很大；武丁賓組卜辭多，事類也很多，祭祀卜辭的比例相對就比較小。〔註51〕

這是客觀的判斷。軍事、征伐類卜辭隨著王年有逐漸上揚的趨勢（3％ → 6％ → 13％）。卜旬、卜禍辭由於有常態的、定期卜問的性質，因此，在「康、武、文」一直維持固定的比例（8％ → 12％ → 10％），沒有強烈的變動，也相當合乎情理。其他類卜辭絕大多數都是關於「風雨、年成」的卜問辭，和農業活動有密切關聯，這一部分卜辭在《屯南》「康、武、文」期佔有比例逐漸上升（6％ → 8％ → 21％），說明了農業活動列入卜辭的機會隨王年而增加，這現象正和田獵卜辭的遽減形成消長的對照。

附屬的記事刻辭數量少，但也可以看出：這三個朝代中，紀錄在骨面、形

〔註51〕謝　濟：〈甲骨斷代研究與康丁文丁卜辭〉，《甲骨文與殷商史》第三輯，頁103，1991年。

式爲「干支，叀乞骨若干，某」的記事刻辭在在武乙時代出現，佔 2%，文丁時代記事刻辭總數雖減少，但仍佔有 5%。

以上，是對《屯南》「康、武、文」卜辭事類上宏觀的統計，接下來我們要作一些細部的事類討論，建立這個期間卜辭在事類上的聯繫。

二、《屯南》卜辭相關事類的討論

在建立「康、武、文」卜辭事類上聯繫的同時，也意味著武乙、文丁（歷組）卜辭在事類上必須和武丁期有所分割。關於武乙、文丁對應武丁期同一人名、同卜一事，事實上卻「貌同實異」的現象，肖楠等已有詳盡論說 〔註 52〕，本節繼之以屯南中期卜辭事類的前後聯繫作爲討論角度，試圖尋求「康、武、文」卜辭史事紀錄一貫相承的線索。

筆者根據校正後的《屯南》釋文（見附錄），在「康、武、文」揀選出多項事類，並且配合同型句例分條擇要列出，加以分類說明如下。

（一）「酌云、奠云」

斷代〔註53〕	版號	句例
康	651	（3）叀岳先酌，迺酌五云，又雨？大吉。
武	1062	（13）癸酉卜：又奠于六云五豕，卯五羊？（二）
武－文	770	（2）奠于云，雨？

以下補充二則較爲完整的《合集》句例，它們和表中屯 1062 應是事類相同的卜辭：

合 33273　　癸酉卜：又奠于六云六豕，卯羊六？

合 33273　　癸酉卜：又奠于六云五豕，卯五羊？

如上表。651 辭中明白表示酌祭對象由「岳」先開始，之後才祭「五云」，可見「五云」與「岳」兩者殷人認知爲同類祭祀對象，而「五云」地位有可能接近「岳」，才會有「先岳、酌五云」這樣的邏輯。

甲骨文中的「云」作爲神祇，卜辭內容中又與「奠、酌」相涉，這兩種祀

〔註52〕肖　楠：〈再論武乙文丁卜辭〉，《古文字研究》第九輯，頁96，1984年。

〔註53〕此斷代爲暫定，引自《屯南·釋文》所載。

典可能都需要好的天氣。又有「叀于云，雨？」（屯770）這類例子，使我們相信，云作爲叀、酻的對象，是原始雲義的引伸，爲人格化的雲神，或者說是殷人崇拜的自然物神。

上舉表格中的三版卜骨辭例，年代跨越康丁武乙（651、1062版），甚至可能下達武乙、文丁之交（770版）。而所有關於「叀云、酻云」句例在《類纂》中都分布在第一、三、四期〔註54〕，沒有例外。很清楚地，這類對「云」的祭祀事項貫通了康丁與「武乙、文丁」期，前後有著相承的痕跡。

（二）刚（剹、㐱）大甲師

斷代	版號	句例
康	199	（2）王其田于□，其剹于大甲師，又正？ （3）其〔剹〕□小宰，又正？
武	1074	（2）戊辰貞：㐱一牛于大甲師珏？
武-文	280 565	（2）戊辰貞：㐱于大甲師珏、二牛？ （2）庚辰卜：刚大甲師，又羌□？（三）

「剹、㐱」〔註55〕二者，是同字不同時期（康丁、武乙）的寫法。「㐱于大甲師」是個時代標誌性濃厚的祭祀事類，只存在於「康丁、武乙」兩朝。同類出現的《合集》辭例還有32486、32487兩版：

合32486　戊辰貞：㐱于大甲師珏、三牛？

合32487　丙辰貞：㐱于珏大甲師？

句型和屯1074、280雷同，應也是同事類卜辭。㐱祭用「珏」〔註56〕，是武乙時期的特徵。上表中的《屯南》句例告訴我們，對「大甲師」作㐱祭，僅僅存在於康丁及第四期，和第一期無關，這種關聯排除了「歷組」提前的可能，形成康丁與「武乙、文丁」期事類相關的紐帶之一。

〔註54〕見《殷墟甲骨刻辭類纂》上冊，頁444。

〔註55〕《屯南》頁852云：「祭名或用牲法」；《屯考》意見亦同（頁19）。

〔註56〕曹錦炎以爲「珏」爲「大甲師」之私名，見〈說"大甲師珏"〉《紀念殷墟甲骨文發現一百周年國際學術研討會論文集》頁188，社會科學文獻出版社，2003年3月。筆者認爲，合32487「㐱于珏大甲師」與屯280版「㐱于大甲師珏」相對照，「大甲師」若私名爲「珏」，則不應移位於「大甲師」之前，因此不取曹說。

（三）即日；即先祖

斷代	版號	句例
康	2359	（1）丁亥卜：其瀨年于大示，即日？此又雨，吉。 （2）弜即日？
	2294	（1）□〔亥〕卜：父甲□歲，即祖丁歲祠？ （2）弜即祖丁歲祠？
	4412	（2）〔即〕于岳，又大雨？
武	974 2322	己亥貞：餗，弜秂彭，即？ （8）癸酉貞：〔弜〕得岳，其取，即于上甲？

屯 974 版「弜秂彭，即？」之「即」爲「即日」之省。〔註57〕第四期《合集》、《懷特》有「即日」例，補充如下：

　　合 32278　☑即日于丁卯？

　　合 34161　☑即日？

　　懷 1576　　丁未，其即日？

由上表及補充辭例可見，「即日」、「即于某祖」用法爲武乙、康丁期所共有，並且排斥其他分期，這個狀況在《合集》及其他著錄中也同樣適用。〔註58〕

（四）毚；亞毚

斷代	版號	句例
武	9 636	（6）己酉貞：毚以牛，其用自上甲宀大示，更牛？ （3）甲辰貞：射畓以羌，其用自上甲，宀，至于父丁，更乙巳用伐冊？ （4）□□貞：毚以牛，□用自上甲五牢，□，大示五牢？
	2378	（2）己巳卜：告亞毚往于丁，一牛？
文	580	（1）亞毚征，弗至庚？ （2）庚寅卜：其告亞毚，往于丁今庚？
	1051	（6）庚辰貞：亞毚亡囚？（三）

「亞毚」是活躍于武乙文丁兩代的武將。依上一例，「亞毚」冠上了官爵，視爲單一人稱，而「毚」可能就只是稱呼整個氏族，因此卜辭說「毚以牛，其

〔註57〕本版「即」爲「即日」之省。理由見本論文第三章、第一節〈重論「歷組」卜辭〉。

〔註58〕見《類纂》頁 137～139。

用自上甲⌐大示」，意爲氢氏致送牛隻，用于大示的祭典。

由於本例中取得「武乙、文丁」兩代都共稱的「亞氢」例（2378「告亞氢往于丁」、580「亞氢征，弗至庚」），因此確認「氢」氏不但常見於「武乙、文丁」兩代，即「亞氢」也活躍於此兩朝。

（五）商；侯商

斷代	版號	句例
武	1066	（10）丁亥貞：王令保老因侯商？ （11）丁亥貞：王令陝彭因侯商？
文	740	（3）乙巳卜：叀商令？（一）

屯 1066 版兩辭句式是「王令某因侯商」。因，董作賓〔註59〕、胡厚宣〔註60〕都釋「死」；張政烺釋爲「蘊」，本義爲「藏」，埋是引申義。〔註61〕根據張氏所提的音義線索，以及「藏」從爿得聲的現實，融合丁、董、胡諸賢說法，筆者以爲釋「葬」似乎更合理。該版意爲：王應選擇保老或陝彭何者埋葬侯商爲宜。此時的「侯商」，冠上了官爵，指的就是單一的人稱，是商族首領。

武乙期所稱的「侯商」是一個首領，在文丁期稱「商」，740 版云「叀商令」的商，則是氏族。此時的商族仍是王朝中重要的部族。從氏族的延續歷史來看，「商」氏確是活躍在武乙、文丁兩期的。

（六）「馬」

斷代	版號	句例
康	8	（1）〔馬〕□先，王□每，〔雨〕？ （2）馬叀翊日丁先，戊，王兌比，不雨？
武	7	（2）☒多射、舀、馬☒于靳？

《屯南》祭祀卜辭多見「射舀以羌」、「氢以牛」例，「射」、「舀」皆應爲氏族名，「射」很可能是以官爲氏，多職守軍事、田獵。《考釋》云：「『馬方』爲卜辭所常見的敵國之一。」〔註62〕是有問題的。「馬」氏在上舉屯 8 版中，爲協

〔註59〕董作賓：《殷虛文字乙編・序》。

〔註60〕胡厚宣：《甲骨學商史論叢初集》下冊頁 693，台灣大通書局，1972 年 10 月。

〔註61〕張政烺：〈釋因蘊〉，《古文字研究》第十二輯，頁 76，1985 年 10 月。

〔註62〕《小屯南地甲骨考釋》頁 105。

同殷王田獵之氏族，田獵由馬氏前導，事件時代在康丁期。到了武乙期，偏重祭祀，馬氏為殷王所令，與「多射」、「畓」地位同列。整個氏族經歷康丁、武乙朝，都是王室中央倚重的氏族。

（七）「方」

斷代	版號	句例
康	591	（2）方其显于門？ （3）其显〔于〕戲？ （4）方不显于門？
	728	（1）方其至于戍臼？ （2）王其乎戍征衛，弗每？
	2301	（4）方來降？吉。 （5）不降？吉。 （6）方不往自𡥈？大吉。
	4025	（1）方出，至于茲〔臼〕？ （2）不至？
武	231	（1）庚戌卜：叀今夕〔告方〕☒？ （2）叀白牛奉？（三）
	243	（1）癸未貞：王令☒？ （2）弜畓方？ （3）癸未貞：王令㚔畓方？茲用。（二） （4）癸未貞：王令子妻畓？（二） （5）甲申卜：于大示告方來？

　　2301 版的「方來降」，《考釋》以為不作「降服」解，謂「方來和好」，不論方來和好或者降服，都表示康丁期殷王對「方」時戰時和的狀況，從 591 版「方其显于門」，728 版「方其至于戍臼」，4025 版「方出，至于茲〔臼〕」都可看出。

　　而武乙期的「方」並沒有消失，從「叀今夕〔告方〕」（231 版），「王令㚔畓方」、「令子妻畓（方）」（243 版）這些例子得見，一直保持敵對警戒的狀態。整個對「方」的作戰歷史，由康丁延伸至武乙是合理的。

（八）「召方」

斷代	版號	句例
武	267 1099 1116	（3）甲辰□：召方來□隹□？（三） （1）庚申貞：于丙寅辇召方，受又？在□□。 （2）貞：囡丁卯辇召方，受又？ （6）壬戌貞：㩵以眾甾伐召方，受又？ （14）乙未卜，貞：召來，于大乙征？（一） （15）乙未卜，貞：召方來，于父丁征？（一） （16）己亥卜，貞：竹來以召方，于大乙束？（一）
武－文	190	（1）丙子卜：今日希召方卒？ （2）其雨？（一） （3）庚辰卜：不雨？（一） （4）庚辰卜：令王族比甾？（一） （5）弜追召方？
文	81 2634 4103	（1）丁卯貞：王比沚□伐召方，受□？在祖乙宗卜。五月。茲見。（一） （2）〔弜〕囡？（一） （3）辛未貞：王比沚或伐召方囡？ （4）丁丑貞：王比沚或伐〔召〕囡？ （2）囡或伐召方，受囡？ （2）癸丑貞：王正召方，受又？ （3）乙卯貞：王正召囡？（一） （4）丙辰貞：王正召方，受又？

　　召方是武乙朝主要敵國，參與征召方的相關氏族、人物先後有「㩵」、「甾」、「沚或」，從例子來看，武乙期的將領主要是「㩵」，率領的是「甾氏」；文丁期以王比同「沚或」征召方為常，但根據屯 991「癸丑卜：于□□沚〔或〕□？」卜辭記載，則「沚或」在武乙時代已然存在，是確定的。召方對殷王國的敵對關係，分布在武乙、文丁兩朝卜辭中，而目前資料中，看不出召方在康丁朝的危害。

（九）「尸、犬」

斷代	版號	句例
康	2064	（1）王族其辇尸方邑隻，右左其𤳊？ （2）弜𤳊，其𤲞隻，于之若？
康－武	2370	乙卯卜，貞：王其正尸、犬，亡戈？
武	1009 2293	（3）庚辰貞：方來，即史于犬，征？（一） （9）辛巳貞：犬侯以羌，其用自？

本表中的「犬」，有兩種含義，一是敵國，如 2064「王族其辈尸方邑雔」、2370「王其正尸、犬」；另一則是附屬侯伯，如 1009「方來，即史于犬」、2293「犬侯以羌」。因此，我們依有限材料謹愼判斷，尸方對殷王的威脅，至少存在於康丁至「康、武」之間，武乙期目前沒有發現這情形。

（十）或；沚或

斷代	版號	句例
武	991	（2）癸丑卜：于□□沚〔或〕□？
文	19 2605 2634	（2）〔叀〕沚或啓，用若？ （1）辛未〔貞〕：王比□或？（二） （2）弜比？ （2）☑或伐召方，受☑？

「沚或」時而省稱「或」，但在《屯南》卜辭中絕大多數全稱「沚或」。關於「沚、或」二字，《考釋》認爲是沚氏之下的某個分支，商金文族氏名號中的「複合族氏」〔註63〕即指這種情形，其說可從。確認「沚或」爲分支族氏，那麼以武丁與武乙、文丁期「異代同名」的現象也就不成爲問題。

「沚或」是武乙、文丁期都極爲活躍的作戰部族，與伐召方事項關係密切。康丁期則完全看不到「沚或」的活動紀錄。

總合以上九例，各事類、事項人物存在分期以「勾選」方式，列出表格整理如下：

事類	事項、人物	康丁	武乙	文丁
祭祀	1. 酓云、賣云	∨	∨	
	2. 剛（剠、歳）大甲师	∨	∨	
	3. 即日；即先祖	∨	∨	
	4. 彔；亞彔		∨	∨
	5. 商；侯商		∨	∨
田獵	6. 「馬」	∨	∨	
軍事	7. 「方」	∨	∨	
	8. 召方		∨	∨

〔註63〕詳見筆者著：《商金文族氏徽號研究》第四章、第二節〈複合族徽〉，私立逢甲大學中文研究所碩士論文，2002 年。

9. 尸、犬		v	v	
10. 或；沚或			v	v

發現凡「康丁、武乙」相關者六例,「武乙、文丁」者有四例,而一無貫穿「康、武、文」三朝者。保守地說,這個現象至少證明了「康丁、武乙」有明顯的事類相關,加上「武乙、文丁」的嚴密相關已是定見,我們很難同意「歷組」提前至武丁、祖庚期的建議。

三、結　語

由以上討論可知,《屯南》「康丁、武乙、文丁」卜辭在事類上的表現,處處透露出前後相關的訊息,這些同屬一個期段的特徵,不是單純的同一人名、同卜一事〔註64〕等細碎證據可以比擬的。尤其在「康丁、武乙」之間的聯繫,更是重要,《屯南》的整理者就這麼表示:

> 康丁卜辭在全部卜辭中處于重要地位。卜辭發展到康丁時代,在文
> 例、字體各方面都起了很大變化,有些變化一直延續到文丁時代,
> 形成了康、武、文卜辭的共同特點。〔註65〕

本節筆者作事類的統計與事例的聯繫,其目的也就是在檢驗此一說法,而結果確乎是肯定的。殷墟卜辭自康丁之後,在字形、語彙、語法、制度種種方面都進入了一個新的時代,有別於祖甲、廩辛時期。

此外,相對地說,比起康丁過渡到武乙,「武乙、文丁」卜辭之間事類就有更多相同處,這兩個王世的卜辭,有學者加以合併,名之爲「歷組」〔註66〕,名稱上雖有疑義,但將「武乙、文丁」卜辭兩者一同看待,的確是合理的,從事類表現上去觀察,尤其如此。

第三節　《屯南》文字的特殊寫法討論

過去學者在面對《屯南》刻辭的研究時,往往會將注意力集中在它的斷代問題上,它的字形通常也就用來驗證歷組、師組及非王卜辭存在於早期與否的

〔註64〕見裘錫圭:〈論「歷組卜辭」的時代〉《古文字研究》第六輯,1981 年 11 月。

〔註65〕見《屯南・前言》頁 31。

〔註66〕李學勤:〈論婦好墓的年代及有關問題〉,《文物》1977 年 11 期。

論點。總的說來，過去在基本觀念上，都將《屯南》視為殷墟甲骨的延伸，不論是辭例的探討或者是字形的比對，材料都是混同處理的。

我們並不以為這是一項通則。《屯南》刻辭出土地點不但探方集中、坑層年代接近（多在康、武、文三王），而且多出骨、少見龜，種種特徵都顯示它是質性純粹的一批材料，自然也就有獨立、對比研究的必要。

本節討論就是藉由字形的比對分析來考見《屯南》甲骨部分字體結構的獨特性。不但由縱線的歷時角度去觀察《屯南》甲骨本身字體的流變，同時也由橫面的共時立場檢討《屯南》與其他殷墟甲骨是否存在著某種特定的別嫌條件。

我們以辭例相同作為特殊寫法的選取標準，同時也由字形的對比過程中不斷反芻、檢討在《屯南》這批材料中，所謂的「書寫特徵」應該如何適當地作為甲骨分類斷代的檢驗尺度。筆者就先從一種特別的「異體字」作為討論開端。

關於異體字的定義，裘錫圭認為：

> 異體字就是彼此音義相同而外形不同的字，嚴格地說，只有用法完
>
> 全相同的字，也就是一字的異體，才能稱為異體字。〔註67〕

另外，詹鄞鑫也提到了異體字是「同一個字的不同寫法」〔註68〕這樣一個觀念。然而我們以為，在甲骨文字的領域中，「外形不同」、「不同寫法」的內涵事實上是值得深究的，尤其在甲骨文分期斷代的議題中更是如此。

近十多年來，內地的甲骨學界在董作賓先生的五期斷代理論基礎上不斷加深加密，提出了「先分類、再斷代」的原則。分類以貞人和字體為標準，而斷代則是以稱謂、地層資料及卜辭內容的聯繫為標準，李學勤指出：

> 卜辭的分類與斷代是兩個不同的步驟。我們應先根據字體、字形等
>
> 特徵分卜辭為若干類，然後分別判定各類所屬時代。同一王世不見
>
> 得只有一類卜辭；同一類卜辭也不見得屬於一個王世。〔註69〕

字體、字形被提出作卜辭分類的標準，提昇了重要性，其理由在李學勤、彭裕

〔註67〕裘錫圭：《文字學概要》233 頁，台北萬卷圖書公司，民 83 年 3 月。

〔註68〕詹鄞鑫認為：「異體字是同一個字的不同寫法。換言之，是為同一個詞而造的不同
　　　　形體的文字，或是由某一個字變形成為異體字，所以，異體字的本義是相同的。」
　　　　見《漢字說略》292 頁，遼寧教育出版社，1997 年 4 月。

〔註69〕李學勤：〈評陳夢家《殷虛卜辭綜述》〉，《考古學報》1957 年 3 期。

商合著的《殷墟甲骨分期研究》有了說明：

> 卜人分類的尺度較寬，而字體分類的尺度較窄。也就是說，由卜人
> 聯繫起的卜辭比由字體聯繫起來的卜辭要多些。〔註70〕

不同的字體、字形都可以算入異體字的範圍之內。依此說，它被認爲是分類的標準，是卜辭斷代的先期母法，它幾乎超越了「貞人、稱謂」的重要性。

董先生在《甲骨文斷代研究例》說：「斷代的十項標準，主要法寶不過是"稱謂"同"貞人"，其餘八項，除了世系而外，都是由稱謂貞人推演出來的。」字形若是甲骨斷代的首要標準，董先生應該是能察覺到的，而他並不這麼認爲。

我們推測董說之意，十大斷代標準中的「字形」應該附屬於貞人集團之下，作爲次要的分組工具。這個道理，林澐闡釋得很清楚：

> 從歷史的經驗來看，在對署卜人名的卜辭進行分類時，卜人及其同
> 版關係是正確分類的基本依據。但同一卜人集團所卜諸片要進一步
> 分成細類，卜人組之間互相交錯過渡現象的區劃界限，以及不見卜
> 人諸片的歸類，字體（即書體風格、字形特徵和用字習慣三個方面）
> 是起很重要作用的。〔註71〕

這說明了字體在細微分類中能發揮一定功能，但不能對所有卜辭一體施行。字體的分類標準，在理論邏輯上並無不妥，放在實際材料中卻不一定相合，可能出現的狀況是：

甲、同一字體在早晚時代重複出現，擾亂斷代框架的大綱。

乙、不同字體在同一時代交叉出現，造成字體本身形構特質無法作爲斷代
　　條件。

這種字形演變不符時間縱線邏輯的例子不少，《屯南》2172 版是一個極好的例子，它在同版、同文例中使用了「屮、州」兩種字形，證明了不同類的字體可以共存於同一時代、同一類別之中的事實。如果我們將這版字例作爲兩種類別卜辭的過渡，則又嫌孤證武斷。這個時候，其他字例中的特殊寫法就可能發揮作用，它們可以側面證明：即使在同一類卜辭中，字形差異極大的例外字體也

〔註70〕 第 19 頁，上海古籍出版社，1996 年 12 月。

〔註71〕 林澐：〈小屯南地發掘與殷墟甲骨斷代〉，《古文字研究》第九輯，145～146 頁，1984
　　　年 1 月。

可能容許存在。

其實，字體分類中可能有一項補充標準值得我們留意：它是對於同一字體在維持「字形完整」前提下，所展現出的少見書寫習慣。它與偶發性的誤刻情況不同，我們暫且稱呼它爲「特殊寫法」，它不定是個人的筆跡，也可能是相近年代裡所有刻寫者所認同的某一種筆法。

《屯南》甲骨的異體字中，有幾個類型可以粗略分析出來，用來說明同樣是異體字，但由於不同集團、不同書手對當時字形的認識有別，以及個人在刻寫上的習慣表現，使得某些「固定寫法」的字群，在分類功能上大過其他的異體字，這類異體字，我們以爲可以將它獨立討論，並作爲甲骨斷代中，貞人群組下分類的亞型標準。

一、《屯南》〔註72〕特殊寫法分類說明

我們普查了《屯南》甲骨拓本中的特殊寫法字例，將之直接分類，並舉例說明：

1、偏旁變化

所謂偏旁變化，包含偏旁的增減及相對位置的移動。例如災字《屯南》就出現了「屮」（2642）〔註73〕、「㪵」（648）、「㣲」（4327）三種異體，表現了从戈、从水形，以及才聲的有無情形；另外，「登人、登眾」的登字作「㣇」（2260），禳祭的㧅字作「㐀」（2673），相較一般寫法的「燃」、「㪫」，省略了表意的形符。省略的寫法還有疊體形意字〔註74〕的「㣕」（比），在《屯南》中偶然省作「㐅」（776），省略了一個形符。

2、缺筆例

甲骨文字中的各種缺筆例至爲常見，在《屯南》亦如是。如牢字常見「㘡」（2420）、告字常見「㞕」（2198）；今字一般作「亼」，少數作「个」〔註75〕（220），

〔註72〕中國社會科學院考古研究所：《小屯南地甲骨》，北京中華書局，1980年10月。

〔註73〕以下爲敘述方便，（）內不標明拓片來源者皆爲《屯南》甲骨序號。

〔註74〕這個稱謂，參考朱師岐祥關於甲骨文字的「三書說」，見《甲骨文字學》56頁，台北里仁書局，民91年9月。

〔註75〕《屯南》220同版另一辭條作：「丁卯卜：今日……」推測个字宜作「今」字解。

缺一橫筆；往字一般作「⽊」，僅一例作「⽊」（3302），也少一橫筆；令字一般作「食」，少數作「食」[註76]（4054），也同樣少一橫筆；雨字一般作「⾬」，少數作「⾬」形（170），上端少一橫筆；祖乙合文僅見一例，祖字作「日」（4286），也是少一橫筆。

　　缺筆就是筆畫的減損，筆畫的減損與增加是相對的，兩者原無分項敘述的必要，但在《屯南》材料中的缺筆例經常是偶見的失誤，而且在分類上並不足以構成時代性的字體特徵，它與下一項的筆畫增加例本質上仍有分別，因此我們還是獨立一項來說明。

3、增添筆畫例

　　增添筆畫的情形在《屯南》中較少來自於偶然誤刻，絕大多數形成一組固定數目的群聚，有些甚至有明顯的分類斷代功能。例如《屯南》中子字有作「⽚」（1111）、貞字有作「貞」（56）形的例子，具備子組卜辭才有的「底部橫筆」。另外，燎字有「⽶、⽶、⽶、⽶」（2247、1102、4480、4324）四種對比，與殷墟其他卜辭多作「⽶」的情形有別。又屰字偶見作「屰」形（4075）、牢字作「牢」（4563），又叀字一般作「叀」，而《屯南》武乙期中多數作兩橫筆的「叀」（304），並曾與三橫筆的「叀」形（740）同版，它們都不是孤例。

4、全文倒書例

　　倒寫文字的情形也是殷墟甲骨共有的特色，存在著固定的比例。本項分為全文皆倒及局部倒書兩種，全文倒書者如侯字作「侯」（3396、3397），征字作「征」（2091），這些狀況都是少數。

5、局部倒書例

　　這是指一字之中部分筆畫方向倒反，整體字形仍維持正向的例子而言。如牢字作「牢」（4347）、來字作「來」（2091），這些狀況也是少數。其中，「來」字和上一項「征」字同版，兩字皆有相同倒寫文字傾向，尤其顯現本版書手的獨特書寫習慣。

〔註76〕《屯南》4054版兩辭條「令」字皆作此形。其一為：「丁巳卜，貞：王令並？在商。」
　　　　另一作：「丁巳卜，貞：王叀丁巳令●【空白】？」

6、增繁例

這是不易歸類的一項。如田字作「畕、畕」（102、2260）兩形、止字作「凵」（2462）形，類似金文的筆法。〔註77〕又燎字加外框作「囷」〔註78〕（885），是少見的例子。

7、變形例

《屯南》中的「子」字形態多樣，最適合說明這個分類。例如殷墟甲骨一般作「凷」形、《屯南》一般作「凷」（2836），有時圖畫意味更加濃厚作「凸、凸」（643、660）兩形；另外僅見一例作「凸」形（2672）〔註79〕，與常見諸例差異甚大，是很具代表性的異體。

8、粗率直筆

甲骨文字中偶見筆畫轉折多，而逕以率直線條代替曲筆的情形，這類情形通常發生在斜向的圓轉筆畫的部分。如弗字本多作「弗」，改作「弗」（1008、2169）；干支字的寅字常見作「寅」，而改作「寅」（2522）；辰字本多作「辰」，而以直筆作「辰」（3580）；希字一般作「希」，此處有作「希」（4338）者；廿字本作「凵」，而用直畫作「∨」（51）等例子皆是，它們在《屯南》都只有一例。

9、特殊寫法

這類例子是本文特別討論的重點。它既不是偏旁改變，也不破壞形構，更不增減筆畫，它是一種筆畫習慣上的微小差異。當這類習慣性寫法一再出現，就有獨立成類，作為斷代或分組工具的可能。

文字形容難以突顯這一類字體的特性，以下我們舉三個例子來說明，並在第三例中配合出土資料，作地層與文化分期的聯繫：

召「召」（2634、4103）

殷墟甲骨召字一般作「召」形。《屯南》有二例作「召」，筆畫轉折處生

〔註77〕《屯南》2462版禦字作「禦」，圖象意味濃厚；止字類似金文，作「凵」，《金文編・附錄上》441號字形作「凵」、448作「㘭」，止形偏旁同此。

〔註78〕辭例作：「弓○大庚」，○字宜作燎字解。

〔註79〕該字形姚孝遂、肖丁《小屯南地甲骨考釋・釋文》作「克」字解，不確，宜作干支之「子」字。

硬板直，但又和前述的粗率直筆不同。該字形刀字偏旁下方不左彎，同樣的例子在《粹編》1126 版出現，這種寫法的召字充滿了個人書寫的風格。

癸「✕」（4407、2536）

《屯南》4407 版中，同版癸字二例均作「✕」形，上方不出頭、下方出頭；2536 版也出二例，卻一作「✕」、一作「✕」，這說明了這類刻寫者的習慣寫法似乎是「✕」，但也偶而寫成「✕」。過去資料中，其他甲骨中的癸字大都只作「✕、✕」兩種形體，筆畫的出不出頭，體例統一，截然有別，不會有上半不出頭、下半出頭的折衷型寫法。這個字形在不同兩版中共出現三次，不是偶然的刻寫失誤，用作為某一王朝的流行寫法又過分細微，我們推測在當時所有的書手並未共同承認、引用這個寫法。

牢「✕」（2483、2552、3124、4023、4068、4323、4431、4563）

牢字在殷墟其他甲骨中，通常作「✕」（甲 546）這一種形體，「✕」形外框採取「密封」的寫法，有時簡化屈折部分作「✕」（甲 392），或者完全不屈折，作「✕」（甲 3576）。以上例子在殷墟甲骨中都算是常見例。本字形作「✕」（《屯南》2552），則打破「✕」形的密封型態，中間橫向的筆畫習慣性地突出於上半部寬幅之外，上下部分經常脫離，這種寫法的特徵極其明顯。我們深入來觀察「牢」字這款特殊寫法在考古資料中的年代分布情形〔註 80〕，以作為例證，首先將出現在《屯南》中共八版的「牢」字特殊寫法例整理成表格：

片號	2483	2552	3124	4023	4068	4323	4431	4563
字形								
出土坑位地層	H58	H80	M13（H33）〔註 81〕	T23-2A（G1）〔註 82〕		T44-3	T53-2	T55-3
所屬年代	康丁	康丁	康丁	康丁		康丁	康丁	康丁

〔註 80〕本表各版年代，參考《小屯南地甲骨》下冊第一分冊《釋文》所定。

〔註 81〕屯南 M13 並非殷代墓葬，該墓出土甲骨年代由殷代灰坑 H33 的地層所決定。

〔註 82〕T23-2A 地層年代由灰溝 G1 決定。

〔註83〕

綜合地層關係與甲骨分期的資料繫聯，我們發現：從灰坑、探方、夯土層三者交互研判，八版卜骨的年代全都屬於屯南中期前段，也就是康丁、武乙時期。若以《屯南》整理小組編《釋文》所附記王年爲標準，這個寫法的牢字就全都存在於康丁卜辭中，加上字形大小固定、風格雷同，有可能是出自同一刻寫者之手或者年代接近的少數刻寫人，生存年代主要處於康丁王朝，或者向前後延伸少許，這個推測是不過分的。

二、《屯南》特殊寫法的歸納與分析

透過以上說明與分類，我們發現關於屯南異體字的幾項特性，我們分別對它們的深入探討，抽繹出這些不同分類中共同存在的某一種「亞形」異體字，並且加以定位本文所謂的「特殊寫法」。

首先是偏旁變化的部分。以災字的出現狀況來看，《屯南》中最常出現的是「屮、册（册）」兩體，作「册」形者僅有兩例（4447、4327），從這個字的立場來說，屯南這批材料對災字的寫法變化，偏重在形符的改易，聲符的增省是少數狀況。這個字形已受到引用成爲異體字斷代的依據，由於災字本身偏旁已經置換，字形結構有了根本性的更動，所以我們不將它列入特殊類型。

其次是缺筆例。《屯南》中缺筆的異體字依出現的次數與字體的成熟程度看，可以分爲兩類：第一類屬偶然發生的誤刻，這類例子少，不形成規則。如前節所舉今（△）、往（苗）、雨（三）、祖（日）諸例；第二類如牢（牢）、告（告）、令（令）等，這類字例不能說是誤刻。以4054版「令（令）」字爲例，同版兩個「令」字都缺橫筆，可能在該版之內，缺筆的今字是刻者所認爲的當然字形，故第二類缺筆例就成了極有分類斷代價值的字形依據，我們將它列入特殊類型。

粗率直筆和部分的增添筆畫例（册、牢）都是少見的孤例，無法形成規則，因此我們不列入特殊類型裡去。不過增筆例中的「貞（貞）」、「子（子）」、「叀

〔註83〕以上表格由筆者整理，資料引用自郭振祿：〈小屯南地甲骨綜論〉，《考古學報》1997年1期，以及中國社會科學院考古研究所：〈1973年小屯南地發掘簡報〉，《考古》1975年1期。

（ ）」等字由於在《屯南》中大量出現，加上帶了橫筆的貞字在既有研究著作中已成爲斷代標準；而子字也具備完全相同的寫法特徵；叀字在《屯南》中幾乎全數使用二道斜筆或三道斜筆，所以我們將它們列入特殊類型。

關於兩項倒書例，值得細說的是 2091 這一版（見附圖一），全版可通讀的辭例有兩條：

（2）弜祉于來日？

（4）癸酉卜：耏甲歲，叀牝？

在這版裡，「牝」、「祉」、「來」三字都有倒書情形，牝字作「 」，偏旁「匕」字個別作倒書，而牛旁不倒；來字部分筆畫方向上下相反，也是局部倒書；同版「祉」字全文倒寫作「 」。這三個字都不同程度地表現出了非常態的寫法，應該不是偶然的失誤造成的。

增繁例字形多半有著濃厚的圖畫意味，它們被用作早期卜辭的特徵已有相當多的實證經驗，此不贅述。

特殊寫法是本節的重點，前段所介紹的「召」字筆勢、「癸」字的出頭與否、「牢」字外框的分離寫法等狀況，都是檢驗某一段時期或者某一個書手字跡的良好工具。

再說到《屯南》中的「牢」字這一款特殊寫法，標準形如：「 」（屯 2483）。關於這個字的外框部分，一般寫法在筆畫轉折處都是連接良好的「 」形，向來不分岔或者出頭，但《屯南》甲骨中這種字形並不罕見，不是偶見的孤例。《屯南》全書圖錄 4612 版甲骨中有八版的「牢」字出現了這種外框上下脫離的狀況。這種特殊刻寫方式，並不是一般異體字類型中的常例：它並未改變偏旁，也沒有增加聲符，或者由他字同音假借。它僅僅是刻寫習慣中筆畫不緊密的情形，但由於它在《屯南》中接二連三地出現，就成爲令人側目的形體了。

這個特殊寫法，有沒有獨立討論的必要呢？我們以爲是的。林澐曾經提到的「書體風格，字形特徵和用字習慣」〔註 84〕，就明顯提及字體之下仍存在有「風格、特徵、習慣」的細小分別，本文的「特殊寫法」與此三者雖有別，但模式是類同的。

〔註84〕林澐：〈小屯南地發掘與殷墟甲骨斷代〉，《古文字研究》第九輯，1984 年 1 月。

李學勤說：

> 凡是字體相同的卜辭，都大致是同時的，它指出了某些甲骨在時代
>
> 上的橫向關係，所以它無疑是分類的依據。[註85]

李學勤提到的「字體」的說法較爲粗疏，本文的「牢」字就具備有這種比一般
字體差異更細微的特殊寫法，李、林等人都沒有提到「字體之下」的這些狀況
之間有何差別。事實上，即使寫成了「同一個字」，不同刻寫者所寫的，都或多
或少地表現出個人或少數人書寫習慣的特徵，這些特徵往往更能表達區別意
涵，當然也就更能顯現字體在分組斷代上的微細條件。

綜合之前的討論，筆者以爲九類《屯南》的異體字形中有以下幾種，可以
考慮作爲分類斷代的微細標準：

部分的缺筆例：指有意的缺刻，如 （牢）、 （告）、 （令）。

部分的增筆例：如 （貞）、 （子）、「 、 」（更）。

變形例：如 （子）。

特殊寫法： （召）、 （癸）、 （牢）。

三、結　語

上面所提這幾種標準，有些實際上已被拿來作爲分類斷代的字形比較例
證，但它們的特殊性向來沒有得到獨立的討論。這些寫法放在字形發展的邏輯
上，對其他異體字而言是次要的標準，但也有可能推翻主要的字形分類，成爲
更客觀的甲骨分類標準。甲骨的分類，具有時間與空間的雙重意義，是一項高
難度的作業，把特殊類型標舉出來，就是希望甲骨斷代的字形分類理論能得到
深入的分析，而不是看到不同字形便直接加以分組定類，這樣的作法有著相當
程度的危險。

透過討論，筆者以爲：依字體斷代分期的觀念必須再重新檢討。使用一般
異體字的觀念去分類，固然可以繫聯出完整的組別，但卻難免遭遇到不同年代
同出同一字形，或者字形經繁化、簡化又復原古形的狀況。使用這項特殊寫法
作爲補救條例，當更能指出同類卜辭是否真正同類，或異體寫法是否有必要分

〔註85〕李學勤、彭裕商：《殷墟甲骨分期研究》第十八輯，頁 8，上海古籍出版社，1996
年 12 月。

別開來的情形。最終，我們以為字體分類並不適用於《屯南》甲骨部分字體結構，某些特殊寫法甚至凌駕分組、分類，成為《屯南》本身獨特的書寫品類，根本無法為「早晚期寫法」固定的成說所囿。主張武乙、文丁卜辭提前至武丁晚期、祖庚早期的學者，其實是先提前了斷代，才依字體去分組的，在「兩系說」〔註86〕的前提下，《屯南》甲骨文字無論出現了什麼形體，都將被歸類為武丁卜辭的第二個系統。因此筆者提出特殊寫法，希望可以由細微的書寫習慣中，建立每一批單坑卜辭的文字特性。

〔註86〕見李學勤：〈殷墟甲骨分期的兩系說〉《古文字研究》第十八輯，頁 26，北京中華書局，1992 年 8 月。

第二章 《屯南》卜辭句型探討

第一節　祭祀卜辭句型討論

　　在第一章第二節「《屯南》卜辭的事類分析」中，筆者將《屯南》卜辭分別爲「祭祀、田獵、軍事、卜旬卜禍、風雨年成、記事刻辭」等六大事類。在本章中，我們將依照這六類卜辭順序，加以整理、鋪排基本句型及其變化情況，建立我們對卜辭句型的初步瞭解。

　　董作賓先生曾提到，卜辭中祀典大分新舊兩派，舊派祀典龐雜，種類有「彡、壹、劦、出、寮、勺（彳）、福、御、匚、冊、帝、炆（燄）、告、求（奉），視（見）」，新派則有「彡、翌、祭、壹、劦」五種周期規律的祀典。〔註1〕

　　我們以祭祀動詞「V」構成「V──先祖──祭牲」這樣的基本句型來衡量，合於條件的《屯南》卜辭祭祀動詞共有「又、歲、奉、告、酌、彳、劦、寧、禘、陳、杏、乎、聂、卯、畐、祝」十六種，以下，筆者以這十六種祭祀動詞爲軸心，說明《屯南》祭祀卜辭的表現。

一、以祭祀動詞爲軸心的句型討論

　　以下，依《屯南》卜辭表現的實況，以祭祀動詞爲中心，分項來說明祭祀類卜辭句型的分布以及表現狀況。

────────────────

〔註 1〕見董作賓：《甲骨學六十年》頁 111～112，藝文印書館，民 63 年 4 月。

（一）又

「又」字在《屯南》祭祀卜辭中有獨立使用，不與其他動詞合見的例子，
如：

屯 95　　王其又父甲、公〔註2〕兄壬，叀龨？

屯 978　　丁酉貞：又于伊丁？

屯 1147　　丁卯卜：其又于帝□？

屯 2470　　甲午卜：王其又祖乙，王鄉于宕？

屯 2699　　甲戌卜：王其又河，叀牛，王受又？吉。

又字直接加在先祖之前，或者加「于」字，形成「又（于）先祖」這樣的文
例，部分例子加上了祭牲，成「又（于）先祖——祭牲」文例，在這種狀況
下，「又」字用為祭祀名稱，作動詞使用。另外，屯 890 等版還有特殊的「又
出入日」例：

屯 1116　　（12）甲午卜，貞：又出入日？（一）

　　　　　　（13）弜又出入日？（一）

屯 2615　　（2）癸☑其卯入日，歲□上甲二牛？（二）

　　　　　　（3）出入日歲卯四牛？不用。（二）

「出入日」的詞位功能近於父祖、伊尹、河等先祖、名臣。關於進一步的詞義，
吳俊德以為即「（迎、送）日神」〔註3〕，然而「迎日神」、「送日神」本身不宜
成為「又」的受詞，宋鎮豪則以為：「『出日』、『入日』的祭禮通常行于春秋際，
似有天象的標準；『出日』、『入日』在殷代已有抽象專名的性質，由此可見殷人
對于四時已有正確的認識。」〔註4〕說法以「出日、入日」為專有名詞，在語法
上較為合理，可從。

　　獨用的「又」，還有直接加上祭牲，形成「又——祭牲」的文例。如：

〔註 2〕 公，字作「厷」。公字可以獨用，見于屯 31 版：「乙未卜：又于公？」；為求謹慎，
　　　 此「公」僅作為隸定字形，不作他用。

〔註 3〕 吳俊德：《殷墟第四期祭祀卜辭研究》頁 159，國立台灣大學文史叢刊之 126，2005
　　　 年 10 月。

〔註 4〕 宋鎮豪：〈甲骨文「出日」、「入日」考〉《出土文獻研究》頁 40，文物出版社，1985
　　　 年 6 月。

屯 220　　　癸巳卜：又羌□一牛？茲用。

屯 1003　　其又羌五？

屯 2104　　辛未卜：又十五羌，十牢？（三）

兩種句型合起來看，「又──祭牲」的文例是由「又（于）父祖──祭牲」文例變化而來的，省略了受祀對象，由以下同組句例可知：

屯 611　　　己巳貞：王又彡伐于祖乙，其十羌又五？

　　　　　　弜又羌，隹歲于祖乙？

「弜又羌」是針對「其十羌又五」來說的對貞句，因此，我們可以解析這兩句的成分，表列如下：

己巳貞	王又彡伐于祖乙	其（又）十羌又五
（己巳貞）	（王）隹歲于祖乙	弜又（十）羌（又五）

在這一組卜辭對照之下，否定句「弜又羌，隹歲于祖乙」就是「（王）隹歲于祖乙，弜又（十）羌（又五）」調整詞序後的結果。再進一步，將「隹歲于祖乙」省略，就形成了「又──祭牲」的文例。更清楚的例子如下：

屯 488　　　（2）乙亥貞：又彡歲自上甲，𠂤，菁上甲乡？

　　　　　　（3）乙亥貞：其又羌？

情況很明顯，「其又羌」之後連受祀先祖、理應并用的祭祀動詞（彡、伐）都省略了。

另一個類型，是「又」字和其他祭祀動詞合用，甚至前後連綴使用。如：

屯 2354　　戊辰卜：其又歲于中己，王賓？

屯 488　　　乙亥貞：又彡歲自上甲，𠂤，菁上甲乡？

屯 595　　　甲申貞：又彡伐于小乙羌五、卯牢？

屯 1091　　甲午貞：又彡伐自祖乙羌五，歲三牢？（三）

屯 1131　　甲辰貞：祭于祖乙又彡歲？茲用二牢。

屯 2420　　甲子貞：彡歲一牢？茲用。又彡〔大乙〕一牢、大丁一牢、
　　　　　　大甲一牢、□一牢？

其中又以「又、彡、歲」三者相綴、聯合使用最爲常見，這點形成《屯南》卜辭的特色。關於「又、彡、歲、」的配合關係，詳見於本論文第三章第三節〈祭

祀卜辭的動詞層級：「又、彡、歲、伐」〉。

（二）歲

在《屯南》卜辭中，「歲」字句一直出現兩種主要的用法：

1. （又）歲——于——祖妣

2. 祖妣——歲——祭牲

第一種句例中，單純不加「又」字在前的「歲于——祖妣」例是少見的，在《屯南》中僅有兩例：

  屯 611　　弜又羗，隹歲于祖乙？

  屯 2908　　歲于耆□？

兩者都沒有前辭（干支卜貞），顯示都是不完整的對貞省略句。絕大多數受祭先祖在後的「歲」字句，都必須和「又」字並聯出現，形成「又歲——于——先祖」這樣的形式，並且前辭完整：

  屯 34　　☑祭𢼸，又歲于祖辛？茲用。

  屯 260　　丙辰卜：其又歲于祖丁，叀翌□？

  屯 2354　　戊辰卜：其又歲于中己，王賓？

  屯 3794　　丁巳卜：歲至于大戊？茲用。

  　　　　　弜至？己未卜：其又歲于雍己？茲用十牢。

  　　　　　弜又？

居于句首的「又歲」句，會以「其」字作爲命辭的開端。另外，上舉諸例中，屯 3794 以同版對貞關係告訴我們：「歲」可能是「又歲」的省略，而「又」字本身是具有實義，作爲動詞使用的。有一個例子也看得出「又」字的實詞性質：

  屯 1015　　甲辰卜：又祖乙歲？

第二種句例數量大於第一種，換句話說，多數「歲」字句將受祭祖妣提前，在句末加上祭牲。例如：

  屯 236　　壬寅卜：妣癸歲𡥀𡥀〔註5〕，酙翌日癸？

  屯 1014　　毓祖乙歲牢？

  屯 1110　　甲寅貞：伊歲，冓匚丁日？

〔註 5〕「𡥀𡥀」字，朱師以爲同於「奴」字。見《通釋稿》51 頁。

屯 1031　　癸酉卜：父甲夕歲，叀牡？

屯 2354　　戊辰卜：中己歲，叀羊？

屯 1126　　丙戌貞：父丁其歲？

這在《屯南》祭祀卜辭是一種常態現象，和其他祭祀動詞的主要句型不同。這兩種常見句型其實是息息相關的，少數「祖妣——歲」句型之前有「于」字出現，顯示「祖妣——歲」與「（又）歲于——祖妣」兩種句型之間的變換關係：

屯 613　　　于祖丁歲，又正，王受又？

屯 3673　　癸丑貞：王又歲于祖乙？

　　　　　　于父丁又歲？

尤其屯 3673 二條是同版對貞辭，證明強而有力。其他同版例子也證明，「又歲」與「祖妣——歲」句型是交互調配使用的：

屯 642　　　叀今夕其又歲？

　　　　　　叀王至，妣辛歲？

這就清楚地說明了：「祖妣——歲」與「（又）歲于——祖妣」兩種句型本來是同句型的移位〔註6〕變化，而《屯南》中的語言習慣選擇了將祖妣前置作為「歲」字句的主要用法。從「又歲于祖妣」句末均少見祭牲的記錄看，將祖妣提前似乎有助於在下半句安排歲祭的牲畜，而成為「祖妣——歲——祭牲」這樣的完整句型。除了主要句型，《屯南》「歲」字句也有一些句型，具有一定的意義。

　　首先是少量出現的「王賓歲」句，它的型式是「干支卜（貞）：王賓祖妣歲，亡尤？」這類句子主要分布在在第一、二、五期殷墟卜辭中，在第三期卜辭甚為稀少〔註7〕，第四期卜辭則完全沒有。這和《屯南》「歲」字句的表現是相合的，「王賓歲」句如：

屯 95　　　己卯卜：王賓父己歲叔，王受又？

這條是康丁卜辭，對照第四期武乙、文丁卜辭完全沒有「王賓歲」句的狀況看，可以認為是第二期「王賓歲」句的殘餘。

〔註6〕本文所稱的「移位」，沿用自朱師歧祥《殷墟卜辭句法論稿》第四章〈對貞卜辭句型變異之二——移位〉，朱師云：「所謂移位，蓋指句子中因詞的移動而使句型結構發生更易的現象。」見頁239。學生書局，1990年3月。

〔註7〕據《類纂》統計，第三期「王賓歲」句僅有五例，見《類纂》頁919。

「又歲」之外，「歲」字之前也常出現「某歲」這樣的句型。例如：

 屯 20 丙申卜：祖丁莫歲☑？

 屯 173 父甲夕歲？弘。

 屯 1031 癸酉卜：父甲夕歲，叀牡？

 屯 631 丙辰卜：二牢征歲于中丁？

 屯 1088 祖乙彳歲，其射？吉

其中的「夕歲」爲下列句子的省略：

 屯 642 叀今夕其又歲？

「莫（暮）」、「夕」兩者是時間副詞；「征」即延長之延，作副詞用〔註8〕，李孝定云：「契文之征釋爲延，讀爲延，於卜辭之例均可通讀。」〔註9〕；「彳」則是關於「歲、伐」二者是否合用的狀況。以上三者都有修飾、限定「歲」字的功能。最後，我們來看一組同文句例：

 屯 890 癸未貞：甲申酚，出入日歲三牛？

     癸未貞：其卯，出入日歲三牛？

 屯 2615 出入日歲，卯四牛？不用。

     癸☑：其卯，入日歲□上甲三牛？

可以看出「歲、卯」兩者靈活的詞序交換現象。此處的「歲」字仍以歲祭來理解較好。我們以歲祭爲主軸，受祭對象上甲這個基調來檢視，這組文例可以還原成爲這樣的完整句型：

 癸未貞：歲上甲于出入日，卯三牛？

如此理解這組文例，才不致於因爲「歲、卯」的詞序交替，而混亂了我們對祭祀卜辭基本句型的認識。

（三）羍

「羍」字或釋作「求」〔註10〕，或釋「祓」〔註11〕，或釋「桼」〔註12〕，從

〔註 8〕趙誠：〈甲骨文虛詞探索〉，《古文字研究》第十五輯，頁 279。

〔註 9〕《集釋》頁 0607。

〔註10〕見羅振玉：《增訂殷虛書契考釋》頁四十三（版心頁碼），藝文印書館，1981 年 3
   月。又裘錫圭增補其說，亦贊同釋求，見〈釋「求」〉《古文字研究》第十五輯，

常見的「桼禾」、「桼生」、「桼雨」等語例看來，釋「求」是順當的。在《屯南》卜辭中，「桼」經常和附帶原因的賓語〔註13〕形成「桼○」這樣的形式，總共出現了「桼年」、「桼禾」、「桼生」、「桼雨」、「桼升」〔註14〕、「桼龍」〔註15〕六種組合。「桼」字句基本句型為：「桼○于祖妣──祭牲」，例如：

屯 2666　　庚寅卜：其桼年于上甲三牛？

屯 750　　　辛卯貞：其桼生于妣庚、妣丙一牢？

屯 2584　　壬申貞：其桼雨于示壬一羊？

屯 2860　　癸亥貞：弜桼升？

也有少數例子在祭牲前加上了處理方式。如：

屯 2667　　庚戌卜：其桼禾于河，沉三牢？

本句可以視為「桼禾于河三牢？」的變化句型。分期來說，康丁期「桼○」僅有「桼年」一種，武乙之後始有「桼禾」、「桼生」、「桼雨」、「桼升」、「桼龍」等不同的事由記錄。由於康丁期只稱「桼年」沒有「桼禾」，武乙之後只稱「桼禾」，沒有「桼年」，加以兩者所桼祖妣對象大致相同，用牲情形相近〔註16〕，判斷康丁期的「桼年」，意即武乙之後的「桼禾」。有康丁、武乙句例顯示，此類句子在《屯

頁 204。

〔註11〕龍宇純：〈甲骨文金文䈺字及其相關問題〉，《中央研究院歷史語言研究所集刊》第三十四本下冊，頁 415。

〔註12〕《甲骨文字詁林》1533 條「桼」字下按語：「『桼』即『漆』字」（頁 1477），言有漆飾之意。

〔註13〕周國正在〈卜辭兩種祭祀動詞的語法特徵及有關句子的語法分析〉一文名之為「事由賓語」，見《古文字學論集（初編）》香港中文大學編，1983 年。沈培則名之為「原因賓語」，《殷墟甲骨卜辭語序研究》頁 91，台北文津出版社，民 81 年 11 月。

〔註14〕字作「乎」，視為「升」字異體。

〔註15〕例如屯 2414 版：「率小示桼龍？」屯 4233 版文同。「桼龍」句所祭先祖詞序都提前到句首。

〔註16〕康丁期「桼年」對象為：大示（屯 2359）、毓祖丁（屯 2359）、上甲（屯 2666）、高（即高祖，屯 3157）、河（屯 2667）；武乙之後「桼禾」對象為：河（93）、夔（3083）、岳（3083）、高（即高祖，916）、自上甲十三示（827）。康丁期用牲有：毓祖丁一羊（2359）、上甲三牛（2666）、河沉三牢（2667）；武乙期之後用牲則有：示壬羊（2584）、岳夒三小宰（3083）、河夒三小宰（93）等。

南》不同王朝、不同字體的背景下，對「高祖」有著相同的稱呼省略模式：

> 屯 132　　高燎，王受又？
>
> 屯 3157　　己巳卜：其燎年高，王受□？
>
> 屯 916　　辛未貞：燎禾于高，眔河？

屯 132、3157 兩版《屯南・釋文》年代定為康丁期，屯 916 則是武乙期。這不但強化了「燎禾」、「燎年」本為一事的推論，同時也側面顯示出康丁卜辭確有語言特徵與武乙相同。

　　「燎」字句也有不以「燎○」型式出現，直接以「燎」作為唯一動詞的例子。如：

> 屯 59　　　其燎于亳土？
>
> 屯 132　　高燎，王受又？
>
> 屯 2359　　毓祖丁燎一羊，王受又？
>
> 屯 2784　　燎在畐？
>
> 屯 2860　　其即宗燎？
>
> 屯 3133　　燎二牛？
>
> 屯 4331　　乙未貞：于大甲燎？
>
> 　　　　　乙未貞：其燎，自上甲十示又三牛，小示羊？
>
> 　　　　　乙未貞：于〔父〕丁燎？
>
> 屯 2174　　多亞燎？

發現「燎」字句不作「燎○」，僅以「燎」出現時，就標示著這是一個省略句，全句結構也會跟著省略，如「燎二牛」、「其燎于亳土」、「燎在畐」，同時也伴隨詞序移位的現象，如「毓祖丁燎一羊」、「高燎」、「于大甲燎」。

　　屯 2359 的「燎」，應當也就是「燎年」之省，從同版例可以看出：

> 屯 2359　　丁亥卜：其燎年于大示，即日，此又雨？
>
> 　　　　　其燎年□祖丁先酚，□雨？吉。
>
> 　　　　　毓祖丁燎一羊，王受又？

前已提到「燎」字句基本句型為：「燎○于祖妣──祭牲」，所以凡言「燎──祭牲」者，都應視為基本句型的省略、移位所造成。如：

屯 3133　　棗二牛？

屯 2359　　毓祖丁棗一羊，王受又？

屯 2359 版「毓祖丁棗一羊」對照同版「其棗年□祖丁先酚」句，當更能瞭解「棗」
字不作爲處理牲畜的方式來使用。陳夢家曾將「棗」字列入祭祀動詞的「用牲
類」，並云：「用牲類的祭動詞，往往以牲爲其直接賓詞。」〔註 17〕這個說法可
以再商榷。

（四）告

「告」字句型在《屯南》之中可以分爲三個種類，細分成七個句型：

1. 告某事于父祖——（祭牲）

2. 于父祖告某事

3. 告某事

4. 告于父祖——祭牲

5. 告自父祖

6. 自父祖告——祭牲

7. （其）告某事

第 1、2、3 型以「某事」爲中心，後兩者是第 1 型的移位、省略型，這屬第一
類。第 4、5、6 型以「父祖」爲中心，第 4 型針對單一父祖，第 5、6 型則針對
合祭的父祖，第 6 型則是第 5 型的移位型，這屬第二類。第 7 型則直接言所告
之事，屬於第三類。以這樣的語義架構去理解「告」字句，對於變異句型就可
以得到較爲圓融的解釋。第一類句例如：

屯 135　　　于大甲告望乘？

　　　　　　于祖乙告望乘？

屯 243　　　甲申卜：于大示告方來？

屯 1050　　己巳貞：其畲宄，告于父丁大牢？丁丑□。

屯 1095　　□□貞：其告黿于上甲？

屯 3666　　□于父甲告圍，又戈？以王𢦌。

這些例子中，所告之事大都直接安排在告字後，某些事項內容較多，則分別成

〔註 17〕《殷虛卜辭綜述》頁 100〈文法〉章，北京中華書局，1992 年 7 月。

立一子句（如屯 1050「其畚宂」）。告的父祖對象大都有「于」字作為標示，「于父祖」的詞位或前置句首，或者在告事之後，但父祖前置句首的句例都一致地沒有祭牲的記錄。

　　第二類句例以「父祖」為中心，不言「告某事」，所告之事省略，或者另立新的小句。如：

　　　　屯 783　　告于祖乙三牛，其往憂？

　　　　屯 965　　辛巳卜：今日告父丁一牛，迺令？

　　　　屯 4015　　自祖乙告祖丁、小乙、父丁？

這可視為第一類句例的省略型，「告父祖」之後，祭牲時有時無。

　　第三類句例只說明所告事由。如：

　　　　屯 2067　　□告又豕，王其七比□？

　　　　屯 4544　　丁丑卜：其告祭訴至？

　　　　屯 2295　　丁未貞：叀乙卯告帝？

　　　　屯 312　　己酉卜：攸宄告启商？

　　　　屯 580　　其告亞毚，王于丁今庚？

這類句例都沒有告祭的父祖，也沒有祭牲的紀錄。其省略的告祭對象是存在的。句例如下：

　　　　屯 2295　　庚戌貞：其先于六大示告帝？

　　　　屯 656　　其告訴祖辛，王受又？

屯 2295 版中，庚戌與丁未二日所貞辭是同事類的，是以丁未貞一辭乙卯日所告的對象與「六大示」地位應是平行的，其存在當然不可否認。又屯 656 版中，「訴」即屯 4544「祭訴」之省，所告的對象祖辛也當然存在。

　　總合所有《屯南》句例來看，告字句還有以下三點可以紀錄備查：

　　1.「告」的對象都是先父祖以及「土、河」等自然神，沒有妣某。

　　2. 告祭所用皆為牛牲，只在少數殷墟卜辭用羊。〔註18〕《屯南》所用告祭牲畜出現得少，試以全體殷墟卜辭去看，告祭所用牛牲與父祖相應，也

〔註18〕即在殷墟全體卜辭，亦僅兩個例外：其一用窜（合 1399）；其一用羊（合 5995）。
　　　　用羊牲例也都在第一期出現。

有極固定的數量。試分行列舉如下：

a. 告于父丁者絕大多數為一牛，偶而有三牛出現。

（合 33017、合 33033）

b. 告于上甲、示壬、王亥皆三牛。（屯 783、合 32333、合 30447）

c. 告于成唐，地位最高，用到了九牛。（合 22749）

這與告字在字形上與牛的相關造成了巧合，值得我們作為參考。

3. 一點看，告字句中祭牲不常出現的情形，可以理解為用牲方式、數量的固定，造成了習慣性的省略。

（五）酚

在《屯南》卜辭之中，「酚」字句的出現句型有四種模式：

1. 酚——祖妣——祭牲

2. 叀（于）——某日——酚

3. 與其他動詞連用（酚彡歲、酚彡伐、酚桒、酚劦、酚餗）

4. ……先酚

第一種與各祭祀動詞的常態句型相同，但在數量上則是第二種句型最多。這一到四類，我們依序各舉出一例來看：

屯 1118　　丁亥貞：辛卯酚河，尞三窜，沉三牛，俎牢？

屯 639　　癸未貞：叀翌甲申酚？

屯 739　　甲午貞：酚彡伐，乙未于大乙羌五，歲五牢？

屯 4324　　叀霝霋，先酚，雨？

另一方面，「酚」通常是祭典中的一道程序，層級在祀典之下，由以下例子可看出來：

屯 2359　　其桒年，□祖丁先酚，□雨？吉。

屯 2324　　丁□卜：王其又大彡毓祖丁，叀乙□？大吉。

　　　　　　叀丁巳酚，王受又？

　　　　　　叀丁卯酚，王受又？

屯 4582　　霝霋，〔弜〕至日酚？吉。茲用。

　　　　　　其至日？

屯 922	甲子卜：其酻彡日大乙，其劦于祖乙？
屯 182	□亥貞：其又匚伊尹，叀今丁卯酻三□？
屯 1104	癸酉貞：甲申其酻，大钔自上甲？
屯 2366	庚午貞：王其**㞢**告自祖乙、毓祖乙、父丁？
	乞日酻？
	叀乙卯酻？

「酻」字除了與日期相關（「叀丁巳酻」、「至日酻」、「甲申其酻」），而且是在「秦、弓、夒、劦、又匚、大钔、告」諸祭之下的一個動作。不僅如此，「酻」在句中所表意義，也與祭祀程序的先後強烈相關：

651	叀岳先酻，迺酻五云？
2265	甲辰卜：大乙眔上甲酻，王受又？
	先上甲酻？
2359	其秦年，□祖丁先酻，□雨？吉。
639	叀歲，先酻？
	叀夒，先酻？

這兩個觀念對於「酻」字的句型變化有重要的影響。前述「酻——祖妣——祭牲」句型其實就是一種變異例，並非常態。我們對比相關句例，成組地來看：

屯 182	□亥貞：其又匚伊尹，叀今丁卯酻三□？
屯 608	丁未貞：酻高祖匚，其牛高妣？
屯 68	丙申卜：聂狄，酻祖丁眔父丁？
屯 2296	己未卜：中己歲眔兄己歲，酻□？

前二辭一組，後二辭一組。屯 608 版所謂的「酻○○匚」事實上是屯 182 版「其又匚○○，叀今丁卯酻三□」的移位省略句，屯 608 版的句型變化動機，可能來自於其後需加上「其牛高妣？」這樣的內容所致。如果維持「其又匚○○，叀今丁卯酻三□？」句型，那麼加上「高妣、牛牲」的陳述將會使句子過度冗長、繁複。因此，「酻」字提前、省略「三□」，將下半句留給了高妣，是一個聰明的調整。後二辭中，「聂」，宜爲「聂邑」之省，屯 68 版所行的是聂邑之禮，而對祖丁父丁行「酻」的儀式；同理，屯 2296 版所行的是歲祭，此句將「酻」置後，與屯 68 版對照，就顯得條理清晰。

配合「酻」字本身在祭祀中的角色：與日期經常相關、層級在主要祀典之下、講究先後程序這三點看，「酻」與多數祭祀動詞句型「祭祀動詞——祖妣——祭牲」這樣的主要結構不同，依一般「祭名」、「祭法」的稱呼，「酻」字既有作爲「祭名」的例子，更多時候是作爲「祭法」的。這個現象，陳佩芬以爲：「（酻）是單獨的祭名，也可以是多次祭祀中的一個環節。」〔註19〕又云：「它既可以是祭名，也可以是祭法，但絕大多數是指祭法。」〔註20〕的確是客觀地看出了「酻」在語言形式上的兩種表現。筆者以爲，「酻」字作爲「祭祀中的一個環節」，比較符合本節觀察的結果。

（六）弓

「弓」字，是常見的祭祀用詞，饒宗頤釋「升」，以爲即典籍「烝歲」之「烝」〔註21〕；詹鄞鑫釋「久」，爲「灸」字初文，是炮烙之意〔註22〕；《屯南》僅云「祭名」，《詁林》按語亦同〔註23〕，此字音義仍不明。吳其昌將文辭加以比對後認爲：「……由是可知弓爲侑食之祭，祭時概須刑牲，故與『歲』、『伐』同稱。」〔註24〕值得作爲參考。

「弓」字句和「歲」字句有一點類似，就是習慣以「又弓」、「又弓○」的方式出現。一般「弓」字標準句型是「又弓歲（伐）于先祖妣——若干祭牲」。以《合集》所見「又弓歲」爲例，如：

合313　　貞：羽乙亥屮弓歲于唐三十羌、卯三十牛？六月。【1】

〔註25〕

合22904　□王□乙丑，其又弓歲于祖乙白牡三？王在‖卜。【2】

合27150　乙卯卜，何貞：又弓歲于唐，亡巻？　　　　　　【3】

〔註19〕陳佩芬：〈繁卣、走馬鼎及梁其鐘銘文詮釋〉，出《上海博物館集刊》第二期，頁15～16。

〔註20〕同上。

〔註21〕《通考》頁377。

〔註22〕〈釋甲骨文「久」字〉，《中國語文》1985年5期，頁384。

〔註23〕《詁林》「弓」字條按語云：「釋『升』、釋『久』皆不可據，只能存疑。卜辭爲祭名。」見頁3400。

〔註24〕吳其昌：《殷墟書契解詁》頁36，文史哲出版社，1971年1月。

〔註25〕【】內數字爲甲骨分期，依董作賓先生五期斷代。

合 32324　辛亥卜：甲子又彡歲于上甲三牛？十二月。　　　【4】

這類例子最多。以上四例分別代表第一到四期，這類句型在第五期沒有出現，「彡伐」例亦如是。以上標準句型，在《屯南》卜辭中亦如是，少數狀況會有移位句出現。例如：

屯 1131　甲辰貞：祭于祖乙又彡歲？茲用二牢。

對照同版另一辭條「□□貞：又彡歲于祖乙？茲用乙酉。」知道這例仍屬常態句型的移位，賓語提前的動機可能與「祭」字有關，這種情形是少見的。

「彡」字也可以獨立使用，其後直接加上犧牲。如：

屯 4360　弜彡人？

　　　　　庚午貞：其彡人，自大乙？

　　　　　壬申貞：人，自大乙酚？

屯 3853　己巳卜：王其彡羌，〔卯〕□？

這種「彡人」、「彡羌」句在《屯南》中就僅有這兩版，屬罕見例。之前提到符合祭祀動詞的標準：「V──先祖──祭牲」的句型結構，「彡」字於此要求是勉強合拍的，但「其彡人，自大乙？」、「王其彡羌」等句的確也是具備先祖（自大乙……）、祭牲（人、羌）兩種主要條件，只是詞序不同，因此也列入討論之中。

由於「彡」字與「歲、伐」〔註26〕兩者合併使用是《屯南》中的常態例子，我們就以「歲、伐」來襯托「彡」字在句中位置的表現。在《屯南》卜辭之中，「彡歲」句在康丁、武乙、文丁都出現過，而以武乙為多；「彡伐」句則全出自武乙。這兩種句在文丁時期產生融合的句例，以「彡伐……歲」、「彡歲伐」這種移位句型表現。如：

屯 739　甲午貞：酚彡伐，乙未于大乙羌五、歲五牢？

屯 2308　丁酉卜：□來乙巳酚彡歲伐十五、十物？

屯 4318　丙子卜：酚彡歲伐十五、十牢，夂大丁？

〔註26〕在卜辭中作為祭祀用詞的「伐」，筆者以為有「名、動」兩用的情形。例如合 898：「貞：曹祖乙十伐又五，卯十牢又五？」伐字明顯作為名詞用。于省吾云：「甲骨文凡祭祀言伐者，均指用人牲而砍其頭言之。其言若干伐，則伐字已由動詞轉化為名詞。」（《釋林》頁 166）極是。《屯南》伐字句例則多為動詞用法。

非常明顯地，「歲、伐」兩者都曾互相作爲用牲方式，交替補足句意上對於「人牲、畜牲」的平衡關係，歲字用在畜牲，伐字用在人牲，唯一不更動位置的是「彡」字，它不位在「歲」字前，就必須在「伐」字前。因爲「彡」，也使得「歲、伐」兩者只能擇一移位到犧牲品之前，而不能兩者都同時作外動詞（及物動詞）來用。這清楚地表達了「彡」字附屬於「歲、伐」專用的性格。

（七）劦

「劦」字第一、二期常作「彡」形，在《屯南》則多作「彡」、「彡」等形。句型大致分爲三類：

1. 劦——祖妣——祭牲

2. 祖妣——劦（——祭牲）

3. 其劦祖妣

第一類句子不多。如：

　　屯 822　　劦妣庚，若囟于升，王受又？

第二類句爲第一類的移位型，再細分爲「有于字在前」、「無于字在前」兩型。例如：

　　屯 754　　于上甲劦？

　　　　　　　于匚丁劦？

　　屯 2412　　于多兄劦？

　　　　　　　于多妣劦？

　　屯 610　　父庚劦牢？

　　屯 1005　　丙子卜：祖丁莫〔註27〕劦羌五人？吉

　　屯 2520　　□父甲升劦，伐五人，受又=？

　　屯 2315　　〔庚〕申卜：妣辛〔劦〕歲牢？

當受祀父祖名提前，不冠以「于」字時，「劦」字也可作爲外動詞，帶上祭牲，如屯 610「父庚劦牢？」。這現象說明細分這兩小類句子是有意義的，賓語前置目的在於帶出祭牲的敘述，移位句並不是隨意出現，有合理的動機存在。

　　第三類句子數量最多，說明「其劦」的常用關聯：

〔註27〕即「暮」字初文，作時間副詞用，修飾祭祀動詞「劦」。

屯 287　　其劦小乙新宗？

屯 595　　□未貞：其劦我祖？

屯 2140　　其劦父己，叀入自□'？

屯 3058　　其劦妣己，又冊？

屯 3960　　其劦于公？

我們以爲：當句意重點在「劦」祭與否時，「其」字冠于「劦」前；反之則否。如：

屯 737　　□未卜：其工于宗門，叀咸劦☒？

屯 4455　　劦，其至上甲，王〔受〕□？

「其」字移到了重點事項上面。「其劦」句和第一、第二類句是同屬一個來源的，《屯南》有二例作爲其間的橋梁：

屯 3127　　甲申卜：于祖乙其劦☒？

屯 922　　甲子卜：其酚彡日大乙，其劦于祖乙？

「其劦」二字連用，是「劦」字句的常態表現形式。就這點來說，反而成了《屯南》祭祀動詞中的少數現象。

（八）寧

「寧」字，《屯南》卜辭作「罕」，不從「宀」、「心」。「寧」字句存在於康丁、武乙兩朝，共九版十一條卜辭，以「寧○于祖妣——祭牲」型式爲最普遍，和「告」字句類似。分類舉如下：

寧疾類

屯 493　　罕疾于四方？

屯 1059　　壬辰卜：罕疾于四方三羌又九犬？

屯 1310　　□□貞：今日其〔罕疾〕☒三羌、九犬？

寧風雨類

屯 744　　罕雨于罩，不啓？允不啓，終夕雨。

屯 1053　　丁未□：于上甲罕雨？

屯 2772　　其罕風、雨？
　　　　　辛巳卜：今日罕風？

寧黿類

屯 930　　　甲申：黿夕至，甼，用三大牢？

　　　　　　貞：其甼黿于帝五丯臣，于日告？

寧食類

屯 3963　　甼食于〔商〕▨？

先看句型。屯 930 版「黿夕至甼」對照同版「貞：其甼黿于帝五丯臣，于日告？」知「甼」字移位，正常句型宜爲「夕至、甼秋」。通觀此十一條辭，移位句只有「黿夕至，甼」（屯 930）、「于上甲甼雨」（屯 1053）兩條，可見主要句型是「甼○于祖妣──祭牲」穩定性高，其他變化少見，而且「甼○」的形式相當固定，不省略爲「甼」，這一點則和「告」字句有別。

　　總合內容來說，十一個條辭例中，「甼疾」、「甼黿」兩事多數句例明確標示出了祭牲與數量，其他則省略。另外，甼字句所祀先祖、神祇有「四方」、「𣥍」、「帝五丯臣」、「上甲」，但沒有「河」與「岳」，見出「寧」字使用場合要比「告○」、「𧒽○」等句型要狹隘。

　　從其他殷墟卜辭看，「寧」字句有以下幾個動機、對象不同的例子：

合 5584 正　丙午卜，古貞：旬甼〔註28〕囚？

合 30260　　癸未卜：其甼風于方，又雨？

合 33575　　辛巳卜，貞：王甼田，亡戋？在牢卜

合 34088　　己未卜：甼雨于土？

合 34229　　丁亥卜：弜甼岳？

　　　　　　丁亥卜：甼岳，叀牛？

「寧禍」，其義可能與「亡禍」相近，「寧」字不作動詞用；「寧田」不見於《屯南》，「寧岳」宜爲「寧○于岳」之省略。依文例表現，大體推估卜辭「寧」字都有止息之義。

（九）禮

　　「禮」字在《屯南》中寫作「𧯷」、「𧯷」兩形，示部在「隹」形下方，而

〔註28〕本版「寧」字作「𣂪」，「皿」、「丁（丂）」二部件左右並列，與一般作上下安排者不同，爲少見字形。

「隹」形是倒書的。「禫」字句例全部在武乙時期，是一個斷代功能明顯的語言結構。依標準型式「禫于父祖──祭牲」去衡量，大部分例子不帶祭牲。如：

屯593　辛酉貞：其禫于祖乙，叀癸☒？

　　　　于甲禫？

屯629　庚寅卜：其區禫？

屯3039　于祖乙禫？

　　　　大甲禫？

　　　　于大乙禫？

某些例子可以看出「禫」字在句中用牲，並與其他用牲方式并列：

屯647　壬午卜：其則毓，父丁禫？

屯1128　己巳貞：其禫、則，眔父丁？

屯4178　乙巳禫孚羊自大乙？

屯647版的「毓」即是五期卜辭常見「自上甲至于多毓」之「毓」，意爲「後祖」，裘錫圭云：「卜辭中作爲祭祀對象的"毓"，指世次居後的，也就是跟時王的血緣關係比較密切的某些先王。」﹝註29﹞這三例都有合祭祖先的內容（「其則毓，父丁禫」、「眔父丁」、「自大乙」），這種祭祀單一先祖不明寫祭牲，合祭時才有用牲相關的記錄（則、孚羊），可能是一種習慣，值得注意。

（十）餗

我們將「餗」字列入祭祀動詞之中，理由是它合於基本句型要求，例如：

屯610　戊午：其餗妣辛宰？

　　　　弜異彡，叀餗，隹劦三宰？

屯1089　甲戌貞：□彡，餗自☒宀至于多毓，用牛□、羊九、豕十又一□？

屯1090　丙寅貞：彡岁奠，餗□卯三宰于父丁？

﹝註29﹞裘錫圭同文另說：「殷墟卜辭中指稱祭祀對象的"毓"，肯定包括時王的祖父以下的先王，肯定不包括高祖（曾祖之父）以上的先王，至於曾祖是否包括在內還有待研究。」見〈論殷墟卜辭"多毓"之"毓"〉，《中國商文化國際學術討論會論文集》頁453、456，中國大百科全書出版社，1998年9月。

另有一些句例，經常性地表現出省略祭祀對象及祭牲的變化：

屯 417　　□其桒餗？

屯 418　　□酉卜：其餗□乙未酚？

屯 974　　己亥貞：餗，弜瑟酚，即？

屯 1055　　丁丑卜：餗，其酚于父甲又麂，叀祖丁用⟋？

屯 1089　　癸酉貞：其□餗戠伊⟋？

　　　　　丁□貞：乙亥酚，餗？

屯 1106　　甲辰貞：曰餗叔？

屯 1230　　⟋餗百⟋？

屯 2582　　⟋祖乙餗□畱彡⟋又？

這類例子佔多數。還有另一特徵就是「餗、酚」相伴出現機會極高，顯示兩者在祭祀過程前後相續舉行。

（十一）杏

「杏」字本作「𠂤」，下方本作「□」形，暫隸爲「杏」。

「杏」字句在《屯南》祭祀卜辭中專用於某些場合，對象只針對父甲。例如：

屯 1123　　丙子卜：畐杏一宰？

屯 2682　　己丑卜：父甲杏宰？

　　　　　己丑卜：羽日庚售其又杏于父〔甲〕⟋？

屯 3778　　己亥卜：父甲杏夂□？

　　　　　弜夂？

杏字在句中一律附在父甲之後，句首沒有「叀」、「于」等介詞，與歲字句情況相近。從杏字的詞序與「又杏」的用法看，杏與「歲、匚」等祭祀動詞用法類同。再援引一些《合集》第三、四期例子來看：

合 27301　　祖丁杏𡿧三卣？

合 27360　　丁亥卜：畐杏弘？茲用三宰。

合 30692　　癸酉卜：杏，叀羊？

合 32645　　丙戌卜：父丁杏，以小丁？

受祀先祖多了「祖丁、父丁、小丁」。從這些例子看，「杏」字的詞序確實是作

爲動詞用的，它的用法尤其近似「歲」字。如：

    屯2364   丙戌卜：二祖丁歲一牢？

    屯173   父甲夕歲弘？

    屯2354   戊辰卜：中己歲，叀羊？茲用。

與上一段《合集》的引例相對照，兩者用法若合符節。再檢視「杏彎三卣」、「茲用三牢」、「叀羊」等內容，發現「杏」祭所用品物包含了「彎、牢、羊」，範圍比起「歲」祭大了一些，並不限於牲畜。

    如此，杏作爲祭祀動詞來使用，用法近於「歲」，那麼《類纂》對于「杏」的釋文作「木丁」合文來解〔註30〕，顯然就值得商榷了。

（十二）亞

「亞」字句只有兩版，列出四條參考辭例：

    屯632   乙巳卜：其丁于祖丁，叀今日亞☒？

               亞☒于妣辛于宗？

    屯3601   ☒其妣辛，叀麤？

               庚寅卜：王賓妣辛亞？

由屯3601「庚寅卜：王賓妣辛亞？」一例，發現「亞」字在祭祀結構中位在「王賓」之下，這是值得注意的。「王賓」類卜辭盛行於第二、五期，句法固定作「王賓【祖妣】──【祭法】──【祭牲】」。例如：

    合22688   丁卯卜，旅貞：王賓匸丁彡，亡尤？在七月。

    合23196   ☐☐卜，尹貞：王賓父丁歲三牛，亡☐？

    合15641   ☐亥卜：王賓☒弓于☒三十，卯☒尤？

    合35355   丁酉卜，貞：王賓文武丁伐十人、卯六牢、彎六卣，亡尤？

由於「王賓」之後所接的祭祀動詞有「彡、劦、弓、歆、聂、羍、畐、禮、伐、羽、祭、壹、侖、衣」〔註31〕等等，可以認定此處「王賓」之後所接的「亞」也應屬祭祀動詞的一種。

〔註30〕《類纂》頁506。

〔註31〕見《類纂》頁768。

《屯南》三、四期卜辭有少量的「王賓」句例。如：

屯 95　　　己卯卜：王賓父己歲示又，王受又？【康丁】

屯 1116　　辛巳卜，貞：王賓，河袞？　　　　【武乙】

屯 3601　　庚寅卜：王賓妣辛帀？　　　　　　【康丁】

屯 4065　　□申卜：河剔，王賓，王受又？吉。【康丁】

屯 4558　　丁亥卜：王其彡輆于□，王其賓，若？受又＝？大吉。【康
　　　　　　丁】

這類句型在《屯南》之中非常稀少，其表現形式也較不規則。上舉五例中，「王賓」二字形成一個「主語＋動詞」的詞結，詞結的位置經常移後。另外，對比第二、五期「王賓【祖妣】——【祭法】——【祭牲】」的標準句型，《屯南》「王賓」句命辭的語法成分也經常省略（「王賓父己歲示又，王受又？」、「王賓，河袞？」、「王賓妣辛帀？」），據以上現象，可以確認《屯南》「王賓」句例結構有較爲鬆散的傾向。

　　《屯南》之外，武丁時期「王賓」卜辭也較爲少見。根據《類纂》所錄列出如下：〔註32〕

合 1248 正　癸未卜，殼貞：羽甲申王賓上甲日，王固曰：吉。賓？允賓。
　　　　　　甲午卜，爭貞：王賓戓日？

合 5202　　王賓啓？

合 5203　　王賓啓？

合 5204　　王賓啓？

合 20278　□酉卜，大：王賓祀何？

除最後一例自組卜辭外，其他都是賓組卜辭。對比《屯南》情形，我們雖看不到「王賓」移位的現象，武丁期卜辭「王賓」句命辭的語法成分同樣經常省略，和《屯南》是一致的。這就和第二、五期卜辭形成對比。

（十三）豎

　　《屯南》的「豎」字，從廾從豆，羅振玉云：「(豎)卜辭從兩手奉豆形，

〔註32〕見《類纂》頁 1256。

不从肉。由其文觀之，乃用爲烝祀字。」〔註33〕陳夢家云：「卜辭所記登嘗之禮也，當然就是當時王室所享用的糧食，因爲登嘗就是以新穫的穀物先薦於寢廟讓祖先嘗新。」〔註34〕「登」字古音端紐蒸部、「烝」字古音章紐蒸部〔註35〕，端、章兩紐存在舌尖音遭遇三等介音顎化的關係，兩字聲韻轉變相當順適，典籍用作「蒸」。〔註36〕「聶」字主要句型如：

1. 聶【祭品】于祖妣
2. 聶【某氏族】以【祭品】

我們一一來看，第一類「聶【祭品】于祖妣」。例如：

屯 618　　其聶黍祖乙，叀羽日乙酉酉彡，王受又？

屯 2360　　☑邕至于南庚，王受又？

屯 51　　丁卯貞：乙巳聶隹于祖辛眔父丁？

屯 189　　辛亥貞：其聶米于祖乙？

聶字之前慣常加上「其」字，所聶之物有「黍、米、邕、隹」，由於聶字後直接品物，因此「聶」字句沒有「牢、牛、羊、豕」等祭牲存在，也不出現「卯、沉」等處理祭牲的方式。

第一類句型以下再分二變化型，首先是省略型。例如：

屯 618　　王其聶黍二升，叀卯？

屯 2710　　其聶黍，叀羽日乙？吉。

省略了奉祀祖妣之名。不止祖妣，偶而也會省略掉主要動詞「聶」字：

屯 936　　庚寅貞：王米于囧以祖乙？

　　　　　王其米以祖乙眔父丁？

屯 657　　庚午卜：兄辛邕征于宗？茲用。

屯 2567　　多宁以邕又伊？

「王米」、「王其米」其實就是屯 189 版「其聶米于祖乙」的省略型；「兄辛邕」就是「聶邕于兄辛」的移位句，同版另一辭：「甲寅卜：聶邕于祖乙、小乙眔？」

〔註33〕《殷虛書契考釋》中卷頁 39 上。

〔註34〕《綜述》頁 529。

〔註35〕依郭錫良：《漢字古音手冊》，見頁 265、268，北京大學出版社，1986 年 11 月。

〔註36〕聶，《類纂》亦釋作「蒸」，見頁 366。

可以對照。而「多宁以邕又伊」則是以「又」字取代了「聶」，同版另兩辭爲「多宁以邕聶于丁」、「登多宁以邕于大乙」很清楚地看出「又」字作爲較寬泛的獻祭義來用。

第二個變化型式爲移位，例如：

屯 2682　　甲午卜：父甲聶黍，其□簋？

屯 2360　　甲辰□：新邕，王其公聶，王受又？

屯 606　　　庚辰卜：其禱方以羌，在升，王受又＝？

「父甲聶黍」即「聶邕于父甲」；「新邕，王其公聶」即「王聶新邕于公」。第三例「聶方以羌」當是以羌登于「四方」之神祇。

第二大類句型加入了官職或氏名，以「聶【氏族】以【祭品】」表現之。例如：

屯 68　　　丙申卜：聶狀，酚祖丁眔父丁？

屯 2567　　壬申貞：聶多宁以邕于大乙？

　　　　　　壬申貞：多宁以邕聶于丁，卯叀□□？

「狀」、「多宁」都視爲官氏之名。屯 68 省略了「邕」字，而由之後的「酚」字提示所聶之酒。

（十四）钔

《屯南》的「钔」字句例如下：

屯 290　　　（4）庚申貞：其钔于上甲、大乙、大丁、大□、祖乙？（二）

屯 735　　　（3）癸亥貞：其钔于父丁？（一）

屯 1024　　（2）〔丙〕□貞：□酚□变□钔于父丁牡十？

屯 1104　　（1）庚午貞：今來□钔，自上甲至于大示，叀父丁〔牸〕
　　　　　　　　　用？（一）

屯 3132　　□钔伊尹〔五十〕□？

屯 4583　　（6）壬申貞：王又钔祖丁，叀先？

補充《合集》同期句例：

合 32597　　壬申貞：王又钔于祖丁，叀先？

合 32673　　癸巳貞：钔于父丁，其五十小宰？

句型整理後，有以下種類：

  1. 钔──于祖妣──祭牲

  2. 钔──于祖妣

  3.于祖妣──钔

屯 1104 版「今來☑钔，自上甲至于大示」是少量的例外，並且也可以視爲屯 290 版「其钔于上甲、大乙、大丁、大□、祖乙」的變化型式。《屯南》「钔」字句用法單純，相較於此，第一期[註37]卜辭「钔」字句型顯得活潑一些。如：

  合 272 正　　丙寅卜，賓貞：于祖辛钔？

  合 2774 正　　丁丑卜，爭貞：钔于祖辛十宰？

  合 13892　　庚寅卜：勿雀于母庚钔？

  　　　　　　勿钔雀于母庚？

  合 22077　　壬辰卜：钔母辛于妣乙歲？

第一期卜辭「钔」字句型有三種：

  1.「钔──于祖妣」

  2.「钔【某人、某事】于祖妣」

  3.「于祖妣──钔」

我們以 1、2 型合計對照 3 型，用這兩方互爲倒裝的句型結構來觀察。依《類纂》所列，《屯南》「钔」字句 12 例，僅 1 例作「于祖妣──钔」型（屯 963「于小丁钔？」）；《合集》第三、四期卜辭 15 例，亦僅有 1 例（合 32675「于小丁钔？」與屯 963 同文）。再看第一期，「于祖妣──钔」句型，正統型王卜辭（賓組）166 例中佔 62 例；一期附卜辭 61 例中佔 1 例；第二期四例皆爲「于祖妣──钔」句型。合計第一到四期，各時段「于祖妣──钔」句型佔有數字、比例如下表：

分期		「钔（某人、某事）于祖妣」型	「于祖妣──钔」型	比例
第一期《合集》	正統王卜辭	166	62	37.35％
	一期附	61	1	1.64％
《合集》第二期		4	4	100％
《合集》第三、四期		15	1	6.67％

[註37] 第二期《類纂》僅列四例，皆屬「于祖妣─钔」句型。

| 《屯南》第三、四期 | 12 | 1 | 8.33％ |

第二期僅有 4 例，樣本過少，比例只能作爲參考。

這個表告訴我們，從「于祖妣——钔」句型來看，第一期正統王卜辭使用率佔三成以上，一期附（非正統類型）卜辭卻和《屯南》有同樣傾向，「于祖妣——钔」句型極爲少用，這點也造成了與一期附卜辭的語言聯繫關係。這是討論「钔」字句型附帶得到的收穫。

（十五）畐

畐字在一期附卜辭中作「𣫭」（合 20530），《屯南》康丁期作「𣫖」（屯 2784），武乙期作「𣫗」（屯 1106），形體大同而小異。除第四期外、各期都有增「示」偏旁的字例（𥙊），不論從不從示，在此統釋爲「畐」。[註38]

《屯南》「畐」字句基本句型，補充《合集》、《英藏》同期例如下[註39]：

屯 867　　（3）壬午卜：其畐黿于上甲，卯牛？

屯 1011　　（3）己丑卜：兄庚畐歲宰？

屯 2391　　（1）丙寅卜：畐夕歲一宰？（一）

　　　　　（5）丙寅卜：羽日畐二宰？茲用。

屯 4576　　（3）丙子卜：畐杏三宰？

合 27620　　己丑卜：兄庚畐歲，叀羊？

英 2410　　甲寅卜：怅彡于祖丁，又畐？

句型整理出以下幾個類別：（○爲其他祭祀名）

1. 畐○于祖妣——祭牲：「畐黿于上甲，卯牛」

2. 祖妣[註40]畐○——祭牲：「兄庚畐歲，叀羊？」、「兄庚畐歲宰？」

3. 畐——祭牲：「羽日畐二宰？」

4. 又畐：「怅彡于祖丁，又畐？」

從句型看，《屯南》「畐」字句最大特色在受祀祖妣名常見前置句首、畐字居後

[註38] 依金祥恒先生釋，見《金祥恒先生全集・釋畐》，藝文印書館，1990 年。

[註39] 「畐」字少數例有作爲名詞的現象，此不計入句例中。例如屯 2784「來在畐？」、合 34590「□子卜：其㝱黍于畐？」

[註40] 「祖妣」含「兄」，如合 27620「己丑卜：兄庚畐歲，叀羊？」

的情形（如「兄庚畐歲牢」屯 1011），這類句子是《屯南》「畐」字句的最常見
型態，如果以《類纂》畐字下所列統計，具備「祖妣、畐」兩要素的句例共 16
個，有 13 個都以祖妣名居前〔註41〕，可見受祀祖妣居「畐」字前的傾向明顯。
另方面，從文例看，除了獨立使用，《屯南》「畐」字也常見與「又、蠢、歲、
杏、酎」等祭祀動詞連綴使用。〔註42〕

「畐」字在第一期可能作為動詞的只有兩例。如下：

合 18558　乙丑卜：☒瞶畐☒？

合 19946 正 辛未畐大乙牢，火其☒？

句例少，難以對比。然而，畐字用法（合 19946 正「畐大乙牢」）有合於上舉第
1 句型的例子，所以存記於此，作為參考。

（十六）祝

《屯南》「祝」字句例如下：

屯 261　　　（1）弜祝于妣辛？

　　　　　　（2）其祝妣辛，叀翌日辛酎？

屯 610　　　（5）于父己祝，至？

屯 1060　　 （1）壬寅卜：其祝☒？

　　　　　　（2）壬寅卜：祝于妣庚眔小妾☒？（一）

屯 2121　　 （2）其祝妣母，至（母）〔註43〕戊？大吉。

　　　　　　（3）至又日戊祝？吉。

屯 2122　　 （3）上甲祝，叀弓？（一）

屯 2742　　 （1）丁亥卜：其祝父己、父庚一牛？丁宗焱。

屯 3001　　 ☒其奠危方，其祝弓至于大乙，于〔之〕若？

經過整理，句型分類如下：

1. （其）祝──（于）祖妣──（祭牲）：例「其祝父己、父庚一牛」。

2. （其）祝──○○至于○○（○○為先王廟號）：例「其祝☒至于大乙」。

〔註41〕見《類纂》頁 1062。

〔註42〕見吳俊德：《殷墟第四期祭祀卜辭研究》頁 140～143 表列，台灣大學出版委員會
　　　　出版，《國立台灣大學文史叢刊之 126》，2005 年 10 月。

〔註43〕原句應為「其祝妣母至母（戊）」，「妣母」之「母」與「母戊」之母共用一字。

3.（于）祖妣──祝：例「上甲祝，叀⼸」、「于父己祝，至」。

《屯南》「祝」字句與非正統卜辭句型第 1 類相同，第 2 類例「自大乙祝至祖⃞」（合 19820）、「其祝妣母，至（母）戊」（屯 2121）可以相通，它們共同屬於一個這樣的完整句型：

　　　其祝──自○○至○○

這是一種合祀型式，僅存在於王卜辭中（武丁期⾃、賓組，及《屯南》、《合集》三、四期卜辭）。將「祝」字移位，就成「自○○祝至○○」型式，原型式省略「自」字，就成「其祝○○，至○○」型。

　　第 3 類「（于）祖妣──祝」是第三、四期卜辭所獨有，不只在「祝」字例，《屯南》其他動詞使用「于」字作為「動──賓」關係的移位是常見現象。如：

屯 135　　　（3）于祖乙告望乘？
　　　　　　（4）于大甲告望乘？

屯 754　　　（1）于⼖丁祖？
　　　　　　（2）于上甲祖？

屯 2334　　　（1）其用在父甲升門，又〔正〕？吉。
　　　　　　　（2）于父甲宗門〔用〕，又正？吉。

總合來說，《屯南》「祝」字句型和其他祭祀動詞例一樣，相當依賴「于、叀、其」諸項虛詞，以這些虛詞作為簡化的對貞句，或者藉以將祖妣名、干支等需要強調的事項提前，作為獨立分句的句意重心。

二、結　語

　　從以上對十六種祭祀卜辭的句型鋪排看來，相對於第二、第五期卜辭，《屯南》表現出較為不同的構句模式。一是以「王賓」為首的祭祀句例大量減少，結構也有了變化。對比第二、五期「王賓【祖妣】──【祭法】──【祭牲】」的標準句型，《屯南》「王賓」句命辭中的語法成分經常省略，詞序也有了移動，以上現象，可以認為《屯南》「王賓」句例結構有較為鬆散的傾向。

　　其次，是句意中的重點詞彙常發生移位現象，這個現象伴隨著「于、其、叀」等虛詞的配合，以「于+【某地】」、「其+【祭祀動詞】」、「叀+【某日】」或「叀+【祭牲】」等模式，將語意重心提前。這造成了《屯南》祭祀卜辭句子結

構較爲活潑的特徵。

附帶提到,《屯南》祭祀動詞和董氏所稱舊派較多相合,這一點和《屯南》卜骨多出「康丁、武乙、文丁」卜辭的現實大致相契〔註44〕,這不能視爲單純的巧合,我們將在文例斷代的章節中檢驗這個分派理論。

《甲骨文字詁林》「酉彡」字條下按語曾如此表示:

> 古代祭名多來源於用牲之法,故祭名與祭法均可通作。〔註45〕

這說法造成了一條通則,是有問題的,「祭名與祭法均可通作」這描述忽略了每個祭祀動詞的個性,而非源於用牲之法的祭名也沒有「通作」的必然邏輯。這類說法是根據卜辭表面上的狀況而來的。我們不但要通盤瞭解卜辭句例的表現,也要判斷每個句型的常態或變異性質,並且依文例對比來進行理論的修正。

第二節 田獵卜辭句型討論

一、田獵卜辭的基本句型與變化

《屯南》田獵卜辭基本句型可以大分爲「王田」類、「非王田」類句型。先從最單純的王田句型談起,這類句型除了提到「王其田」、「王往田」之外,並不深入說明狩獵方式及獵物數量,出現「干支卜貞」前辭的機會也少。如以下幾個例子:

屯 6　　今日戊王其田,不雨?

屯 117　　王其田盂,湄日不雨?

屯 2324　　戊辰卜:王田,毕?

〔註44〕依董氏說:「新派的祭祀,祖甲時代和帝乙帝辛時代是同樣的,用先祖神主名稱的同一干日去舉行祭祀,不同的卻是在何日舉行何種祭祀,事先經過有計劃的排比,按著排定的次序逐一去舉行,不再占卜,徵求祖先的同意了。」第二期與第五期卜辭以其祀序嚴格、週期規律,而歸屬新派。詳見《甲骨學六十年》頁110。

〔註45〕《甲骨文字詁林》2707頁,第2733條。又陳夢家已於《殷虛卜辭綜述》分祭祀動詞爲「賓類、祭類、用牲類」三種,在用牲類時說:「如"尞"是祭名而兼用牲之法……」見頁100。

屯 2335　　　王其田斿，亡戈？永王？

屯 2341　　　王其田于刀，屯日亡戈？永王？

屯 3011　　　辛，王叀燕田，亡戈？畢？

屯 4451　　　王叀兖田，亡戈？

但這樣的王田句型並不是《屯南》的主角，在結構上也不如第二期、第五期嚴
整。分別來說，首先是前辭出現機會並不穩定，無多於有；其次是命辭重心的
動詞，其表達方式也不固定，「其田」、「叀田」「田」種種語例經常交替運用。
最後，命辭尾段的疑問辭形式也不固定，有「亡災」、「永王」、「畢（擒）」、「不
雨」四種類別交替使用。這三種句法鬆散的狀況在以下第二類非王田句型中也
同樣發生。

　　武乙、文丁時代，「王田」這類慣用的制式語詞就不出現在《屯南》中，《合
集》、《英藏》、《懷特》的同期卜辭也有這個現象。〔註46〕直到第五期「王田」
句型再度出現，繼承第二期的模式，而有少許的更動，是受到了「康丁、武乙、
文丁」的影響。下段文字會有詳細討論。

　　相對於單純的「王田」句例，詳記田獵內容的「王田」句，則是《屯南》
卜辭中的大宗，尤其在康丁時期大量出現。這種「【王田句型】＋【其他敘述】」
的模式，舉例如下：

屯 53　　　　☐日戊王其田屰貝谷，叀又麋？

屯 199　　　王其田☐，其剌于大甲，師又正？

屯 641　　　☐翊日壬王其田鰥，乎西又麋，興王，于之畢？

屯 1124　　　乙酉卜：王往田比東，畢？

屯 1098　　　王其田泮，征射象大兕，亡戈？永王？吉。

屯 2116　　　王其涉東𢕷，田三泉，淲？

屯 2329　　　丁未卜：翊日戊王其田☐，叀犬言比，亡戈？畢？吉。

屯 2179　　　丁丑卜：在義田，來執羌，王其弓于☐大乙、祖乙，又正？

屯 4525　　　王其田〔麥〕，叀又狐，畢？

這些句例中提到的內容多數是關於卜問有獵物否（叀又麋、叀又狐、乎西又麋）、

比同何人而田（比東、叀犬言比）、行經何處（夕貝谷、鬚、ʃ、涉東ʃʃ、田三彔、在義田），以及田獵方法（射彔大兕）等等。

「非王田」類句型不言田，而以其他田獵動詞敘述，數量也佔一半。例如：

屯125　　叀溼敕，罩？

屯265　　王其涉滴，射馘鹿，亡□？

屯762　　王叀成彔焚，亡戋？

屯815　　于麥陷，亡災？永王？罩？

屯997　　乙酉卜：犬來告又鹿，王往逐⬚？

屯1098　　叀壬往曾圍，亡戋？永王？

屯2170　　其冒于東方？〔註47〕

卜辭中凡出現「射、焚、陷、圍、逐、敕」等動詞，或是「亡戋、罩」等疑問詞，都可以幫助我們辨認出田獵卜辭來。再從句子的結構看，這些例子有以地名爲重點而提前的（叀溼敕、叀成彔焚、于麥陷）也有以田獵日爲重點而提前的（叀壬），其中又以「叀○田」、「翌日◎」冠于句首的例子最多；此外還有活潑的狩獵過程描述（涉滴、犬來告又鹿、犬來告又鹿、往曾圍），以及多樣的疑問詞（永王、亡戋、屯日亡戋、湄日亡戋、不冓雨、湄日不冓雨、不雨、罩、弗悔）。這個現象顯示了第二期田獵卜辭「干支卜，○貞：王其田，亡災？」至此，句型有了明顯的轉變。不論言不言「王田」字眼，句例中都展現了《屯南》田獵卜辭對於殷墟第二、五兩期制式「王田」句型的強烈對照。與上一段祭祀卜辭「王賓」句型的演變模式相對，在全部句型敘述完成後，再來談談這種模式所代表的意義。

還有一種「王迺田」句型，都在壬日進行：

屯271　　于壬王迺田，亡戋？

屯757　　于壬王迺田，湄日亡戋？不冓大雨？

屯2739　　于壬迺田帚，亡戋？

屯3608　　于來壬子迺田敕，⬚？

這些都是卜問的當日不進行田獵，而在某個壬日才適宜田獵。〔註48〕從它們的

〔註47〕「敕」字作田獵動詞用。同版另辭云：「于北方敕，罩？」可證。

語意邏輯看來，因爲有了「酒」字，這些句子的確都不適合有前辭在句首。

還有一種「省田」句型。「王田」、「省田」句型在《屯南》是相伴隨出現的。「省田」句例如下：

屯272　翌日乙王其省田，湄日不冓雨？

屯249　叀宮田省，〔亡〕𢦔？

屯357　王其省盂田比宮，亡𢦔？

屯1013　☒王省戈田于乙，屯日亡𢦔？

屯2383　王其省盂田，蟇往戓入，不雨？

「省田」與「田」似乎是同一種句子，有省字或無省字之間看不出差別，從同版例最能看出來：

屯271　于壬王迺田，亡𢦔？

辛，王叀田省，亡𢦔？

屯1108　☒往省田，戠，弗悔？

□戠雨，往田，弗悔？

再用表格左右對照，先舉有地名的例子來看：

省○田；叀○田省		田○；叀○田	
屯357	王其省盂田比宮，亡𢦔？	屯2335	王其田斿，亡𢦔？永王？
屯1013	☒王省戈田于乙，屯日亡𢦔？永王？	屯2341	王其田于刀，屯日亡𢦔？永王？
屯249	叀宮田省，〔亡〕𢦔？	屯762	叀成田，湄日亡𢦔？

省略地名，「王田」加上了省字，會表現出兩種句型，也同樣以表格左右對照，舉例來看：

省田；叀田省		田；叀田	
屯272	●●●翌日乙王其省田，湄日不冓雨？●●●	屯6	今日戊王其田，不雨？

〔註48〕李學勤以爲商王的狩獵日期有一定限制，云「大體說來，在文丁以前，商王獵日以乙戊辛壬爲常，丁日爲變；帝乙帝辛時略予放寬，以乙丁戊辛爲常，庚日爲變。」見《殷代地理簡論》頁3，，科學出版社，1959年1月。

屯 271	辛，王叀田省，亡戈？	屯 699	丁亥卜：翌日戊□叀迚〔註49〕田，湄日☒？永王？歸宰？

事實很明顯，從命辭句末疑問詞來對比，「省田」與「田」的意義是一致的，不但從句型上可知，在卜問動機上也看得出來。這麼說，可以認為：「王田」句型其實是「省田」句的省略。從出現年代的角度看，武乙、文丁時代，「省田」這類慣用的制式語詞也不出現在《屯南》中，《合集》的同期卜辭也有這個現象。〔註50〕「王田」、「王省田」句型是作為斷代標準的極好範例。

面對《屯南》田獵卜辭，以動詞以及語意重心的需要而出現的移位句是必然討論的變異句型。

《屯南》同版卜辭中，我們可以看到肯定、否定對貞句間，出現了詞序移位的例子：

屯 730　　叀麥田，弗悔？亡戈

　　　　　弜田麥，其悔？

屯 762　　王叀成彔焚，亡戈？

　　　　　弜焚成彔？

句型對應極端整齊，形成「叀○田→弜田○」、「叀○焚→弜焚○」這樣的規律。

不僅否定對貞句是如此，選擇性對貞句亦因強調日期、標示干日於前，而造成日名移前、地名移後的現象：

屯 2726　　庚戌卜：王叀戫田，亡戈？弘吉。

　　　　　　于壬田戫，亡戈？吉。

也就是說在對貞情況下，「否定」或「強調重點」的需要出現時，田獵動詞就會提前，與地名交換詞位；虛詞「叀」也隨之改動，或用「弜」、或用「于」，依其功能而定，這是《屯南》田獵卜辭的常見狀況。

二、結　語

觀察過《屯南》田獵卜辭，我們發現它與《屯南》祭祀卜辭的相應竟是如此明顯。從大的角度去描述，《屯南》兩大類卜辭分別從第二期〔註51〕「王賓」、

〔註49〕「迚」字是常見的田獵動詞，不是地名。若依詞序對照，在此易混淆，特記之。

〔註50〕見《類纂》上冊頁 211、212。

〔註51〕包含第二期與三期前段的廪辛卜辭。

「王田」標準句型開始演變，句法變得自由活潑，動詞位置靈活，其他詞彙也更加豐富。

　　從頭來說，《屯南》田獵卜辭基本句型可以大分爲「王田」類、「非王田」類句型。「王田」句型並不是《屯南》的主角，結構上不如第二期、第五期嚴整。其前辭出現機會不穩定；命辭重心的動詞，其表達方式也不固定，「其田」、「叀田」、「田」種種語例經常交替運用，當句子表達對未來疑惑語氣〔註52〕時，使用「其田」可以語譯爲「將要」；當句子強調占卜主——殷王時，使用「叀田」，叀字作助詞用。最後，命辭尾段的疑問辭形式也不固定，有「亡災」、「永王」、「𢦏（擒）」、「不雨」四種類別交替使用。

　　到武乙、文丁時代，「王田」這類慣用的制式語詞就不再出現。

　　同版、同組卜辭的對貞，也關係到句型的變異。《屯南》同版卜辭中，我們可以看到肯定、否定對貞句間，出現了詞序移位的情形。不僅否定對貞句，選擇性對貞句亦因強調日期而造成日名移前、地名移後的現象。也就是說，在對貞情況下，「否定」或「強調重點」的需要出現時，田獵動詞就會提前，與地名交換詞位；虛詞「叀」也隨之改動，或用「弜」、或用「于」，依其功能而定，這是《屯南》田獵卜辭的常見狀況。

　　以「康丁、武乙、文丁」三王爲主體的《屯南》卜辭，其句型表現正和它的時代斷限一樣，與廩辛、庚甲卜辭以及第五期卜辭形成明顯的區隔。

第三節　《屯南》其他事類卜辭句型討論

　　本節承繼上面兩節關於「祭祀、田獵」類卜辭的句型討論，對《屯南》六大類卜辭中最後四類「軍事、卜旬卜禍、風雨年成、記事刻辭」句型加以整理、鋪排，並說明其變化情形。

一、其他事類卜辭的基本句型與變化

（一）軍事類卜辭句型

《屯南》軍事類卜辭可以分爲以下五種句型：

1. S＋V1＋Os＋V2＋O

〔註52〕此本陳夢家說，見《綜述》頁87。

2. S＋V＋O

3. S＋其＋V＋O

4. 叀＋【強調重心S】＋V＋O

5. 于＋【干支】＋V＋O

第一種句型數量最多，優先討論。這種句型張玉金稱之為「兼語句」，本文亦承用此一稱呼。它結構上擁有兩個動詞，而夾在兩動詞間的賓語（Os）則肩負承上啟下的作用，一方面作為前一動詞的賓語，同時也是後一動詞的主語。〔註53〕在《屯南》中，軍事類卜辭由於內容牽涉到殷王對臣屬或者與國的命令，於是就經常出現「王令（乎）○伐（臿）○○」這樣的句型，是典型的兼語句，例子如下：（配合相關同版例一併舉出）

屯 81	（1）丁卯貞：王比沚□伐召方，受□？在祖乙宗卜。五月。
	茲見。（一）
屯 190	（4）庚辰卜：令王族比臿？（一）
屯 243	（3）癸未貞：王令崀臿方？茲用。（二）
	（4）癸未貞：王令子畫臿？（二）
屯 728	（2）王其乎戌征衛，弗每？
	（3）弜乎衛，其每？
	（4）弜乎戌衛，其每？
屯 776	□子貞：王令崀□人臿旛方？
屯 991	（1）戊申卜：羽庚戌令戈歸？
屯 2260	（2）丁卯卜，貞：王其令崀奴眾于北？
屯 2328	（4）翌日王其令右旅眾左旅臿見方，戈？不隹眾？
屯 2907	（1）庚寅貞：王令垃伐商？

上舉屯190版「令王族比臿」一句較為特殊，是經過省略的文句。句中「臿」是征伐動詞，由屯2328「翌日王其令右旅眾左旅臿見方」、屯243「王令崀臿方」可知。本句省略了王族所「比」的族氏，整句應為「令王族比○臿○方」的省

〔註53〕 本文之「Os」即張玉金所稱的「兼語」，云：「兼語成分對于它前面動詞來說是賓語，而對于它後面的詞語來說是主語。」見《甲骨文語法學》頁229，學林出版社，2001年9月。

略型，這是應該先行說明的。

第一型標準句式「S＋V1＋Os＋V2＋O」因句中各成分的省略而有不同的表現。會省略的句子成分有「S、Os、O」三者，主語「S」省略例如 991 版「羽庚戌令戈歸」，省略了「王」；兼語「Os」省略例如 728 版「弜乎衛」，省略了「戈」；賓語「O」省略例如 190 版「令王族比舀」，省略了「方（某方）」。

又從各語法成分的內容來看，第一型句式主語（S）只有「王」或者是省略後的「王」，沒有別的人物；動詞（V1）只有「乎、令」兩者〔註54〕；兼語（Os）出現過「戔、沚或、戈、多射」諸人（或氏族）；第二動詞（V2）有「舀、比、衛、叹、伐」；位在最後的賓語（O）出現過「方、某方、商、丰山」等方國或氏族。大體上看，《屯南》軍事卜辭兼語句型內容相當固定，是商王呼令臣屬、部族進行徵兵（叹）、會師（比）、防衛（衛）、攻伐（舀、伐）等作爲的紀錄。

第二種句型相當單純，可以表示爲「S＋V＋O」型態。這類句子在祭祀、田獵卜辭中都佔大多數，唯獨在軍事卜辭中數量較第一種兼語句少，例如：

屯 994 （1）己酉貞：王亡首毕土方？

屯 2320 （3）癸酉卜：戈伐，又牧戔阺人方，戈又戋？弘吉。

屯 3038 （2）徫伐羌方，于之毕？戋？不雉〔眾〕？

屯 4103 （2）癸丑貞：王正召方，受又？

上舉諸例中有省略主語者（3038「徫伐羌方」），有施加否定副詞者（994「王亡首毕土方」），都可算作是本類句型範疇。

第三種句型可稱之爲「其」字句。這類句型在動詞之前會出現「其」這樣表示未來、疑惑〔註55〕語氣的副詞，可以解釋成「將要、將會」的意思。〔註56〕句型作「S＋其＋V＋O」。例如：

屯 10 （1）（三）

（2）壬午卜：其佰虫番？（三）

〔註54〕張玉金以爲殷墟甲骨文兼語句第一個動詞有「呼、令、使、曰」四種，前二者常用，後二者罕用。見《甲骨文語法學》頁230。

〔註55〕見陳夢家《綜述》頁87。

〔註56〕此論由乃俊廷檢討各家說法後整理提出，見《甲骨卜辭中「其」字研究》，靜宜大學中文系碩士論文，2002年6月。

（3）壬午貞：由弗其㐌甶？（三）

屯591　　（2）方其品于門？

（3）其品〔于〕戲？

（4）方不品于門？

屯728　　（1）方其至于戍自？

（2）王其乎戍征衛，弗每？

（3）弜乎衛，其每？

（4）弜乎戍衛，其每？

屯1341　　（1）☒王☒？

（2）方不其出，于新☒戍？

屯2064　　（1）王族其臺尸方邑雔，右左其譽？

（2）弜譽，其臻雔，于之若？

屯2260　　（2）丁卯卜，貞：王其令収嵞眾于北？

（3）己卯卜，貞：卝方其寇我戍？

屯2279　　（1）癸亥卜：王其臺封方，叀戊午王受又＝？㦿？在凡。
吉。

屯2286　　□□卜：王其乎臺戉☒，〔王〕受又＝㦿？在𡾋。

屯2328　　（2）壬□卜：王其弗㦿☒戍，叀今日壬？

（4）翊日王其令右旅眔左旅舀見方，㦿？不雉眾？

（5）其雉？

屯2350　　☒王其以眾合右旅□□舀于〔雔〕，㦿？在雔。吉。

屯2370　　乙卯卜，貞：王其正尸犬，亡㦿？

屯2613　　☒攻𢼊㸩方，其乎伐，弗每？〔不〕曹㦿？弘吉。

屯2915　　（1）庚子貞：王其令伐丰山？

要特別說明的是，「其」字句中部分存在著第一類型兼語句（如728版「王其乎戍征衛」、2915版「王其令伐丰山」），這是在本節句型分類中，較難以周全的地方，但由於句中帶「其」字的句型有其獨立討論必要，因而才作如此安排。

從內容來看，「其」字句型主語（S）有「王、王族、由、方、卝方」等，殷商與敵方都有；使用的動詞有「舀、㐌、品、㦿、臺、乎、令、出」，從殷

商對敵方的手段看，動詞使用較第一型兼語句豐富，多出了「ㄓ、戈、臺」三
種，敵方對殷商的軍事作爲則有「歮、寇、至」三種動詞；賓語則有「我戈、屯、
𣏞方、封方、見方、尸犬、丰山」等等。整體來說，軍事卜辭「其」字句並沒
有固定的主客關係，敵我兩方都可以作爲主語、賓語，使用的動詞也較爲多樣。

　　第四種句型可稱之爲「叀」字句，句型爲「叀＋【S強調重心】＋V＋O」。
例如：

屯 19　　　（2）〔叀〕沚或取，用若？

屯 63　　　（1）庚寅卜：叀昏取我？

　　　　　　（2）叀沚或取我，用若？

屯 119　　 （1）叀☑用？（二）

　　　　　　（2）師叀建用？（二）

屯 717　　 （1）辛卯卜：叀昏取，用若？（二）

屯 935　　 （4）叀今日令戈？（一）

　　　　　　（5）于庚令戈？（一）

屯 2907　　（2）庚寅貞：叀後令伐商？

　　　　　　（3）庚寅貞：叀後令〔伐〕□？

本類型「叀」字句結構中，「叀」字下所接的「沚或、昏、建、今日、後」諸項
俱爲句意所強調的成分，由 63 版對貞辭可看出，「叀」字下接的「沚或、昏」
形成兩個選擇性對貞句，整組句意在表達由「沚或」或者「昏」來爲「我」啓
行的決斷卜問；另外，935 版的「叀今日」、「于庚」則是強調重心放在日期，
以「今日」、「庚」作選擇重點。與 63 版不同的是，距離較遠的「庚日」不由「叀」
字來強調，而以「于」字來帶出，這個原則，陳夢家已經提出。〔註 57〕總合說
來，「叀」字句在軍事卜辭對貞句中偏向強調「待選」的項目，這些項目正是由
「叀」字提前到句首的賓語，朱師認爲：「『叀』除了突出主語殷王外，亦有強
調賓語的作用。」〔註 58〕顯然地，本類叀字句型就偏向朱師所說第二種「強調
賓語」功能。

　　跳出分析單句的格局來觀察，本類型「叀」字句和「其」字句形成對貞型

<hr>

〔註57〕見《綜述》頁 227。

〔註58〕見朱師：〈釋叀〉，《甲骨學論叢》頁 184，學生書局，1992 年 2 月。

態的對比，當某組卜辭對貞句出現「其」字句型時，這組卜辭通常是採「正反」對貞的形式。如：

屯591　　（2）方其畐于門？
　　　　　（4）方不畐于門？

屯728　　（2）王其乎戍征衛，弗每？
　　　　　（3）弜乎衛，其每？

「叀」字句則不然，當某組卜辭對貞句出現「叀」字時，這組卜辭通常是採「選擇」對貞的形式。如：

屯63　　（1）庚寅卜：叀舀阱我？
　　　　　（2）叀汜或阱我，用若？

屯935　　（4）叀今日令戌？（一）
　　　　　（5）于庚令戌？（一）

這也就說明，「叀」字句型並不是單獨存在的，它的用義本身就具備選擇貞問的功能，作選擇對貞就必需使用兩條以上辭句。

　　第五種句型可稱之爲「于」字句，這類例在軍事卜辭少見，形式是「于＋【干支】＋V＋O」。例如：

屯1099　　（1）庚申貞：于丙寅韋召方，受又？在囗囗。

它的同版對貞卜辭是：

　　　　　（2）貞：囗丁卯韋召方，受又？

估計「丁卯」之前亦應爲「于」字。庚申日貞卜，選擇六日後的「丙寅」或七日後「丁卯」日攻擊召方，對庚申來說都是遠指，干支之前都應用「于」字。「于」字後所接的並不是主語或兼語，而是日期或地點、對象，這些因「于」字而提前在句首的語意重點，詞性通常屬地方副詞或時間副詞。

　　其實，這類以「于」字爲首的選擇對貞句在《屯南》其他事類卜辭是常見的。例如：

屯60　　（3）于人🚩？
　　　　　（4）于祖丁旦🚩？
　　　　　（5）于宭旦🚩？
　　　　　（6）于大甾🚩？

屯 549	（2）于喪亡戈？
	（3）于盂亡戈？
	（4）于宮亡戈？
屯 601	（1）辛未卜：桒于大示？（三）
	（2）于父丁桒？（三）
屯 3608	（2）于來壬子迺田敕☒？
	（3）于壬子王〔田〕敕，亡戈？串？

60、549 版「于」字後接地點（祖丁旦、宦旦、大𡇬、喪、盂、宮）；601 版的「于大示」、「于父丁」也可視爲是場所的選擇，是「于大示」、「于父丁宗」的省略；3608 版的「來壬子」、「壬子」則是待選擇的日期。由此可知，軍事類以外卜辭「于」字後所接詞彙也是地方副詞或時間副詞，用法是相同的。

（二）卜旬、卜禍類卜辭句型

《屯南》卜旬、卜禍類卜辭句型更加單純，都是表態句，綜合起來看，只有一種表態句型（省略前辭）：

（S）＋（時間副詞）＋【亡（又）（至）𡆥】

表語「亡（又）（至）𡆥」成分中，「亡（無）」或「又（有）」作爲動詞，「𡆥」或「至𡆥」作爲名詞是確定的。我們根據主語（S）、表語（【亡（又）（至）𡆥】）的變化分類，舉出例子：

1、卜往後一旬無禍

屯 429	（1）癸未貞：旬亡𡆥？
	（2）癸巳貞：旬亡𡆥？（二）
屯 2428	（1）癸未卜，貞：旬亡𡆥？（三）
	（2）癸巳卜，貞：旬亡𡆥？（三）
	（3）癸卯卜，貞：旬亡𡆥？（三）
	（4）癸丑卜，貞：旬亡𡆥？（三）

這類型卜辭僅前辭型式有少許不同，作「干支貞」、「干支卜，貞」兩種，天干一律爲癸日，以配合下一旬由甲日始至癸日終的問卜；命辭「旬亡𡆥」是一句套語。這類型句子不雜入其他事項的紀錄，在第一、四期殷墟卜辭中最爲常用。

2、卜隔日無禍

屯2186　　（1）戊子貞：己亡囚？（一）

　　　　　　（3）庚寅貞：辛亡囚？（一）

　　　　　　（4）辛卯貞：壬亡囚？

　　　　　　（5）壬辰貞：癸亡囚？（一）

　　　　　　（6）癸巳貞：甲亡囚？（一）

屯2186版《屯南・釋文》定爲武乙卜辭。這類卜辭不卜下一旬禍福，而是卜問緊接下一日的禍福，如上舉戊子日卜隔日己丑無禍否，庚寅日卜隔日辛卯無禍否，它例依此類推。因爲卜隔日之禍福，天干也就沒有癸日的定限，任何一日都可能用來占卜。殷墟其他卜辭中類似這樣的例子都在第四期出現，例如：

合34730　　（1）癸未貞：甲亡囚？

　　　　　　（2）甲申貞：乙亡囚？

　　　　　　（3）乙酉貞：丙亡囚？

　　　　　　（4）丙戌貞：丁亡囚？

《合集》第四期這種例子，計有合34724至合34733共十版〔註59〕，都是卜骨卜辭，前辭型式都是「干支貞」，文字風格也和《屯南》相合。截至目前所見資料爲止，「卜隔日無禍」的這類卜辭都是第四期的產物。

3、卜某人（氏）無禍

屯1051　　（6）庚辰貞：亞嵒亡囚？（三）

屯3847　　（1）甲子貞：帚鼠亡囚？（一）

在上舉前兩類型（卜往後一旬無禍、卜隔日無禍）卜辭中，句中卜問重點在於日期，但占卜主始終都應爲殷王，「王」的稱謂由於習用而省略，所謂「旬無禍」、「隔日無禍」都應作「王旬無禍」、「王隔日無禍」這樣來認定。本類卜辭主詞易主，轉而關切某一人物或氏族的禍福，在殷墟其他卜辭中，這樣的例子是常有的。例如：

合3286正　貞：長亡囚？

合4122　　丁未卜，賓貞：雀亡囚？

〔註59〕其中合34728版第三辭作「乙亥貞：子亡囚？」以地支「子」取代「丙」字，是文詞體例上唯一的例外，同版它辭都以「干日亡囚」爲準。該辭雖如此，「子亡囚」其表達方式仍屬「卜隔日亡囚」的範疇，功能上並無不同。

英 353　　己巳卜，爭貞：戉亡囚？

合 20463反　己巳卜：屰亡囚？

合 22246　　癸亥卜：帚娕亡囚？

「長、雀、戉、屰」都是武丁王朝中的人物（或氏族），這些卜辭來自第一期，包含了非王各組卜辭在內。上舉屯 1051、3847 兩版，《屯南・釋文》定爲武乙期卜辭，與《合集》3286、4122 等版例子兩相對照，前辭形式不同（「干支卜」、「干支卜，某貞」），而命辭表現型態是完全一樣的，兩方出現的人物身分也相類，依分組框架來描述，「長、雀、戉」都是賓組卜辭中王朝的重要人物，而「亞臿、帚（婦）鼠」也是歷組常見的人物，在其他分期都不出現這種表現型式的狀況之下，第一期與《屯南》兩方卜辭的文字表現確實存在著某種關聯。

4、「又（亡）至囚」

《屯南》有一類卜辭，不云常見的「又（亡）囚」，而云「又（亡）至囚」。例如：

屯 742　　　（1）癸巳卜，貞：亡至囚？
　　　　　　（2）又至囚？

屯 3744　　（1）□寅□：今夕亡至囚？
　　　　　　（2）丁卯□：今夕亡至囚？（一）
　　　　　　（3）戊辰卜：今夕亡至囚？（一）
　　　　　　（4）己巳卜：今夕亡至囚？

742 版《屯南・釋文》定爲武乙——文丁期卜辭〔註60〕；3744 版定爲武乙期卜辭。〔註61〕這類型卜辭在命辭結構上表現單純，主語「王」省略；表語由常見的「亡（又）囚」改爲「又（亡）至囚」，多了一個「至」字；至於「今夕」，和「旬、某日」一樣，都是表語中的時間副詞。

「至囚」一詞，第一期有少量例子，句型最完整的一句是：

合 19462　　貞卜：☒茲☒屯其至囚？

這版是正統型〔註62〕王（賓組）卜辭，命辭結構較爲複雜，前半（「☒茲屯☒」）

〔註60〕見《屯南》下冊、第一分冊，頁 894。

〔註61〕同上註，頁 1103。

〔註62〕陳夢家云：「我們稱賓組爲正統派的王室卜辭，因它所祭的親屬稱謂多限於即王位

顯然紀錄著占卜事項，與《屯南》本類型卜辭單純的主語型態不同；另外「至田」前有測度語氣的助詞「其」，也和本類型卜辭表語型態不同。這例子可以提供給我們的訊息是：武丁期卜辭也用過「至田」這一詞語。

　　筆者以為，「亡至田」可能與「亡田」同義，它們的用法相當接近，上舉742、3744版有「亡至田」、「今夕亡至田」兩種命辭的對應表現，同樣的，「亡田」、「今夕亡田」間也具有這樣的對應關係：

　　　　合16574正 丙辰卜，昭貞：今夕亡田？

　　　　合21586　己巳卜，我貞：今夕亡田？

　　　　合21808　戊寅貞：今夕亡田？

　　　　合24260　辛未卜，尹貞：今夕亡田？在𠂤攸。

單純言「亡田」的句例亦在第一、二期中出現，不再複舉。上舉四例，有賓組卜辭（合16574正）、非王卜辭（合21586、合21808）、出組卜辭（合24260），數量以非王卜辭最多。這些例子年代與「亡田」句例相符，說明在相同年代裡，「亡田」句與「今夕亡田」句對應出現；同樣的，「亡至田」句也與「今夕亡至田」句對應出現。再以肯定、否定句對應關係來看，在《屯南》主體卜辭中，「亡至田」的肯定對應句「又至田」（屯742、屯2525）也同樣存在；上舉非王卜辭所見的「今夕亡田」，其對應肯定句「今夕又田」（合21302）也同樣存在。總合以上兩種對應模式，我們將之作成下表：

否定句		肯定句	
亡田	亡至田	又田	又至田
今夕亡田	今夕亡至田	今夕又田	×

「今夕又至田」未出現，但上表充分的對應關係說明了兩者用法確實極為相似。

　　至田，也與「來田」有關，《說文·至部》云：「鳥飛從高下至地也。从一。一，猶地也。象形。不上去而至下，來也。」〔註63〕《說文》以「來」作為訓釋「至」的途徑之一，而在《屯南》卜辭中，「來田」的句例也確實存在：

　　　　屯2058　　（1）又來田自北？

的父祖母姒，此在𠂤、子、午等組則擴張至未即王位的諸父諸祖諸兄諸子。」見《綜述》頁158。

〔註63〕斷句依天工書局版《說文解字注》頁584、585，1987年9月。

　　　　　　（2）☐囚☐？

　　　　　　（3）乙酉卜：亡來〔囚〕☐？

　　屯 2446　　（1）癸酉貞：旬又希，自南又來囚？

　　　　　　（2）癸酉貞：旬又希，自東又來囚？

顯然地，「又（亡）來囚」專用於某種情境：以中商為地理本位，由文辭「自南、自東、自北」看，似與敵方軍隊來犯方位有關，但不能確指哪一方國來犯。

　　由以上一連串的例證推移看來，《屯南》的「又（亡）至囚」與「又（亡）囚」、「又（亡）來囚」三者所屬事類，可能都和軍事防禦有關，這從「今夕亡囚？在自攸」（合 24260）、「旬又希，自南又來囚」（屯 2446）可以看得出來。

　　另外，還有省略主語，沒有「旬」、「干支日」、「今夕」，不使用具祈望意念的「亡囚」，而使用臆測態度的「又囚」一詞，且命辭不包含其他內容的卜辭，例如：

　　屯 1020　　（1）又囚？

　　　　　　（2）癸卯貞：囚亡？（一）

　　　　　　（3）又囚？（一）

　　　　　　（4）又囚？（一）

　　　　　　（5）又囚？

（2）辭的「囚亡」即「亡囚」之倒文。這種句子數量少，由於句例中干支有癸日，我們將之視為「旬亡囚」一類句子的省略型。

　　綜合起來看，《屯南》卜旬卜禍辭句型中，主語（S）有「王、人物」兩種，主語「王」習慣性為刻寫者所省略；時間副詞分別為「旬、隔日、今夕」三種，而沒有祭祀卜辭常見的「翌日○」（○為日干名），顯見卜問「又（亡）囚」在時間上有一定的卜問模式，並非任擇一日或數日即可為之；而表語「又（亡）囚」、「又（亡）至囚」、「又（亡）來囚」意義相近，句意所指應在卜問軍事防禦上有無禍患。

（三）風雨、年成類卜辭句型

我們再分風雨、年成兩小類敘述之。

1、風雨類卜辭

《屯南》風雨類卜辭再下分為「卜雨辭」、「卜風辭」兩類。「卜雨辭」句型單純，但較卜旬卜禍類多了驗辭，是《屯南》常見的特徵。整個句型以命辭加上驗辭來看，可以表現為四種句型：

1.【某日】雨？【某日】允（不）雨。

2.【某日】雨？

3.【某日】雨，至（于）【某日】雨？

4. 雨？

5. 其雨？

6. 不雨？

第一種句型具備驗辭卜問未來某日是否有雨，並記驗辭結果於命辭後，如：

屯 254　　　（1）乙雨？乙巳允雨。

　　　　　　（2）丙雨？丙午允雨。

　　　　　　（3）丁雨？丁未不雨。

屯 2161　　 （2）丁卯卜：戊辰雨？不雨。（二）

　　　　　　（4）庚午卜：辛未雨？允雨。（二）

　　　　　　（5）庚午卜：壬申雨？允亦雨。（二）

屯 4399　　 （3）癸巳卜：乙未雨？不雨。（一）

　　　　　　（4）己酉卜：庚戌雨？允雨。（一）

這些句子中命辭部分都標明干支日，驗辭部分則配合命辭，採「先略後詳」或「先詳後略」的方式紀錄，屯 254 版驗辭干支記「乙、丙、丁」日，驗辭則詳列干支「乙巳、丙午、丁未」，這種句組各條都不記前辭，才會在驗辭詳記干支；相對的屯 2161、4399 即屬另一種，這兩例前辭干支已明，命辭記錄未來某日雨否，該日紀錄干支俱全，驗辭部分的干支和命辭同，則無需重複提起，故予省略。

第二種句型直接卜問最近未來某日雨否，命辭後不帶驗辭，可以視為第一種句型的省略型。例如：

屯 254　　　（4）戊雨？

屯 681　　　（2）壬午卜：癸雨？

　　　　　　（4）癸未卜：甲雨？

　　　　　　（6）乙酉卜：丙雨？

屯 4399　　　（2）辛卯卜：壬辰大雨？（一）

屯 2287　　　（6）壬午卜：丙雨？（三）

　　　　　　　（7）壬午卜：乙雨？（三）

對照上舉第一型句例，單純從結構上看，可以發現彼此呈現繁省關係，若再把同版例並列，就更能理解這種關係，以屯 254、屯 4399 為例來看：

屯 254　　　　（1）乙雨？乙巳允雨。

　　　　　　　（2）丙雨？丙午允雨。

　　　　　　　（3）丁雨？丁未不雨。

　　　　　　　（4）戊雨？

屯 4399　　　（2）辛卯卜：壬辰大雨？（一）

　　　　　　　（3）癸巳卜：乙未雨？不雨。（一）

　　　　　　　（4）己酉卜：庚戌雨？允雨。（一）

254 版「戊雨」即是前三辭的省略，「戊雨」句後若不省略，依照慣例應有「戊申不（或允）雨」這樣的驗辭。同理，屯 4399 的「壬辰大雨」句後不省，則會有驗辭「不（或允）雨」出現，本版以辛卯日卜隔日壬辰大雨否，與己酉日卜隔日庚戌雨否，癸巳日卜隔二日乙未雨否，模式近同，因此可知「壬辰大雨」依理也應有驗辭，只是省略或未及刻寫所致。

　　第三種句型句意重點在雨勢是否長時間延續下去，或原為無雨而預期發生，命辭下半有「至（于）【某日】雨？」這樣預測性的問卜語。例如：

屯 985　　　（3）庚辰貞：今日庚不雨，至于辛其雨？（一）（一）

屯 2287　　　（11）丙戌卜：丁雨，不至丁雨？（三）

屯 2287 版「丁雨」應為「丙雨」之誤，命辭全句若以丙戌日直接判定隔日丁亥「丁雨」，本身即是矛盾的表達方式，再以「丁雨」為前提，卜問「不至丁雨？（至丁不雨？）」則「至」字的使用也顯得不詞，若更正為「丙雨，不至丁雨？」則句意通順，疑難渙然冰釋。上例中命辭都具備前後兩小句，當前句言當日狀況「不雨」時，後句則卜問隔天辛日「其雨？」，如屯 985；另一例屯 2287 則相反，當前句言當日（丙戌）「雨」時，後句則卜問隔天丁日「不至丁雨？」（至丁不雨？）。在《屯南》中，這種今、明兩日雨勢以「先有後無」、「先無後有」的模式成對出現，楊樹達曾說明：「殷人注意天象，無風雨則貞其將有與否，有風雨則貞其將

止與否，此事理之宜也。」〔註64〕此說配合本類句例的表現看，相當貼切。

　　第四、第五、第六種句型（「雨？」「其雨？」「不雨？」）都是其他句型的省略，我們將三種句型合同討論，並且合併同版例來看，省略情形就表現得更加清楚：

屯 681	（2）壬午卜：癸雨？
	（3）不雨？
	（4）癸未卜：甲雨？
	（5）不雨？
屯 985	（1）丁丑貞：其雨？（一）
	（2）其雨？（一）
屯 2287	（4）甲子卜：雨？（三）
	（6）壬午卜：丙雨？（三）
	（7）壬午卜：乙雨？（三）
	（8）夕雨？（三）
	（10）丙戌卜：不雨？（三）
	（11）丙戌卜：丁雨，不至丁雨？（三）

依上例，如屯 2287，單一的「雨？」（甲子日）句型和「不雨？」（丙戌日）同版並存，是平行關係；而屯 681 兩條「不雨？」句則又和「某日雨？」成正反對貞，明顯地，此處「不雨？」的不省型態應作「癸未不雨」、「甲申不雨」；另一狀況在屯 2287 這兩條辭出現：

　　　　　　（10）丙戌卜：不雨？（三）
　　　　　　（11）丙戌卜：丁雨，不至丁雨？（三）

「丁雨」應正為「丙雨」，前面已說。這兩辭形成前後關係，上一辭先言「不雨？」，下句得事實狀況「丁（丙）雨」，延伸問卜事項至隔日是否持續有雨，那麼，「不雨？」因「丁（丙）雨」的對照，不省略句型應即為「丙戌不雨」。從以上兩種狀況看來，《屯南》卜雨辭「不雨？」句並非單獨存在，而是文辭互見下的省略。因此，「不雨？」和「雨？」之間，並不是正反相配的關係，「不雨？」的真正對貞句是「某日雨？」，而不是「雨？」。

〔註64〕《積微居甲文說、卜辭瑣記》頁15，新華書店，1954年5月。

至於「其雨？」則出現「丁丑貞：其雨？」、「其雨？」（屯985）這種「正正對貞」的型態，與「不雨？」和「雨？」兩種句型不同。由於這類句例過少，筆者傾向暫時不作句型關係的尋繹。

第二小類「卜風辭」句型，和卜雨辭形成明顯區別，這一類句例少，表現方式也單純。例如：

屯 546　　其冓大風？

屯 619　　（3）不遘小風？

　　　　　（4）其遘小風？

　　　　　（5）不遘大風？大吉。茲用。

　　　　　（6）其遘大風？

屯 1054　（7）甲〔午〕貞：其禥，〔風〕？（二）

屯 4459　　壬不大風？

句型可以整理爲：

1. 其遘大（小）風？

2. 不遘大（小）風？

3. 不大風？

4. 風？

與卜雨辭最大的不同是，問卜「遘風」與否時，命辭不常記干支，少見所謂「【某日】其（不）遘大風」這樣的表現方式，上例中的屯4459「壬不大風」是個罕見例。在這類句子中，主語是「王」，習慣性省略。至於遘字，《說文‧辵部》：「遘，遇也。」「遘風」即「遇風」，

其餘，應該提及的一點是，「卜風辭」較常和田獵、祭祀卜辭相關，我們展開同版、同辭例，就可看得出來：

屯 619　　（1）王叀盂田省，亡戋？

　　　　　（2）叀喪田省，亡戋？

　　　　　（3）不遘小風？

　　　　　（4）其遘小風？

屯 1054　（7）甲〔午〕貞：其禥，〔風〕？（二）

屯 4349　　己亥卜：庚子又大征，不風？

屯 619 版（3）（4）兩辭卜問「邁小風」與否，其卜問背景是「王省田」，先卜問王在何地（盂、喪）省田，再卜問是否遭遇「小風」；另外屯 1054、4349版則是以「褅」、「又大征」兩種祭祀作爲卜問背景，卜其是否有風。這種同版、同辭關聯也可以爲我們解釋主語「王」爲何習慣性省略。在上舉的田獵卜辭（屯 619）中，「王省田」是整組卜辭的占卜前提，「亡㢣」是首要的卜問項目，有災無災與否意義是寬泛的，而「邁風」與否則是細節。「王」省田之時是否遭遇大風，關係到田獵活動的進行成敗，由於主語「王」已在「省田」句中出現，因而在細節卜問（邁風）中就不再重複。另外，祭祀卜辭中的「褅、征」也和天象有關，例句屯 1054、4349 中的主語「王」本身在祭祀卜辭中已習慣性省略，因而更毋需在卜問邁風與否之時冠上主語，造成「先略後詳」的反常模式。

與《屯南》對照起來，第二、第五期卜辭在文字上形成定規、框架，卜問內容也走向硬性公式，主語部分既爲必要的制式規格，也就會有一再重複出現的情形；《屯南》則沒有這種負擔，習慣性地省略主語，並且又加深了各條對貞辭對於問卜細節的要求，這是一種簡化表達的模式，也是活潑句型的作法。

2、年成類卜辭

年成類卜辭句例數量也不多，我們先舉出代表例：

屯 345　　（1）蠡出㪺，受年？吉。

　　　　　（2）及茲月出㪺，受年？大吉。

　　　　　（3）于生月出㪺，受年？吉

　　　　　（4）叀丁卯出㪺，受年？

屯 423　　（1）辛酉卜，貞：今戌受禾？

　　　　　（2）不受禾？

　　　　　（3）叀東方受禾？

　　　　　（4）□〔北〕□〔受〕禾？

屯 620　　丁亥卜，貞：今龜受年？吉秭？吉。

屯 646　　（2）不受禾？

　　　　　（3）辛亥貞：☑受禾？

　　　　　（4）□卯貞：今來戌受禾？

屯 2106　　（1）己亥貞：今來羽受禾？

　　　　　　（2）不受禾？

　　　　　　（3）甲子卜：隹岳〔虫〕禾？

屯 2991　　（1）不吉稱？

　　　　　　（2）☒今甗☒受年？

屯 3194　　（3）□未貞：☒大邑受禾？

屯 3835　　（1）不受年？

　　　　　　（2）〔危〕見，莫〔隹〕稱？

略去前辭，將句型整理出來，有以下幾種：

　　（1）叀（于、及）＋【時間副詞】＋V＋O，受年（禾）？

　　（2）【時間副詞】＋受年（禾）？

　　（3）（叀）＋【地方副詞】＋受年（禾）？

　　（4）不受年（禾）？

　　（5）（不）吉稱？

第一類型句是最為複雜的型式，全句可分為「虛詞＋時間副詞」、「動賓（V＋O）結構短語」、「受年（禾）」三個部分來理解。第一部分交代時間，第二部分敘述行為，第三部分卜問受年與否。這類例子以屯 345 最為標準：

　　（1）蠱出入，受年？吉。

　　（2）及茲月出入，受年？大吉。

　　（3）于生月出入，受年？吉

　　（4）叀丁卯出入，受年？

其他各辭模式相近，都以「及、于、叀」等虛詞冠於句首，之後接上時間副詞「茲月、生月、丁卯」，以下文辭則統一為「出入，受年」，驗辭「吉、大吉」或有或無。第一條辭時間副詞「蠱」前不需冠上虛詞，大體仍符合前述句型規則。

　　第二類句型較第一類省去「動賓（V＋O）結構短語」，直接卜問未來某時段受禾（年）與否，特別的是，本類型句子時間副詞常用「今」字，有「今來

戌」、「今戌」〔註65〕、「今來羽」、「今龜」四種關於時段的表達方式。

第三類句型重心由時間轉爲地點，卜問某一地區受禾（年）與否。本類型句子地方副詞常用「今」字，有「東方」、「大邑」二種表達方式，這樣看來，似乎王土的四方以及都邑皆可作爲卜問受年的對象。有一個特點是，《屯南》這類卜辭若以時間副詞作爲卜問重點，則不再註記地方副詞，反之亦然。

第四類句子「不受年（禾）？」是前述第二類「【時間副詞】＋受年（禾）？」句型的對貞辭，由同版例看得出來：

　　屯 423　　（1）辛酉卜，貞：今戌受禾？

　　　　　　　（2）不受禾？

　　屯 2106　（1）己亥貞：今來羽受禾？

　　　　　　　（2）不受禾？

　　屯 3835　（1）不受年？

顯然地，「不受禾」作爲「今戌受禾」、「今來羽受禾」的否定對貞辭，就是「今戌不受禾」、「今來羽不受禾」的省略。屯3835「不受年」則找不到對貞句。

在這裡我們發現，不論「受禾」或「受年」，同一組卜辭中，都是以否定對貞辭作爲省略標的，這可能表示殷人刻寫卜辭時，傾向將希望發生的結果以完整的、肯定的句子來表示，而將不希望發生的負面結果（否定對貞）以省略句法加以附記。

第五類「（不）吉秭？」句子較爲少見，但也是具有時代標識性的卜問辭例。舉出《屯南》代表例如下：

　　屯 620　　丁亥卜，貞：今龜受年？吉秭？吉

　　屯 2991　（1）不吉秭？

　　　　　　　（2）☑今龜☑受年？

　　屯 3835　（1）不受年？

　　　　　　　（2）〔危〕見，莫〔隹〕秭？

以上句例，《屯南·釋文》都定爲康丁期。「秭」字的用法是重點，從詞性看，屯2991版「吉秭」兩字在否定副詞「不」字修飾下，應作爲動詞使用。又，屯3835版「隹秭」一詞中的「秭」，也應作動詞使用。再者，從屯620版「受年」

〔註65〕今戌，即「今歲」，《屯南》常見。

與「吉秄」前後接連問卜，所期待的問卜意義應該相近，並且相關。

在《合集》第三期中，有一版辭例具參考價值：

合 28203 孟田禾⿰，其叙，吉秄？

弜叙，吉秄？

「吉秄」一詞為「叙」字賓語，應作名詞使用。因而，此處的「秄」，在「吉」字修飾之下宜作為名詞看待。這樣看來，「吉秄」可以作動詞使用，也可作為名詞，單一的「秄」字則傾向作動詞使用。

「秄」字在第一期卜辭中也使用過，例如：

合 9522 甲辰卜，㱿貞：王勿衣入，于秄入？

合 9558 貞：王往立秄黍于□？

合 9559 丁未卜，賓貞：叀王秄黍？

合 9560 己丑卜，賓貞：今⿰商秄？

今⿰不秄？

合 9567 貞：不其秄？三月。

合 9523 有「乙卯卜，㱿貞：王立〔註66〕黍？」一條辭，與合 9558「王往立秄黍」、合 9559「叀王秄黍」互參，發現三者呈現事類相同，而文辭繁省不一的情形，再加上合 9560、9567 版「不秄」〔註67〕、「不其秄」例，則應確定「秄」字作動詞用。合 9522 的「于秄入」則應是動詞轉品作名詞用，意為「在進行『秄』此作為時，進入祭壇」。

但是「秄」究竟何義？我們知道，「受年」與「吉秄」是息息相關的，「秄黍」之事又和「立黍」文辭上繁省互見，再者，行「秄」之時在秋季，那麼，「秄」字則應和穀物收成有關。裘錫圭以為「⿰」即「乂」之初文，古書作「艾」，如《穀梁傳・莊公廿八年》：「一年不艾而百姓饑。」又《詩・周頌・臣工》：「奄觀銍艾」，裘錫圭說：「《毛傳》釋『銍』為『穫』，與『銍』并提的『艾』應該

〔註66〕立，于省吾讀為「涖」，今作「莅臨」之「莅」，見〈商代的穀類作物〉，《東北人大人文科學學報》1957 年 1 期，頁 90。

〔註67〕合 96560 版「今⿰商秄」應為「今⿰秄商」之移位句，意為今秋（⿰釋秋，依于省吾說，見《殷契駢枝全編》頁 15～20〈釋條〉）之時在商邑進行「秄」這個作為。

當刈禾講，正相當於甲骨文的『秊』。」〔註68〕其說與本節論「秊」字在句型中的位置與用法相合，可從。

因此，上舉諸例中的「秊」都可作刈穫穀物講，也就是收割。「吉秊」是卜問收割吉祥順利否，「不秊」是指不進行收割，「秊黍」是收割大黃米〔註69〕，「于秊入」即「在收割時進入祭壇」。

（四）記事刻辭

與其他分期的記事刻辭比較，《屯南》記事刻辭自成一個派別，謝濟以爲這類記事刻辭的類同表現，可以證明「康丁、武乙、文丁」這三個王世卜辭的確是緊密相接的。〔註70〕以下，筆者舉出辭例完整、具有代表性的例子：

屯 131	戊子夐乞寅骨三。
屯 216	夐乞寅骨三。
屯 341	（8）辛巳夐乞骨三。
屯 638	庚戌乞骨于孚。
屯 2149	（16）丁丑夐乞骨三，囧。
屯 2282	（19）乙亥夐乞骨三，囧。
屯 2410	（7）☐骨一，河。
屯 2677	（3）戊申夐乞囧骨三。
屯 3028	（2）乙未夐乞骨六自歺，囧。

這些句例整理起來，有一個共同的句型模式：

干支＋某1＋乞＋某2＋【骨若干】＋（于某地、自某氏），某3

由於記事刻辭語法性質特殊，此處句型暫用「某」作爲多個人（氏）名的詞類

〔註68〕見裘錫圭《古文字論集》頁36，中華書局，1992年8月。

〔註69〕見于省吾：《甲骨文字釋林》頁242。

〔註70〕謝濟說：「這種記事刻辭僅見於這三個王世，不是偶然的。陳夢家曾對這三個王世的卜辭作了深入的研究，作出了正確的結論。今天，小屯南地發掘的豐富成果，不是否定，而是充實和發展了陳氏的論斷。這種記事刻辭過去的著錄書裡見的還不多，《小屯南地甲骨》使之大大增加了。從這種記事刻辭也證明了康丁、武乙、文丁的共同特徵。」見〈甲骨斷代研究與康丁、文丁卜辭〉，《甲骨文與殷商史》第三輯，頁113。

代稱。依上舉句型，據多數實例，可以模擬出最完整的表現例爲：

　　干支叀乞寅骨三（六）自𠂤，圂。

依這個標準句例看，干支表示日期，「叀」爲本批骨版的徵集者，徵集所得的骨版，供給方面通常一次送來三塊，少數情形爲「五、六、七、八、十」塊。〔註71〕偶而，管理者會記錄供給來源地或供應者（自𠂤、于𠂤）。末尾，管理者加以署名（圂、河）。圂，筆者以爲人名，由屯 3028「乙未叀乞骨六自𠂤，圂。」看得出來，「自𠂤」表示「𠂤」即某地名，那麼「圂」應即人名或族名，以標識此批骨版自何人何族而來。「圂」又偶有詞序移位情形，作「戊申叀乞圂骨三」（屯 2677）這樣的表達。明顯地，「圂」代替了「寅」，也作爲骨版來源的供應者，亦應即人名或族名。

　　以上所舉變異句例都是這個共同句型的省略，省略的種類分別有：

1. 省干支：如「叀乞寅骨三」（屯 216）
2. 省主語（叀）：如「庚戌乞骨于𠂤」（屯 638）
3. 省人名（寅、圂）：如「丁丑叀乞骨三，圂。」（屯 2149）
4. 省數量詞（三、六）：如「庚戌乞骨于𠂤」（屯 638）
5. 省介詞、地方詞（自𠂤、于𠂤）：如「戊子叀乞寅骨三」（屯 131）

全部例子中不省的是「乞、骨」這兩個字，因此，我們根據《屯南》這種在骨版上記事刻辭的語意，稱呼爲「乞骨辭」，也不爲過，它們的本質即是如此。再將省略的標準放寬，取用省略次數在兩次以內的例子，那麼本類記事刻辭的語法重要成分可以表爲：

　　干支叀乞骨三。

這即是《屯南》記事刻辭語法成分的主軸，也就是當時記錄的重點。

　　又從各個語言成分的內容觀察，本句型干支部分沒有特殊的偏好或規則；主語（某1）是人名，除開省略的例子（屯 638），主語都是「叀」這個人名；以下文辭，循例皆爲「乞【寅】骨若干」，「寅」字，我們以爲地名，作地方副詞用。骨版數量大多爲「三」，只有少數例爲「五、六、七、八、十」。省略地方副詞，直言「乞骨若干」的例子比「乞寅骨若干」者要多；最後，少數例會

〔註71〕依《類纂》頁 976 所列，合 35108 版記錄「乞骨五」，屯 3028 記錄「乞骨六」，合 35208 版記錄「乞骨七」，合 35201 版記錄「乞骨八」，屯 788 記錄「乞骨十」。

加上「自（于）某地（某人）」，作爲徵求骨版來源的記錄。

要補充的是，早在第一期的骨臼、骨面刻辭，有部分句型就與《屯南》記事刻辭相近。例如：

合 9409　　丁亥乞自雪十屯🔲示，🔲。

合 9416 臼　丁亥乞自雪乇十屯🔲示。

合 13523 臼　乙未🔲乞自雪十屯，小🔲。

英 429　　　己酉🔲示四屯，小🔲。

「🔲」這個人物又再度出現，我們推測這是一種官職稱呼，存在於第一期以及第四期之中。從句型觀察，會發現兩者大體相似，第一期句型作：

干支＋某 1＋乞＋某 2＋【若干屯】＋某示，某 3

《屯南》句型則是：

干支＋某 1＋乞＋某 2＋【骨若干】＋（于某地、自某氏），某 3

如干支冠于句首；中間動賓結構短語大體爲「S──V──O」，「V、O」之間都雜入具修飾性格的人名（某 2）；句末時有加上署名（某 3）的習慣等。

但就細部文例去追究，則有多處不同。整理如下：

1. 《屯南》的「𠈃乞」，第一期作「🔲乞」。

2. 《屯南》的「自𠬝」第一期作「自雪」，但位置不同，《屯南》位在句末，第一期位在句中。

3. 《屯南》的「骨三」，第一期作「十屯」；《屯南》「骨三」之後通常無文辭（署名例外），第一期「十屯」之後通常註明地點「🔲示」。

4. 句末署名《屯南》常作「🔲」，第一期常作「小🔲」。

根據這些特徵，我們仍可以分辨第一期骨臼、骨面刻辭與《屯南》記事刻辭，兩者在慣用詞彙以及語法成分上有明顯的區別。

二、結　語

本節筆者作了《屯南》最後四類「軍事、卜旬卜禍、風雨年成、記事刻辭」句型的鋪排整理，整理結果得到幾個重點：

首先，是大量使用「叀、于、其」等虛詞，並且形成簡化的、成組的對貞句，和《屯南》「祭祀、田獵」事類卜辭的表現完全相同。

其次，是習慣性地省略主語「王」，和第二期、第五期卜辭不同。以祭祀卜辭的角度來講，祭祀類「王賓」卜辭在文字上形成定規、框架，卜問內容也走向硬性公式，主語部分既為必要的制式規格，就不會省略，其他事類卜辭受其影響，也會有這種表現；《屯南》則沒有這種負擔，它在整組卜辭中習慣性地省略主語，並且加深了各對貞辭對於問卜細節的要求，就這點來看，《屯南》省略主語的表現是進步、有意義的。

卜旬、卜禍辭的句型則充分表現《屯南》特徵，與其他時期迥異。尤其部分用語如「有禍」、「無（有）至禍」、「來禍」等，更是其他各期卜辭前所未見。

記事刻辭表現，雖然與其他事類卜辭的文例表現迥異，而由於其模式統一，變化不大，也就充分地形成一群專屬卜骨的記錄文辭，加深了「康丁、武乙、文丁」這三個王世卜辭年代緊密相接的論證。

整體看來，《屯南》其他事類卜辭句型表現和「祭祀、田獵」類卜辭大致相同。

第四節　以歷時觀點描述《屯南》卜辭

談論《屯南》卜辭的句型，必然要牽涉到它與前後期卜辭間的承繼關係以及變化形式。承繼與變化是一體兩面的，它一方面表現了本期卜辭對早期卜辭句型的襲用情形，另一方面同時也襯托出該階段卜辭對上下期卜辭的派別差異。

本節接續上文的兩大句類（祭祀、田獵）整理，將《屯南》與第二期、第五期卜辭的句型加以比對，嘗試提出之所以出現差異句型的合理解釋。而最終目的，則是對《屯南》在整體殷墟卜辭中的定位，作出合理的描述

一、以「王賓」形式的演變描述《屯南》祭祀卜辭

語言研究脫離不了歷時的描述，對《屯南》而言尤其如此。《屯南》卜辭主要年代在康丁、武乙、文丁三朝，時代介在殷墟第二、五期之間，它的確是有一套不同於前後期語法的表現，本段的目的就在於嘗試找出其中的特徵，用以區隔它與前後期的關係，同時也尋繹出前後期的傳承痕跡。

從祭祀卜辭的表現來看，在第二、第五期盛行的「王賓」句型，在《屯南》

卜辭中形式有了轉變，我們先從第二期卜辭談起。

　　如前段所述，卜辭「王賓」之後所接的祭法有「歲、彡、劦、彳、歆、聂、
蓋、畐、禱、伐、羽、祭、壹、龠、衣」等，以第二期的句例來看：

　　　合22722　甲子卜，行貞：王賓歲，亡尤？在正月。

　　　合22899　丙戌卜，行貞：王賓父丁夕歲，亡尤？

　　　合22903　乙卯卜，尹貞：王賓祖乙彳歲，亡尤？

　　　合23106　辛巳卜，行貞：王賓小辛彳伐羌二、卯二牢，亡尤？

　　　合23249　丁巳卜，行貞：王賓父丁彳☐？在七月。

　　　合22688　丁卯卜，旅貞：王賓匚丁彡，亡尤？在七月。

　　　合23308　☐☐卜，即貞：王賓示癸奭妣甲劦，亡尤？

　　　合22812　甲戌卜，尹貞：王賓小甲劦，亡尤？

　　　合22631　☐戌卜，行貞：王賓上甲夆五牛，亡尤？

　　　合23485　庚辰卜，即貞：王賓兄庚聂眾歲，亡尤？

總合上舉諸例，可以歸納第二期「王賓」類卜辭的基本型式為：

　　　干支卜，某貞：王賓【祖妣】【祭祀動詞】，亡尤？

少數例子加註了「在某月」在句末。失去「王賓」結構而在《屯南》卜辭中留
存下來使用的祭祀動詞則有「歲、彡、劦、彳、歆、聂、蓋、禱」，動詞大部
分都延用了下來，分別形成了以下這些句例（代表例）：

　　　屯1031　癸酉卜：父甲夕歲，叀牡？

　　　屯1088　祖乙彳歲，其射？吉。

　　　屯248　貞：又彳伐合？

　　　屯2032　丙申貞：酓伊，彳伐？

　　　屯595　甲申貞：又彳伐于小乙羌五，卯牢？

　　　屯694　庚申貞：妣辛劦牢，王受又？

　　　屯1005　丙子卜：祖丁莫劦羌五人？吉。

　　　屯2478　辛酉卜：父甲劦其☐？

　　　屯2359　毓祖丁夆一羊王受又？

屯 2666　　庚寅卜：其奉年于上甲三牛？

屯 657　　　甲寅卜：聶岂于祖乙，小乙眔？

屯 2682　　甲午卜：父甲聶黍，其□彀？

它們共同的特色就是失去了「王賓」、「亡尤」這兩種制式的套語，並且較爲詳細地紀錄了用牲與數量；同時，祭祀動詞與受祀祖妣之間的語序也變得活潑了起來，不再依照「王賓【祖妣】——【詞】，亡尤？」這樣的順序去刻寫。以卜辭的命辭部分來談，《屯南》祭祀動詞和受祀祖妣之間形成以下二種結合模式：

1.【祖妣】——【祭祀動詞】如：「祖丁莫荔」、「父甲夕歲」、「祖乙彡歲」

2.（其）【祭祀動詞】于【祖妣】如：「其奉年于上甲」、「聶岂于祖乙」

這兩種模式各有來源，第一種在「祖妣-祭祀動詞」間沒有任何介詞存在，它應該就是第二期「王賓【祖妣】——【祭祀動詞】，亡尤？」句型的省略模式，直接從王賓句型卸除「王賓」、「亡尤」這兩個制式套語就完成。第一型的特徵就是「祖妣」之前不加介詞「于」而大量出現，顯示出它和第二種模式的區隔。例如：

屯 2682　　父甲聶黍，其□彀？

屯 2354　　戊辰卜：中己歲，叀羊？茲用。

屯 2359　　毓祖丁奉一羊，王受又？

第二種模式則與第一期卜辭相近，它的特徵則是對介詞「于」的依賴，即使句中成分經過移位，改變了詞序，「于」字的影響仍然存在，或者由「其」字增補在動詞之前，作爲確認語意的提示。例如：

屯 2771　　壬申卜：㞢歲于祖癸羊一？　　【一期】

合 22044　　庚戌卜：㞢歲于下乙？　　　【一期附】

合 902　　　貞：于下乙㞢伐？　　　　　【一期】

屯 739　　　甲午貞：酌彡伐，乙未于大乙羌五，歲五牢？

屯 595　　　其荔我祖？

屯 3127　　甲申卜：于祖乙其荔☒？

因此我們可以確認，《屯南》祭祀卜辭不但有著第一期的復古現象，也同時伴隨

著二期「王賓」類句型停用後的省略模式，兩種同時並存著。

上述屯2354版「戊辰卜：中己歲，叀羊？茲用。」同版同干支另有一辭，爲我們帶來「王賓」句型的殘餘例證：

戊辰卜：其又歲于中己，王賓？

這也就確定了「中己歲，叀羊？」本身即是由「王賓」句型所省略、移位而產生的變化句型。

到了第五期，祭祀卜辭隨著周祭制度的完備，彷彿又回到第二期般，恢復了「王賓【祖妣】【祭祀動詞】，亡尤？」這種制式的規格去刻寫。第五期「王賓」句例如下：

合38100　己丑卜，貞：王賓歲，亡尤？

合38153　丙子卜，貞：王賓歲，亡尤？在四月。

合38683　癸亥卜，貞：王賓奉，亡尤？

合38686　庚寅卜，貞：王賓聶禾，亡尤？

合35802　甲申卜，貞：王賓小乙禔，亡尤？

合35355　丁酉卜，貞：王賓文武丁伐十人、卯六牢、兽六卣，亡尤？

合35472　壬申卜，貞：王賓示壬荔日，亡尤？

合35591　甲戌卜，貞：王賓小甲日，亡尤？

總合上舉諸例，可以歸納第五期「王賓」類卜辭的基本型式爲：

干支卜，貞：王賓【祖妣】【祭祀動詞】，亡尤？

第五期卜辭習慣不著貞人，有《屯南》卜辭的特徵。除了二期的「羽、荔、彡」等周祭動詞增作「羽日、荔日、彡日」外，其他句中結構和第二期是完全相同的。這迹近「復古」的變化，同《屯南》卜辭主體一樣，是難以用自然演變去解釋的。

值得注意的是，同爲第三期的廪辛卜辭仍然存留了完整的「王賓」句型，與康丁卜辭形成了區隔：

合27042　辛酉卜，宁貞：王賓夕畐，亡尤？

合27042正　甲子卜，宁貞：王賓上甲荔，亡尤？

合30559　□□卜，何貞：□賓伐☑雨？

合 27211　乙酉卜，宁貞：王其賓祖乙聂眔☐聂☐？

至於《屯南》，只有少數殘留了「王賓」類卜辭的痕跡。例如：

屯 95　己卯卜：王賓父己歲㞢，王受又？

瞭解了第二期「王賓」一詞的停用，到第五期「王賓」的再現，就可以瞭解「王賓」結構事實上代表著卜辭刻寫的制式要求，它使得祭祀動詞與祭牲等各項詞序標準化、規格化，而不按這規律來刻寫的，正是介於第二、五兩期的《屯南》卜辭，更嚴格講，是「康丁、武乙、文丁」三朝卜辭才有這種現象，即使是同於第三期的廩辛（或稱何組）卜辭，也必須歸入第二期的規律之中。

再回過頭來看，第一期的祭祀卜辭，的確和《屯南》有文例相近、相同的例子，這些例子是常態現象，並不是偶合。我們引用一些例子，表列來看：

句類	分期	句例
桒	一期	合 1243　庚子卜：桒自上甲？ 合 399 正　癸未卜，貞：𡆥于土，桒于岳？ 合 1416　辛酉卜，貞：桒于大甲？
	屯南	屯 4047　丙申貞：桒自上甲？ 屯 2129　己卯貞：桒自上甲六示？ 屯 3940　☐貞：其桒于河？ 屯 1111　戊午貞〔註 72〕貞：桒于大甲、父丁？
伐	一期	合 954　甲辰卜，爭貞：㞢伐于大甲？ 合 944 正　貞：來甲戌㞢伐自上甲
	屯南	屯 4538　壬辰貞：甲午又伐于祖乙羌三？ 屯 1080　壬子卜：自上甲又伐？
彡	一期	合 438 正　貞：㞢彡于父庚宰？ 合 960　貞：勿酌伐彡于祖丁？
	屯南	屯 611　己巳貞：王又彡伐于祖乙，其十羌又五？ 屯 739　甲午貞：酌彡伐，乙未于大乙羌五、歲五牢？ 屯 2483　王其又彡父己牢，王受又？

這樣看來，《屯南》所屬的「康丁、武乙、文丁」卜辭，在句型表現上與第二、第五期卜辭產生極大的分隔，這現象使我們想起了董作賓先生的話：

由於據斷代分期實地研究的結果，發現了短短的二百七十三年間，殷

〔註 72〕「貞」字衍文。

代的禮制有舊派與新派的不同。起初，這種觀察是以兩派曆法的差異為依據的，後來又考驗一切禮制，皆有差異。此一觀察乃打破了《斷代例》原分的五期，不能不進而作分別新舊兩派的研究。〔註73〕

我們在卜辭句型上的發現也符合了這樣的說法，「新舊派」禮制的思考角度的確值得我們重新檢視、驗證。另一方面，經由《屯南》卜辭與《合集》句例的比對考索，筆者發現董先生新舊派理論第二、第三階段的時間分界：舊稱第三期舊派卜辭的時代上限，應該提前到康丁一朝，〔註74〕以配合《屯南》卜辭的實況。

完成所有《屯南》祭祀動詞的梳理，筆者發現這批材料的動詞，基本上是承襲第二期「王賓類」祭祀動詞而來，並且失去了「干支卜，○貞：王賓……亡尤？」這樣的句型框架，恢復了過去武丁祭祀卜辭的鬆散結構而形成的。這樣的演變過程，讓我們重新正視董作賓先生曾提出的新、舊派禮制的研究方向，確實有一定的合理性存在。

除了分派研究的可能性之外，舊有對於祭祀動詞的分類也需要檢討。陳夢家《殷虛卜辭綜述》曾將祭祀動詞分為三類：「賓類、祭類、用牲類」，就產生了邏輯上的問題。賓類祭祀動詞到了《屯南》卜辭，就成了擺脫「賓」字的祭類動詞，再進一步和祭牲連用，則又成了用牲類動詞。以歷時觀念去考察，會發現這些其實是同一群動詞。

《綜述》又云：「用牲類的祭動詞，往往以牲為其直接賓詞。」〔註75〕這是純粹用卜辭語言的表面形式去分別的，筆者並不同意。我們經由前段所有動詞的梳理過程看出，祭祀動詞接不接祭牲，並不是視為用牲類與否的根據，換句話講，祭類、用牲類的分類方式恐怕也值得檢討。

二、以「王田」形式的演變描述《屯南》田獵卜辭句型

最後，同祭祀卜辭的行文次第一般，我們來討論《屯南》田獵卜辭如何與第

〔註73〕董作賓：《甲骨學六十年》頁103、104，藝文印書館，民63年4月。

〔註74〕《甲骨學六十年》頁104，董文第二階段新派的三王「祖甲、廩辛、康丁」中，康丁應歸入第三階段舊派之中。

〔註75〕《綜述》頁100〈文法〉章，中華書局，1992年7月。

二期（包含廩辛卜辭）、第五期區隔開來的問題。首先要談到《屯南》特有的「一辭多卜」現象。

　　朱師談到過「一辭二卜」這個現象，說：

> 一般卜辭的命辭，是用正反對貞的方式卜問某事的宜否吉凶，亦有用單一的複合句。在其中的前句敘述某事，然後在後句以反詰或詰問的形式貞問無禍否。無論是正反貞問，抑或是一事一卜，都無礙於我們對卜辭的理解。然而在中晚期卜辭中，出現一事二卜特例。它們在陳述某一事件後，連續用二短句詢問兩件事的吉凶宜否，這些特例大大的挑戰了我們對於殷人占卜方式的認識。前人對殷人占卜過程的說法是根據龜甲獸骨上爆裂的卜兆紋路來決定某事的取捨，因此一條卜兆理論上是只能提供一事吉凶的依據，這些一辭具二卜事的特例如何與一條卜兆相接合說明，顯然是有困難的。〔註76〕

在《屯南》田獵卜辭，這種現象最為頻繁，例如：

屯 625　　叀在𢓊，犬壬比，亡𢦔？毕？

屯 730　　叀麥田，弗悔？亡𢦔？

屯 757　　于壬王迺田，湄日亡𢦔？不冓大雨？

屯 1013　　☐王省𢦔田于乙，屯日亡𢦔？永王？

屯 2329　　丁未卜：翊日戊王其田☐，叀犬言比，亡𢦔？毕？吉。

不但「一辭二卜」，《屯南》田獵卜辭還有五個「一辭三卜」的例子：

屯 256　　丁丑卜：翊日戊王異〔註77〕其田，弗悔？亡𢦔？不雨？

屯 699　　丁亥卜：翊日戊☐叀迟田，湄日☐？永王？歸毕？

屯 815　　于目网麥陷，亡𢦔？永王？毕？

屯 2618　　丁酉卜：日羽日壬叀犬師比，弗悔？亡𢦔？不冓雨？大吉。

〔註76〕朱師歧祥：《甲骨文研究‧一辭二卜考》頁199。

〔註77〕異，裘錫圭在〈卜辭「異」字和詩書裏的「式」字〉一文認為「表示可能、意願、勸令等意義。」其語法性跟「唯」和「允」十分接近，見《古文字論集》頁124、131，中華書局，1992年8月。

屯 4033　　叀戈田彳牧夷隹，弗悔？亡戈？永王？

「一辭二卜」、「一辭三卜」都存在於康丁期，筆者合稱爲「一辭多卜」現象，這個現象也具有明顯的斷代功能。從《屯南》卜辭上下兩個斷代來看，第二期田獵卜辭的句型受到的拘束特別強烈，全期都遵守著這樣的句型規範：

　　干支卜，某貞：王其田（于某地），亡災？（在某月。）

（ ）號中代表可以被省略的成分。二期田獵卜辭可以說是句型最爲嚴謹，可變內容最少的田獵卜辭，這完全是一種公式化語言。實際例子如：

24457　　戊辰卜，旅貞：王其田于陟，亡巛？

24472　　丁巳卜，行貞：王其田，亡巛？在正月

24476　　乙亥卜，尹貞：王其田，亡巛？

24471　　甲寅卜，王曰貞：羽乙卯其田，亡巛？于谷。

24502　　庚午卜，王曰貞：羽辛未其田，往來亡巛？不菁囚？茲用。

最末兩例「王曰貞」句，實際上也是「王其田」句型的變化，這是《類纂》中所見唯一的兩例，絕大多數句子都「完全」遵守規範。

　　再來看第三期前段的廩辛卜辭，句子仍然有固定的模式，並且更加簡略。如下：

　　【干支卜，某貞：王其田，亡巛？】

貞人有「何、狄、彭」等，幾乎沒有月分紀錄 [註78]，形式同二期一般嚴格。在這種形式下，疑問詞只有「亡災」一種，根本談不上搭配或者變化，「一辭多卜」的現象並沒有出現。

　　「一辭多卜」現象在第五期也是不存在的。五期田獵卜辭的標準句型是：

　　干支卜，貞：王田〔某地〕，往來亡災？王固曰吉。茲卻，獲〔若干

　　　獵物〕。

實際句例如：

37362　　丁未卜，貞：王田憲，往來亡巛？王固曰吉。

37363　　戊午卜，貞：王田朱，往來亡巛？王固曰吉。茲卻。隻兕十、

〔註78〕只有一例外，即合 28589「丙子卜，口貞：王其往屯田，亡 ？在十二月。」

虎一、狐一。

37513 　壬午卜，貞：王田桇，往來亡𡆥？隻隹百四十八、象二。

37644 　辛巳卜，在𠦪貞：王田兆，衣亡𡆥？

37793 　乙未卜，貞：王其田，亡𡆥？

可以發現這第二期產生的句型新規範，到了第五期更加完備，具備了前辭（干支卜貞）、命辭（王田○，往來亡災）、占辭（王固曰吉）、驗辭（茲卸。獲若干獵物）四大要素，並且容許有少量的省略例子，絕大多數句子也都「完全」遵守規範。

第五期卜辭中，即使少數在前期（相當於《屯南》康丁、武乙、文丁期）卜辭中延襲下來的「不遘雨（風）」語例出現，第五期最為習用的「往來亡災」語例也一定消失，保持著一辭一卜的原則：

合 37604 　戊午卜，貞：今日王其田宮，不遘大風？

合 37647 　戊辰卜，貞：今日王田𠦪，不遘雨？

合 37787 　戊寅卜，貞：今日王其田濩，不遘大雨？茲卸。

這樣一來，嚴格的「一辭一卜」慣例已然形成，也就阻絕了「一辭多卜」的發生。

由於《屯南》的出土，由於句型的區隔，促使我們發現了殷墟「康丁、武乙、文丁」卜辭斷代的另一條例——專屬康丁期田獵卜辭的「一辭多卜」。這個現象的產生動機，朱師曾有說明：

> 我們懷疑一辭二卜是對貞卜辭過渡到中晚期單獨一事一卜之間的變例。它們占問的方式是以單一的複句表達，企圖取代對貞問卜的形式。這種改革的特例雖然沒有像對貞用一正一反的方式繁瑣，但由於詢問的內容超過一宗，不容易明確指認，與單純的卜兆亦不能配合，所以在史官占卜的習慣中很快便被單句卜問一事的簡明方式取代，在十多萬片卜辭用例中，只能成為改良占卜過渡期間的特例。[註79]

這個意見很值得我們參考。從這說法的側面，我們也發現「恢復一事一卜」的過程和董作賓先生對新派卜辭改革的描述相吻合。

[註79] 《甲骨文研究·一辭二卜考》頁205。

其次，我們梳理出《屯南》田獵卜辭所有句型，各舉一例來看，用來表明
《屯南》卜辭在句型上的多樣變化，並襯托出前後期田獵卜辭的制式意味：

屯 86　　　　□寅卜：王其射𫝹白狐，湄日亡𢦏？

屯 117　　　王其田盂，湄日不雨？

屯 217　　　弜田門，其雨？

屯 256　　　丁丑卜：翊日戊王異其田，弗悔？亡𢦏？不雨？

屯 1098　　　叀戊往己圍，亡𢦏？毕？

屯 2326　　　叀徝彔焚，毕？又小獸？

屯 2329　　　叀𠬝犬嗌比，亡𢦏？毕？

屯 2335　　　弜田斿，其每？

屯 2579　　　于大乙日出□迺射咎兕，亡□？

屯 3599　　　于來自牢，迺逐辰麋，亡𢦏？

屯 664　　　丙戌卜：今日王令逐兕，毕？允。

　　　　　　乙酉□：在其，今日王□兕，隻？□隻。

屯 2857　　　□卯卜：庚辰王其〔戰〕□毕？允毕。獲兕三十又六。

我們可以看到田獵內容活潑了起來，這是針對第二期以及廩辛卜辭的大革
新。這些例子不但詳記了田獵方法（逐、圍、射、焚）並且在必要時強調了
日期與地點（翊日○、于大乙日、于來自牢、叀徝彔焚）也關心到了比同何人
（叀𠬝犬嗌比）往田的問題，完全表現了卜問者對田獵整體過程的重視。我
們相信，第五期田獵卜辭也強調獵獲動物的紀錄，可能也受到《屯南》田獵
卜辭的影響。

再從句型上看，《屯南》田獵卜辭結構也明顯地分解、較為自由，以「于、
叀、弜」等虛詞為首的句型佔了多數，「干支卜貞」的前辭出現機會相對萎縮，
大量的、成組的對貞卜辭使得句子結構靈活起來。而其最大的共通點就是：被
強調的語意重心，其詞位往往提前，這和大量的介詞冠首（叀○田、于○日）
現象是相終始的。

三、結　語

　　總合來說，《屯南》祭祀卜辭，動詞體系大多承襲第二期「王賓類」祭祀動詞而來，並且停用了「干支卜，○貞：王賓……亡尤？」這樣的句型框架，恢復了過去武丁祭祀卜辭的鬆散結構而形成的。

　　田獵卜辭方面，觀察過《屯南》田獵卜辭，我們發現它與《屯南》祭祀卜辭的對照非常明顯：《屯南》祭祀卜辭句型卸除了「王賓」結構，句型發展與第二期有銜接痕跡；田獵卜辭則是分解了「王田」結構，豐富的田獵動詞與詳細的狩獵紀錄取代了大部分「王其田，亡災」的制式句型，並且由於骨版刻寫的習慣，造成繁省情形多樣的對貞變異句例。

　　從大的角度去描述，《屯南》兩大類卜辭句型分別從前期〔註80〕「王賓」、「王田」模式中分解重組，句法變得自由活潑，作為主角的動詞位置靈活起來，其他詞彙也更加豐富。以「康丁、武乙、文丁」三王為主體的《屯南》卜辭，其句型表現正和它的時代斷限一樣，與廩辛、祖甲卜辭以及乙、辛卜辭形成明顯的區隔。

第五節　《屯南》卜辭內部的句型演變

　　在緒論中，我們強調了《屯南》主體「康丁、武乙、文丁」〔註81〕三朝卜辭的共同特性，這其中就包含了語言規律的範疇，在語言規律中，句型的變化是最根本的語言改變，與時代先後嚴密相關。筆者認為，同一時代的甲骨卜辭，可以因為人物、地域的因素而有不同字型、不同詞彙、不同事類的差別，但不會有語言結構不同的現象。句型，尤其是包含特定文例的句型，必須經由時間來蘊釀，逐漸發生，不是人為規定可以立即更動的，這就如同我們今天在傳播媒體學習到一些流行詞彙，可以立刻運用在口語對談上，但我們卻都無法更動說話的句型，成為普遍的用法，這包括語法成分的順序（詞序）、固定辭例的配套使用等。舉例如下：

　　　甲：「這位老師的上課內容很無趣。」→乙：「這老師上課超無聊的。」

這是一種典型的表態句，前後詞彙上有了變化（「很無趣」→「超無聊」），主語

〔註80〕包含第二期與三期前段的廩辛卜辭。

〔註81〕以下簡稱「康、武、文」三朝。

用字也有了一些簡略（「這位老師的上課內容」→「這老師上課」），但整體句型並沒有改變（主語＋表語），語序也不容易更動。因此句型的更迭是無形的、自然產生的，也是經由實際操作（書寫、表達）才能完成的。這種語言形式的自然演變，爲語言使用者所不自知，最能體現不同時代的痕跡。反過來說，就因爲不同時代，才造成了這種表達習慣的改變。

「康、武、文」三朝卜辭既是前後連貫、息息相關的，也是因革過程明顯、有跡可尋的，所以，作好了《屯南》內部句型演變的整理工作，就能幫助我們對其他卜辭句例的斷代更準確地作出區別。不但如此，我們還將藉著區分「康丁、武乙、文丁」的句型差異，比對第一期王卜辭、非王卜辭，嘗試作出彼此關聯與語言傾向，這同時也可以幫助我們對學界一般常提的「歷組時代提前」〔註82〕、「殷墟甲骨分期兩系說」〔註83〕等等論題，有更深刻的認識。

以下，我們依卜辭四大成分「前辭、命辭、占辭、驗辭」爲序，逐項分析各個成分的形式演變，在必要時，也會探討這些形式的可能來源。

一、前辭形式的演變

談《屯南》「康、武、文」三朝卜辭的前辭形式，不可不追溯第一、二期以來直到廩辛期的前辭形態。第一期王卜辭（賓組）前辭形式統一，標準形式作「干支卜，某貞」；我們借用陳夢家在《綜述》中命名，稱呼《合集》第一期附屬卜辭爲「非正統」卜辭，分該類卜辭爲「自、子、午」三組〔註84〕，三組都具備非王型態的語言特徵。非正統卜辭前辭形式則相當蕪雜，觀察其表現，順便可以檢驗這樣的分組在前辭形式上是否具有區別意義。

〔註82〕見裘錫圭：〈論「歷組卜辭」的時代〉《古文字研究》第六輯，1981 年 11 月。

〔註83〕見李學勤：〈殷墟甲骨分期的兩系說〉《古文字研究》第十八輯，北京中華書局，1992 年 8 月。

〔註84〕分組依據黃天樹《殷墟王卜辭的分類與斷代》（1991 年 11 月台北文津出版，1988 年北京大學博士論文）所定，不足處以李學勤、彭裕商《殷墟甲骨分期研究》（1996 年 12 月上海古籍出版）、方述鑫《殷虛卜辭斷代研究》（1992 年 7 月台北文津出版，1990 年四川大學博士論文）、楊郁彥《甲骨文合集分組分類總表》（台北藝文印書館，2005 年 10 月）補充之。又，爲避免爭議，以上舉例辭條不納入圓體類、婦女類、劣體類卜辭，及亞組、刀組等卜辭。

【𠂤組】

　　𠂤組前辭多見「干支卜，某貞」以及「干支卜，某」，兩者常有同版關聯，繁省形態彼此互見；另外也多見「干支卜，貞」以及「干支卜」，兩者也常有同版關聯，繁省形態也彼此互見。這四種前辭形式佔了絕大多數。例如：

　　　　合 19891　　丙午卜，王：㞢卜丙分？八月。

　　　　　　　　　　庚戌卜，王貞：隩不死？八月。

　　　　合 19992　　己未卜，貞：〔告帚〕鼠〔于〕妣戊、母庚？

　　　　　　　　　　癸亥卜：矢虫司，羊用？

　　　　屯 4516　　壬子卜，貞：步，自亡囚？

　　　　　　　　　　壬子卜：𠬝日羽癸丑？

　　　　合 19907　　丙子卜，扶：兄丁二牛？

　　　　合 20904　　乙酉卜：不其雨？允不。隹丁。

有兩條省略常規可以明白看出，藉此，也可瞭解簡略型前辭的來源爲何：

　　　　（1）干支卜，某貞　→　干支卜，某

　　　　（2）干支卜，貞　　→　干支卜

極少數𠂤組前辭有「干支貞」的形式。例如：

　　　　合 19980　　庚子貞：□大母、父用世？

這和《屯南》武乙卜辭前辭形式相同，楊郁彥《甲骨文合集分組分類總表》歸類爲「𠂤組小字類」，「干支貞」的形式在𠂤組例證過少，不會影響前辭演變期程的判斷。

【午組】

　　午組與𠂤組特徵接近，因而提在子組之前說明。午組前辭形式非常單純，只有「干支卜，貞」、「干支卜」兩種，兩者間也常發生同版關聯，繁省形態彼此互見。例如：

　　　　合 22043　　丁未卜：其㞢？

　　　　　　　　　　丁未卜，貞：令戍光虫，隻羌芻五十？（一）（二）（三）

　　　　合 22074　　癸巳卜：钔妣辛豕五？（一）（二）（三）

　　　　　　　　　　乙未卜：钔于妣辛、妣癸？（一）（二）

　　合 22092　　乙巳卜：夕告令于亞雀？

　　　　　　　　乙巳卜，貞：于羽丙告令于亞雀？（二）

也有一條省略規則存在，即：

　　干支卜，貞 → 干支卜

這和自組第二種省略常規完全相同，顯示出「自、午」兩組前辭形式的親密關係。這和《屯南》出土「自、午」兩組武丁期非王型態卜辭，卻完全不出「子」組的現象，可能是有關的。

【子組】

　　子組的前辭形式有了不同的表現。不論從賓組或非王卜辭看，「干支卜，某貞」都是各體前辭形式之母，在這母型的單純省略下，可以產生「干支卜某」、「干支卜」、「干支卜，貞」等亞型前辭，前題是語序不更動；子組前辭則突破了「卜某」（卜先某後）這個習慣語序，出現了「某卜」的變體。這些變體有「干支某卜貞」、「干支某卜」、「干支卜」三種，三者間也出現同版繁省互見的關聯。舉例如下：

　　合 21541　　甲子卜：我又祖，若？

　　合 21586　　甲子卜，我貞：钔彡，我又史？

　　　　　　　　乙未余卜：受今龜歸？

　　　　　　　　乙未余卜貞：今龜我入商？

　　合 21805　　辛丑子卜：其钔妹？

　　　　　　　　辛丑卜：其钔中母己？

同樣地，也形成兩條省略模式：

　　（1）「干支某卜貞」→「干支某卜」

　　（2）「干支某卜」　→「干支卜」

這兩條模式，純依字面可以合為：

　　「干支某卜貞」→「干支某卜」→「干支卜」

不過目前為止，在子組中還沒有這樣「三型遞進」的同版例可資輔證。

　　結果很清楚地，子組卜辭前辭形式以「某卜」、「某卜貞」為主要特徵，與「自、午」兩組截然不同，從省略過程就可以看得出來。而子組省略的極致是「干支卜」，這個結果與「自、午」兩組的「干支卜」形式相同，來源卻不一樣，

是必須辨明的。這種差異只有在同版繁省互見的過程中才能得到實據，光看辭條表列並不能瞭解。我們最後再將三組統合成表：

繁省 分組	繁　　式	簡　　式
𠂤組	（1）干支卜，某貞 ⟷ （2）干支卜，貞 ⟷	干支卜，某 干支卜
午組	干支卜，貞 ⟷	干支卜
子組	（1）干支某卜貞 ⟷ （2）干支某卜 ⟷	干支某卜 干支卜

這樣，我們對《屯南》「康、武、文」三朝卜辭的前辭形式從何演變而來，就有了腹案。《屯南》康丁期卜辭前辭主要形式就是「干支卜」，它與三組非王卜辭孕育出的簡式前辭相關；而武乙期以後逐漸流行的「干支卜，貞」也存在於「𠂤、午」兩組的繁式前辭之中。

第二期，也是陳夢家所稱的「出組」，前辭形式又恢復爲「干支卜，某貞」，附屬的省略形式爲「貞」。例如：

合 24920　壬寅卜，即貞：羽癸卯𣪊？四月。

合 24957　甲辰卜，出貞：王疾首，亡征？

合 25484　丙戌卜，尹貞：王賓，夕福，亡𡆥？

合 26157　貞：今夕王疾？

第三期前半的廩辛卜辭〔註85〕，前辭形式承繼祖庚、祖甲，爲「干支卜，某貞」，

〔註85〕范毓周以爲周祭卜辭中，祖甲下直接康丁（《前》1.24.1；《通》858），廩辛一朝可能根本就不存在；鄭慧生則直指廩辛（何組）卜辭應即爲孝己卜辭。上引兩說見范毓周：〈論何組卜辭的時代與分期〉收入《胡厚宣先生紀念文集》頁87～95，科學出版社，1998年11月。鄭慧生：《甲骨卜辭研究》頁182，河南大學出版社，1998年4月。本論文延用陳夢家對三期卜辭的分劃，以三期前半（何組）爲廩辛卜辭，後半無貞人者爲康丁卜辭（見《綜述》頁 142）。如此分劃，對「康、武、文」三代卜辭俱無貞人，自成一派情形最爲相合；同時，依舊說，前辭形式的發展自「賓→出→何」一系而下，也最爲完整；另外，大量「兄辛」稱謂歸屬於康丁期（《類纂》頁1472）其用例如「其又兄辛，更牛」（合27622）、「☑祝至兄辛」（合27629）、「兄辛𠀠征于宗」（屯657）等，皆足以證明康丁以祭祀先王常規的「又」、「祝」、「征𠀠」等祭禮施於廩辛，廩辛一朝，確實存在於卜辭中。

附屬的省略形式為「干支卜，貞」或「貞」。例如：

　　　合26907正　己巳卜，彭貞：耏于河羌卌人？在十月又二卜。

　　　　　　辛亥卜，貞：其乎往？

　　　　　　辛亥卜，貞：叙，每？

　　　合27042反　戊申卜，宁貞：王賓大戊戠，亡尤？

　　　合27205　戊辰卜，〔晛〕貞：其祝☐弗☐？

　　　　　　貞：祖乙，其眔祖丁？

其中某一些用語已與康丁卜辭產生關聯，如「叙」（叙祭）、「其眔」等，但就整個句型結構而言，仍保持祖庚、祖甲的形式的延用，其中當然包含了前辭這部分。

　　接下來，就是《屯南》主體卜辭的前辭探討。

　　關於「康、武、文」卜辭的前辭表現，前後期不但出現不同的傾向，同時也存在著前後承襲的路線。康丁卜辭統一形式為「干支卜」，少有例外〔註86〕，武乙時期過渡色彩濃厚，以「干支貞」、「干支卜」兩種並存，數量上「干支貞」略勝少許，同時，武乙期也已出現少量的「干支卜，貞」例。文丁卜辭承襲這種傾向，「干支貞」、「干支卜」兩種形式並用，同時保持少量的「干支卜，貞」。傳承到乙辛時代，就全面地使用「干支卜，貞」作為標準形式了。總合上述內容，舉例如下：

　　　屯539　　辛酉卜：犬征以羌，用自上甲？

　　　屯2359　丁亥卜：其牽年于大示，即日，此又雨？吉。

　　　屯647　　壬午卜：其則，毓父丁禘？

　　　屯1059　丁亥貞：今日王其令孽以方十示又☐？

　　　屯923　　丙午卜，貞：丁未又父丁伐？

　　　屯783　　丙午卜：告于祖乙三牛，其往雙？

　　　屯4249　丙寅貞：賣三小宰、卯三牛于罟？

　　　屯742　　癸巳卜，貞：亡至囚？

配合前後期的前辭形式，這樣的發展序列可以用表格來整理：

〔註86〕例如屯499「甲戌貞：王令剛堅田于喪？」屯502「乙未貞：其令亞侯帚？」

分期	王年	前　辭　形　式			
一	武丁	干支卜，某貞：↓	干支卜，某： 　干支某卜： 　干支某卜貞： 　　　　　　　　干卜：〔註87〕 　　　干支 干支卜： 　　干支貞： 　干支卜，貞：		
二	祖庚 祖甲	干支卜，某貞： ↓	↓	↓	↓
三	廩辛				
	康丁	干支卜： 干支卜：	干支卜：	干支貞：	干支卜，貞：
四	武乙 文丁		干支卜：	干支貞：	干支卜，貞：
五	帝乙 帝辛				干支卜，貞：

　　武丁期右方分格爲非王卜辭的前辭形式。箭頭意指形式相同、語法相關的推測。

　　由箭頭指向可以清楚看見：「康丁、武乙、文丁」卜辭前辭形式全都和第一期的非王卜辭相關，康丁期常用的「干支卜」、武乙期興起的「干支貞」、下開乙辛期的「干支卜，貞」三種形式，全都是第一期非王卜辭出現過的。這和武丁王卜辭、祖庚祖甲、廩辛卜辭一系以來的前辭形式有著明顯的差異，也就是說：「康、武、文」卜辭的前辭具有非王卜辭傳承下來的特徵，並且前後朝必有更迭轉變；武丁王卜辭（賓組）至廩辛時期，前辭則是長時期維持不變的。

　　前段提到，廩辛卜辭也會出現一些例外的前辭，使得情形淆亂。然而，由同版辭互足例可知，這是單純的省略形式，情況較少，不會影響主要卜辭的形式。如：

　　合26907正 己巳卜，彭貞：钔于河羌卌人？在十月又二卜。

　　　　　　貞：五十人？

　　合27147 癸亥卜，彭貞：大乙、祖乙、祖丁眔鄉？

　　　　　　癸亥卜，貞：隹大乙眔祖乙，即？

　　合36907 辛亥卜，彭貞：其易卩

　　　　　　辛亥卜，貞：叙每？

〔註87〕此爲新出花園庄東地甲骨常見的前辭形式，略去地支，直接以日干爲記。其分組不明，占卜主爲「子」，常見占辭云「子占曰」。左例「干支」亦屬花東。

省略前辭的模式只有二種：一是由「干支卜，某貞：」省為「干支卜，貞：」另一是由「干支卜，某貞：」省為「貞：」，這兩種例子都不構成廩辛卜辭前辭的標準形態之一。

　　還有一種現象，是區分「廩辛、康丁」卜辭的重要關鍵。這只在同套、同版卜辭中才看得出來。廩辛同一組卜辭，當多辭並列時，以前辭不窮除，或前辭形式不省略者為常態。如：

　　合 27042　　癸丑卜，何貞：其宰又一牛？

　　　　　　　　癸丑卜，何貞：**弜夕**？

　　　　　　　　癸丑卜，何貞：**叀夕**？

　　　　　　　　癸丑卜，□貞：翊甲寅又父甲？

康丁以後，除了主要成分完備的帶頭卜辭外，其他同屬一組的辭條，前辭以大量省略或完全窮除者為常態。如：

　　屯 610　　　戊午卜：其餗妣辛牢？吉。

　　　　　　　　二牢？

　　　　　　　　三牢？

　　屯 923　　　丙午卜，貞：丁未又父丁伐？

　　　　　　　　叀丙又父丁伐？

　　屯 742　　　癸巳卜，貞：亡至囚：

　　　　　　　　又至囚？

屯 610 為用牢數目的選擇性對貞，屯 923 是又祭日期的選擇性對貞，屯 742 則是「至囚、亡至囚」（禍至、禍不至）的正反對貞形態。

　　廩辛、康丁這兩朝前辭形式，配合廩辛、康丁用龜、用骨的不同傾向去看，可以得到部分解釋。從材料看來，不論《合集》或《屯南》，載錄的康丁期卜辭所用的幾乎都是骨版，罕有龜甲，而廩辛期則是好用龜甲的。龜甲對文字左右對稱的要求比較嚴格，卜辭隨著兩兩對貞，左右行款需要字數相近，形式相比，前辭居卜辭之首，當然無法任意窮除或者大量省略；骨版就沒有這層顧慮，當成組卜辭延骨緣而刻寫時，左右兩兩對貞的形勢消失，代之而起的是一到二句的帶頭卜辭作相對完整〔註 88〕的基本敘述，之後，其他同組辭條就僅針對貞問

〔註88〕此意為：帶頭卜辭內容並非絕對完整，有可能由另一辭補足缺漏的內容。例如屯

重點作標示，同組各句前辭由於相同，於是便大量省略，形成卜骨卜辭的一大特色。

　　由以上前後期前辭形式的鋪排與分析中，可以瞭解「康丁、武乙、文丁」卜辭在前辭形式上有明確的淵源，它來自第一期非王卜辭，而與相鄰接的祖甲、廩辛卜辭完全不類。「康、武、文」內部，前後有著承襲與逐漸演進的明顯痕跡，最後形成對乙辛卜辭的嚴密接軌，前辭以「干支卜，貞」形式固定下來。整個過程體現出了《屯南》「康、武、文」卜辭前後雖相接，具有復古特徵，而對武丁期非王卜辭又有不同程度的承襲，這點非常值得我們注意。

二、命辭、驗辭形式的演變

　　一般而言，《屯南》卜辭缺少占辭〔註89〕，命辭、驗辭成為卜辭的主要內容，兩者往往呈現關係密切的配對關係，因此，必須合一來討論。命辭、驗辭兩辭同列，句子較長，層次也較多。如果加上事類不同，辭條就不好相比。依照《屯南》卜辭「祭祀、田獵」兩類占大多數的實況，筆者以為用這兩類為分項敘述，理路較為清晰。

（一）祭祀卜辭部分

　　祭祀卜辭的重心在祭祀類相關的動詞上，我們先來看看這三朝祭祀卜辭所使用過的動詞，為了明確對比，以三列表格列出如下：

朝代	祭祀動詞（甲）	祭祀動詞（乙）	祭祀動詞（丙）
康丁	又彡歲酚告㝅六賓卯	柬召卜禪祁禮畐㗊徙祝	丕嫩豐攺血叔
武乙	又彡歲酚告㝅六賓卯	柬召卜禪祁禮畐㗊徙祝	
文丁	又彡歲酚告㝅六賓卯		癸盧牁

祭祀動詞分（甲）、（乙）、（丙）三群，是為了清楚顯示三朝使用祭祀動詞的交集關係。我們明顯地看見「康、武、文」三朝使用祭祀動詞數目不斷遞減，表

2354（1）「戊辰卜：其又歲于中己，王賓？」（2）「戊辰卜：中己歲，叀羊？茲用。」其中「又歲于中己」並未提到祭祀用牲為何，缺漏由（2）辭的「叀羊」補足。

〔註89〕《屯南》具有占辭的卜辭僅武乙期兩版：屯930「☒入商？左卜占曰：弜入商。」屯2384「庚辰貞：其陟☒高祖上甲？茲用。王占茲⊗？」且占字作「⊗」，下從口，與一般占字異。

明祭祀的程序與種類在不斷簡化，這對乙辛卜辭新派祭祀制度的恢復使用，蘊釀了合理的先期形勢。

接下來，我們就以三朝共用的前六項動詞〔註90〕（又、彡、歲、酚、告、叀）為主要取材標準，探討「康、武、文」前後期句型、句法的變化。依照句例中同辭並存的實際狀況，以「又、彡、歲、」、「告、叀」分為兩組加以敘述。

1、「又、彡、歲、酚」

「又、彡、歲、酚」四者在《屯南》祭祀卜辭中有著密切關係，經常同辭共用、形成習慣。這四個動詞的組合關係如下表：（數字為舉例《屯南》卜辭的版號）

斷代	康丁	武乙	文丁
祭祀動詞組合	又歲 1031 彡歲 1088 又彡 1439 大彡 2276 又大彡 2324 彡（羗）3853	又歲 3673 又彡歲 1131 又彡 2124 彡（人）4360 彡伐 2032 又彡伐 595	又彡 313 又伐 751 彡 3563 酚彡伐 739 彡歲伐 2308 酚彡歲 2953

三朝祭祀卜辭的共同交集是「彡歲」。康丁、武乙二期都常見的是「又彡歲」，文丁期常見的是「酚彡歲」的用法。我們針對這類相關句型，以聯集關係取用例證。

【康丁】

康丁期「又彡歲」三字連綴的用法還未形成，但已有它的簡略型出現。如：

屯 260 　　丙辰卜：其又歲于祖丁，叀羽囗？

屯 613 　　于祖丁歲，又正？王受又？

屯 1031 　　癸酉卜：父甲夕歲，叀牡？

屯 1088 　　祖乙彡歲，其射？吉。

屯 1439 　　于大乙又彡，〔王受又〕？

〔註90〕「尞、卯、冖」三個動詞用為直接處理祭牲的手續，不影響句型、語序，是以省略。

屯 2324　　丁□卜：王其又大彡毓祖丁，叀乙□？大吉。

不論是「又歲」或「又彳」，句型上只有二種：

甲、「又歲（彡）于祖妣」

乙、「于祖妣又歲（彡）」或「祖妣○歲」

這是一組極為正常的語序，自第一期以來就常態出現，但有一個常出現的分句型式「叀祭牲」（叀牡）、「叀干支」（叀乙□、叀羽□□）則須注意，這是康丁期特徵。另外，獨立使用的「彡○」型句子也值得紀錄下來：

屯 3853　　己巳卜：王其彡羌，〔卯〕▨？

屯 4558　　丁亥卜：王其彡執于□，王其賓，若，受又＝？

「彡」字後直接加的是人牲（羌、執），武乙期有一例（「彡人」，屯 4360）用法是相同的。

康丁祭祀卜辭驗辭也很單純，常用「吉」、「大吉」。

【武乙】

武乙期「又彡歲」、「又彡伐」的用法風行了起來，成為常態性的例子。如：

屯 488　　乙亥貞：又彡歲自上甲𠂤，菁上甲彡？

屯 523　　□申貞：于丁彡▨酉用于韋？

屯 595　　甲申貞：又彡伐于祖乙，其十羌又五？

屯 1015　　甲辰卜：又祖乙歲？

屯 1131　　□□貞：又彡歲于祖乙？茲用乙酉。

　　　　　甲辰貞：祭于祖乙又彡歲？茲用二牢。

屯 2124　　癸巳貞：其又彡自上甲𠂤，至于父丁？甲午用。

屯 4475　　▨貞：又歲于大乙菁□？茲用乙巳歲三牢。

很明顯地有了變動，首先，命辭結構「又歲（彡）于祖妣」、「于祖妣又歲（彡）」仍在使用，但命辭後段常加上「自上甲𠂤，至于○○」的補述套語，這是康丁期所不見的。其次，本期例子中，命辭後有了特徵明顯的驗辭：「茲用干支」（茲用乙酉、甲午用）、「茲用祭牲」（茲用二牢），甚至是兩者合一的「茲用干支、祭牲」（茲用乙巳歲三牢），這種特殊的驗辭不但康丁期沒有，文丁期也不出現，是空前絕後的用法。最後該提的是，康丁期「叀祭牲」、「叀干支」的分句用法

不再出現，清楚造成康丁、武乙句型的分別。

武乙另有一版「彐人」例，屬罕見用法：

　　屯 4360　　庚午貞：其彐人自大乙？

　　　　　　　　弜彐人？

根據前段所述特徵（自大乙），本版自屬武乙期。「彐人」用法與康丁期「彐羌」（屯 3853）、「彐執」（屯 4558）相同。綜合康丁、武乙前後接續的句型模式看，過程是順當的：命辭結構「（彐）歲于祖妣」、「于祖妣（彐）歲」仍為兩者主要相通句型，而命辭後段補述語的增加、驗辭的繁化，適可成為武乙期句型更迭的特色。

【文丁】

　　文丁期「酚彐歲（伐）」三字連綴使用情況出現，成為這類句子常見用法。由於「酚」字的使用特重於日期的交代，使得這一類句子有明顯的紀日，幾乎不可或缺：

　　屯 313　　　丁巳卜：宂，又彐自〔成〕？

　　屯 739　　　甲午貞：酚彐伐，乙未于大乙羌五、歲五牢？

　　屯 751　　　乙酉卜：又伐自上甲谷示，叀乙巳？

　　屯 2104　　乙巳卜：又伐祖乙亥？

　　屯 2308　　丁酉卜：□來乙巳酚彐歲伐十五、十牢夕？

　　屯 2953　　〔癸〕卯貞：酚彐歲于大甲辰五牢？茲用。

　　屯 3565　　丙子卜：嚻以〔羌〕彐于丁，卯牢？

　　屯 4318　　丙子卜：酚彐歲伐十五、十牢夕大丁？

　　　　　　　　丁亥卜：酚彐歲于庚寅？

主要句型「（彐）歲于祖妣」只有「V──O」的語序仍然維持，但不見倒裝的「于祖妣（彐）歲」的相對例子。本期「彐歲」句例的特徵不在詞序的改變，而是在日期紀錄的嵌入，其方式變化多端，位置不定，造成了句子的活潑表現：

　　屯 739　　　甲午貞：酚彐伐，乙未于大乙羌五、歲五牢？

　　屯 751　　　乙酉卜：又伐自上甲谷示，叀乙巳？

屯 2104　　乙巳卜：又伐祖乙亥？［註91］

屯 2308　　丁酉卜：□來乙巳酚弓歲伐十五、十牢勹？

屯 2953　　〔癸〕卯貞：酚弓歲于大甲辰［註92］五牢？茲用。

屯 4318　　丁亥卜：酚弓歲于庚寅？

日期的標示時而用發語詞（叀），時而用介詞（于）帶出，不但位置不定，受祀先祖的祀序與干支日相接時，也造成了省文現象：

屯 2104　　祖乙亥　→　祖乙乙亥

屯 2953　　大甲辰　→　大甲甲辰

這現象僅文丁獨有，康丁、武乙不見。文丁卜辭對句中成分的刪減、變動是超越康丁、武乙期的。例如：

屯 486　　乙丑卜：王于庚告？

屯 2126　　己卯卜：其雨庚辰？

屯 2525　　辛巳卜：癸雨？
　　　　　　丁亥卜：雨戊？

屯 2601　　丙辰卜：不易日丁巳？

屯 3092　　☑貞：酚甲申，亡囚？

這些變化包含時間詞移位（雨戊）、省略（于庚告），以及不符常規的問卜語（祭祀卜辭用「亡囚」），這種情形分布在文丁各類卜辭之中。

　　驗辭方面，文丁祭祀卜辭驗辭只見「茲用」，可以視為武乙期的延續，但缺乏武乙期對干支與祭牲的補記，且句例稀少。例如：

屯 783　　甲辰卜：爽叀𠂤三牛？茲用。

屯 2953　　〔癸〕卯貞：酚弓歲于大甲辰五牢？茲用。

屯 4541　　□子卜：又史〔豕〕三〔羌〕？茲用。

這點與武乙期形成了微小的差異。

　　2、「告、羍」

　　「告、羍」兩者之所以合一來討論，是因為它們性質相近，兩者都作為祭祀

〔註91〕本辭宜為「祖乙乙亥」之省。

〔註92〕本辭宜為「大甲甲辰」之省。

動機的描述，並且須以「告○」、「燎○」形式交代〔註93〕，所告所燎的類別有：

　　告：告龜

　　燎：燎年、燎禾、燎生、燎雨

省略型式有「告于祖妣」、「燎于祖妣」這樣的型態。由於在每個時代中，由「告○」省為「告」，由「燎○」省為「燎」，文意所指都不會有混淆，本批材料的「告、燎」大都即「告龜」、「燎年（禾）」。

【康丁】

　　康丁期「燎、告」字句主要句式為「其燎（年）于先祖」、「其告先祖」（V──O），或者倒裝語序，成為「先祖燎」（O──V），例子如：

　　屯 59　　　其燎于亳土？

　　屯 132　　高燎，王受又？

　　屯 656　　其告訢祖辛，王受又？

　　屯 673　　其燎年河，沉，王受又？大雨。

　　屯 2174　　多亞燎？

　　屯 2359　　丁亥卜：其燎年于大示，即日，此又雨？吉。

　　　　　　　毓祖丁燎一羊，王受又？

「其燎（年）于先祖」句是數量最多的。本期燎字句首好用「其」字，並且在命辭後段問卜語多見「王受又」，這個情形是武乙之後所沒有的。

【武乙】

　　武乙期可說是燎字句的全盛期，句例眾多。本期主要句型仍和康丁相同，為「其燎（年）于先祖」、「告先祖」或者倒裝為「先祖燎」。大部分例子看來句型和康丁相類似，但其中有微小差別，我們舉出形式不同的句例，如：

　　屯 93　　　□子貞：其燎禾于河，奠三小宰、沉三？

　　屯 601　　壬申卜：燎于大示？

　　屯 965　　辛巳卜：今日告父丁一牛，迺令？

〔註93〕「告○、燎○」之外，還有「畀○（龜、風、雨）」句，出現在康丁、武乙期，但文丁期沒有。

屯 1229　　□亥貞：甲子酚椉？在𩰡〔九月〕卜。

屯 2105　　于岳椉禾？

　　　　　于高祖亥椉禾？

屯 2322　　癸酉貞：椉禾于𡮀，叀十小宰、卯十□？

「椉年」全部變更爲「椉禾」，句首用「其」字情形減少，「王受又」的問卜套語不見，偶而出現「在○○宗卜」這類補述語。

【文丁】

文丁期「椉、告」字句稍少，可以分類舉出的例子有：

屯 911　　　己卯貞：椉于示壬三宰？

屯 783　　　丙午卜：告于祖乙三牛，其往嫠？

屯 2605　　甲辰貞：羍酚椉，乙巳易日？

屯 4100　　貞：酚椉禾？

標準句型「其椉（禾）于先祖」、「告于先祖」（V——O）仍然存在，但沒有（O——V）型；「其」字不見，而特殊的「酚椉」連綴用法則承襲自武乙（屯 1229）；沒有特殊的問卜語或驗辭，而充滿文丁期特色的「干支易日」則出現在其中。

總合以上例子，我們剗除前辭，分類、分期將關鍵語段標出，以作分析：

	康丁	武乙	文丁
〔AVPO〕型	59　其椉于亳土 673　其椉年河 235　其椉年于大示	93　　其椉禾于河 601　椉于大示 2322　椉禾于𡮀	911　椉于示壬
〔OV〕型	37　㞢自毓椉年 自上甲椉年 132　高椉王受又 2174　多亞椉 2359　毓祖丁椉一羊	2105　于岳椉禾 于高祖亥椉禾 3822　小示椉，叀羊	
其他		1229 甲子酚椉	2605　羍酚椉，乙巳易日 4100 酚椉禾

可以看出「椉年（禾）」句型在康丁、武乙期基本結構並沒有大的變化，到了文丁期，一方面是句例大幅減少，另一方面也的確看不到（O——V）句型的出現，同時看到充滿時代特徵的詞語（干支易日）加入，使得句型省略、詞序

鬆脫,許多方面證明,文丁期確實是卜辭語法要求較爲鬆散的時代,而另一方面,在變化的同時,又會有許多特徵(例:「在○○宗卜」、「酌羞」)來聯結武乙、文丁之間的語言紐帶,這是值得我們注意的。

(二)田獵卜辭部分

田獵卜辭命辭遠較祭祀卜辭單純。從康丁期開始,以「王其田」、「王省田」爲基本句型,逐漸衍生出其他附屬變異句型,例如:

屯 6   今日戊王其田,不雨?

屯 117   王其田盂,湄日不雨?

屯 272   翌日乙王其省田,湄日不毒雨?

屯 1013   ☑王省戈田于乙,屯日亡戈?吉王?

屯 2355   □□卜,貞:王更哭田,湄日亡戈?畢?

屯 2357   王其省盂田,征,比宮亡戈?

整合這些例子,命辭句式的組合模式是:

時間副詞	敘事語	問卜語
翌日○ 今日○	王其田 王其田○ 王其省田 王省○田 王其省○田 王更○田	不雨 不毒雨 湄日不毒雨 湄日不雨 亡戈 屯日亡戈 其每(悔) 永王 畢

我們先從敘事語部分開始說明,之後再討論問卜語的變化。

從上舉諸例顯示,康丁卜命辭敘事語的「王其田」句有一套完整的省略模式。如下:

但沒有發現省略「田」字的「王省○」句。可知「田」字在這種標準句型的中心地位,它是主要的動詞,無法省略。這三種省略句型都沒有更動到語序。其

他，只有少數的「王叀○田」句式出現時，才將賓語（○，地名）提前。

　　完整句型之外，還有省略主詞「王」的附屬句型，依其帶頭的虛詞分，有「弜」、「叀」、「其」、「于」四類，分述如下：

【叀】

　　　　屯 125　　　　叀溯廠，昪？

　　　　屯 217　　　　叀門田，不雨？

　　　　屯 335　　　　叀庚午柬于喪田，不遘大雨？

　　　　屯 539　　　　叀峀令省卣？

　　　　屯 2326　　　叀徏彔焚，昪？又小戠。

叀字之後所接詞語有地名（門、徏彔）、日期（庚午）、氏族（峀），這些都是命辭中所強調的對象，它們語序提前，置於叀字之後。叀字是強調占卜主（殷王、子）動作的專用發語詞。〔註94〕由於叀字有提前重點詞語的功能，敘事語往往改變語序，交換動詞與受詞的位置，形成「叀 O──V」這樣的固定形式。

【弜】

　　　　屯 217　　　　弜田門，其雨？　　　→叀門田，不雨？

　　　　屯 335　　　　弜庚午，其雨？　　　→叀庚午柬于喪田，不遘大雨？

　　　　屯 588　　　　弜出盂？

　　　　屯 736　　　　弜田麥，其每？　　　→叀麥田，弗每？亡戋？

　　　　屯 762　　　　弜焚成彔？　　　　　→王叀成彔焚，亡戋？

「弜」字是否定副詞，「→」號之後爲該組卜辭的肯定對貞句。這樣並列起來，可以看出康丁卜辭命辭中的「叀、弜」兩者往往成對出現，作爲正反對貞的固定模式，語序爲「弜 V──O」，形成與「叀 O──V」的相對型。這種句組在武乙、文丁都不再出現，成爲康丁期田獵卜辭一大特徵。

〔註94〕朱師歧祥云：「叀字置於肯定句式前，是強調殷王動作的專用發語詞。」（〈釋叀〉，《金祥恒教授逝世周年紀念文集》頁 159～160，1990 年 7 月）筆者擴充意涵，以爲花東卜辭中的「子」享有時王同等的權能，亦得用「叀」字以爲省略主語之用。見〈說叀組〉，東海大學中文系編：《甲骨學國際學術研討會論文集》頁 358，2005 年 11 月。

【其】

　　　屯 2170　　其冒，于東方遻？

　　　屯 2358　　丁酉卜：其凩田，不菁雨？

　　　屯 2531　　其戰？

　　　屯 2589　　甲辰卜：其阱，叀☒半？又兕？吉。

「其」字後一律接上動詞，朱師認爲：「卜辭借爲助詞，主要見於動詞或形容詞之前，名詞之後。……在否定語句中，則置於否定詞之後，習稱『弗其』、『不其』。」〔註95〕；站在語義解釋的立場，趙誠以爲：「不管『其』字表示什麼語氣，都含有一種表示『將要』、『該當』的語氣，即表示未來時。」〔註96〕這個說法與歷來胡光煒〔註97〕、陳夢家〔註98〕、張玉金〔註99〕等人相合，可從。〔註100〕

　　　「其」字領頭的附屬句型，以「其 V——O」爲主要語序，和上例「弜 V——O」相同。

【于】

　　　屯 2579　　于大乙日出☒，遒射沓兕，亡☐？

　　　屯 2739　　于壬遒田帚？

　　　屯 2741　　王于辛田虞☒，亡戋？

「于」字領頭的附屬句型，也以「其 V——O」爲主要語序，但特徵是「于」字後必然緊接上日期（大乙日、壬、辛），以下才進行主要敘事內容的紀錄，這個動作明顯地表示本句例是需要強調時間、日期，因此以「于」字帶領時間詞冠于句首。

　　　接下來是問卜語，康丁期田獵問卜語已見上表，我們將之省略、肯定與否定相對關係整理如下：

〔註95〕朱師歧祥：《通釋稿》頁 372，台北文史哲出版社，1989 年 12 月。

〔註96〕《甲骨文簡明辭典——卜辭分類讀本》頁 295～296，北京中華書局，1988 年 1 月。

〔註97〕胡光煒：〈甲骨文例〉，《胡小石論文集三編》上海古籍出版社，1995 年 10 月。

〔註98〕《綜述》頁 87，北京中華書局，1992 年 7 月。

〔註99〕張玉金：〈甲骨金文中「其」字意義的研究〉，《殷都學刊》頁 14，2001 年 1 期。

〔註100〕詳細整理資料參見乃俊廷：《甲骨卜辭中「其」字研究》靜宜大學中文系碩士論文，2002 年 6 月。

基本型	省略型		相對（肯定、否定）型
1 遘日不遘雨	遘日不雨 不遘雨	不雨	
2 屯日亡戋	亡戋		
3 其每（悔）			弗每
4 永王			
5 罕			弗罕

可見田獵卜辭中的「不雨」，實是「不遘雨」、「遘日不遘雨」的省型，「雨」並非動詞，不能說成「不下雨」，應說「不會遇到雨」。而「亡戋」也不能只說是「沒有災禍」而是「駐屯之日沒有災禍」。而這表中的問卜語只有「罕（擒）」、「每（悔）」兩者是客觀的，或問「罕、每」，或問「不罕、弗每」的例子都有，其他如「永王」、「亡戋」、「遘日不雨」都是主觀的希冀，沒有主動問「雨」、「戋」、「不永王」的例子，這些都是康丁田獵卜辭的特徵。

總合以上，我們發現，這些附屬句型都在特定的語義要求下出現：「叀」字句代表語義重心的移前；「弱」字句表否定；「其」字句帶有提示未來的語氣；「于」字句則因應時間詞的領頭而產生。在句型結構上，康丁前辭有了「弱」、「叀」、「其」、「于」四類領頭語詞時，通常也代表該句不為首要的主述句子，而是附屬的貞問句，它們共同特徵是沒有主語（王）的存在，主語由其他句子語義相互補足。

以下，我們就要看看武乙、文丁期如何承接這樣的田獵句型。

武乙、文丁時期第一個產生的明顯改變就是田獵動詞的大幅增加，「王田」等制式詞彙減少，改以「逐、射、獸、區、阱」等較為細緻的描述來紀錄殷王田獵活動。在這層關係上而言，武乙、文丁與康丁期並不平行。康丁前辭是承襲廩辛而來的，儘管康丁在祭祀卜辭上相對於廩辛有了極大的轉變，但田獵卜辭方面的詞彙、句型卻並不同步進行大幅改變，這方面的改變，要蘊釀到武乙、文丁期才明顯起來。除了田獵動詞的更動外，更重要的觀察是針對句子結構的變化。舉例如下：

屯 48　　壬子卜：王往田，亡戋？

屯 232　　癸丑卜：王令介田于京？

屯 300　　丁丑貞：其區，罕？

屯 997　　　乙酉卜：犬來告又鹿，王往逐☒？

屯 1128　　辛丑貞：王其獸，亡才？

屯 2095　　戊戌卜：王其逐兕，隻？弗隻。

屯 2325　　戊辰卜：王田，毕？

屯 2626　　□□貞：乙亥陷，毕七百麋，用𢆶☒？

屯 2857　　□卯卜：庚辰王其〔獸〕☒，毕？允毕。隻兕世又六。

看得出來，「王其田」的標準句型已經不見，殘餘痕跡如屯 2325 的「王田，毕？」、屯 48 的「王往田，亡𢦔？」也都走向極簡略的書寫法，這一標準句型的沒落非常明顯。

再來回憶一下，康丁田獵卜辭有一個特徵，排除「王其田」句型，康丁期使用其他田獵動詞時通常不冠上主語「王」字，也省略干支紀日。例如：

屯 125　　　叀潒敝，毕？

屯 815　　　于冒麥陷，亡𢦔？永王？毕？

屯 2579　　于大乙日出☒，迺射呇兕，亡□？

屯 2358　　丁酉卜：其䑣田，不菁雨？

屯 2971　　叀辛逐，亡𢦔？

「敝、陷、射、逐」都是田獵動詞。這情形到武乙、文丁期有了變化，大量的「王獸」、「王逐」進入田獵卜辭，成為常態用法，而且冠上干支紀日。如：

屯 997　　　乙酉卜：犬來告又鹿，王往逐☒？

屯 1128　　辛丑貞：王其獸，亡才？

屯 2095　　戊戌卜：王其逐兕，隻？弗隻。

這又回到了第一期殷王田獵卜辭的習慣。武丁田獵卜辭主要使用的動詞是「獸」、「逐」、「陷」[註101]，與武乙、文丁卜辭相合。例如：

【獸】

合 905 正　　貞：王往獸？

〔註101〕釋文作「阱」，《類纂》作「陷」。《屯南》陷字多作鹿、麋等陷于凵形，如「𪋤」、「𪎶」，與呇字從人陷于阱中同意，因此釋陷字爲好。

合 10918　戊寅，王戰膏魚，毕？

合 20755　壬辰卜：今日戰，又伇？

【逐】

合 10229正　辛未卜，亘貞：往逐豕，隻？

合 10401　貞：羽辛巳王勿往逐兕，弗其隻？

合 10951　丁未卜：王其逐在虫虫鹿，隻？

【陷】

合 10349　壬申卜，殼貞：甫毕麋，丙子陷？允毕二百又九。一月。

合 10661　甲戌貞：叀丙子陷？

合 10665　丙午卜，古貞：羽丁未陷？

合 10676　□亥卜：☑羽庚☑陷☑舟字？

合 10951　戊午卜：更陷，毕？允毕二☑二月。

只看動詞是不夠的，還必須從句子結構入手。

前面例子不多。完整對比《屯南》武乙、文丁田獵卜辭，會發現極為相似的句型與文意邏輯，而它們卻非武丁期之物。如下：

屯 663　　（2）乙酉卜：在箕，丙戌王陷，弗正？

　　　　　（3）乙酉卜：在箕，丁亥王陷？允毕三百又卅八。

　　　　　（4）丙戌卜：在箕，丁亥王陷？允毕三百又卅又八。

屯 664　　（1）壬午□：在箕，癸未王陷，隻？不隻。（一）

　　　　　（2）弜隻？

　　　　　（3）不？（一）

　　　　　（4）甲申卜：□□，弗正？

　　　　　（5）甲申卜：在箕，丁亥王陷，隻？弗□？（一）

　　　　　（6）乙酉卜：在箕，今日王〔逐〕兕，隻？〔允〕隻。

屯 2626　　□□貞：乙亥陷，毕七百麋，用皀☑？

屯 2857　　□卯卜：庚辰王其〔戰〕☑，毕？允毕。隻兕世又六。

句型重點之一，是占卜日與田獵日的同辭關聯。《屯南》第四期田獵卜辭與武丁田獵卜辭，這兩方的占卜日與推估田狩日，在句中的位置完全相同，日期關係

也相同。如下表整理：（a、b、c 為筆者編序）

第一期			第四期		
版號	占卜日	田狩日	版號	占卜日	田狩日
合 10349	壬申	丙子	屯 663 a	乙酉	丙戌
合 10401	〔庚辰〕	辛巳	b	乙酉	丁亥
合 10661	〔註102〕	丙子	c	丙戌	丁亥
合 10665	甲戌	丁未	屯 664	甲申	丁亥
合 10676	丙午 〔己〕亥	庚〔子〕	屯 2857	〔己〕卯	庚辰

〔　〕內為交互推算的干支順序。

如上。占卜日與田狩日多數相差一日（合 10401、10665、10676、屯 663a、663c、2857），或者相差二日（合 10661、屯 663b），或者三日（屯 664）。田狩日位置皆冠于命辭句首，沒有例外。

重點之二，是部分驗辭表現出第一期與第四期田獵卜辭具有完全的承襲關係。我們也用同型表格，整理出兩期田獵卜辭驗辭的對照關係：

第一期		第四期	
版號	驗辭	版號	驗辭
合 10349	允毕二百又九。	屯 663	允毕三百又卅又八。
合 0951	允毕二 囗。	屯 664（6）	〔允〕隻。〔註103〕
		屯 2857	允毕。隻兕卅又六

第四期兩例（屯 664（6）、屯 2857）驗辭「允毕」之前有問卜語「毕（隻）？」，而第一期則沒有。從各種詞彙分開來看，仍可發現兩期用語不同。

武乙、文丁田獵卜辭，從命辭直到驗辭，全都和武丁期密切相關。康丁田獵卜辭都沒有這麼明顯的句型證據。

三、結　語

本節是依「前辭、命辭＋驗辭、附記文辭」三者為順序討論《屯南》「康、武、文」三朝卜辭形式的演變。

〔註102〕合 10401 版該辭無干支，由句中「羽（翌）辛巳」推估可得占卜日為「庚辰」。

〔註103〕「隻」，即康丁期之「毕」，為武乙期特徵寫法。

在前辭形式的鋪排與分析中，我們瞭解「康丁、武乙、文丁」三朝卜辭在前辭形式上有明確的淵源來自第一期「非王卜辭」，而與相鄰接的祖甲、廩辛卜辭完全不類。我們瞭解，部分學者提到的「卜辭分期兩系說」〔註104〕理論，基礎必須建立在「𠂤、歷（武乙、文丁）」之間的紐帶上。《屯南》三朝卜辭前辭和「𠂤、午」組的確相同，但和子組不同，但用字、配合命辭完全不同，除了說成是同樣傾向或派別，實在沒有更圓融的解釋。同時，「康、武、文」內部，前後有著承襲與逐漸演進的明顯痕跡，最後形成對乙、辛卜辭的接軌，乙辛前辭就以「干支卜，貞」形式固定了下來，這也就是歷組年代勢必不能提前，兩系說法很難開展的理由。

在祭祀卜辭方面，標準「V——O」句型在《屯南》康丁、武乙期基本結構並沒有大的變化，到了文丁期，一方面是句例大幅減少，另一方面也的確看不到（O——V）句型的出現，同時看到充滿時代特徵的詞語加入，使得句型省略、語序鬆脫，給人潦草、便宜行事的印象。

田獵卜辭方面，《屯南》第四期田獵卜辭與武丁田獵卜辭，這兩方的占卜日與推估田狩日，在句中的位置完全相同，日期關係也相同。另外，部分驗辭表現出第一期與第四期田獵卜辭具有完全的承襲關係。合起來說，武乙、文丁田獵卜辭，從命辭直到驗辭，全都和武丁期密切相關，這點，和康丁田獵卜辭形成了明顯分畫，同時，也就是眾多主張「歷組早期」者常常引用的證據。

第六節　小屯西地甲骨的句型及文例

小屯西地甲骨，是在 1971 年 12 月，由中國社科院考古所安陽工作隊在小屯西地重點保護區內發掘出土的，時間早於小屯南地甲骨一年。在該區第一號探溝內發掘出 21 版完整牛胛骨，其中 10 版上有刻辭。針對這些牛骨，郭沫若首先發表〈安陽新出土的牛胛骨及其刻辭〉一文，據刻辭的稱謂對應狀況，認為該批胛骨「應該是武丁時代的遺物」。〔註105〕不過文中也同時提到了依同出

〔註104〕李學勤：〈殷墟甲骨分期的兩系說〉《古文字研究》18 輯，北京中華書局，1992 年 8 月。

〔註105〕郭沫若：〈安陽新出土的牛胛骨及其刻辭〉，《考古》1972 年 2 期，頁 5。

地層的陶器形制看，年代應屬於廩辛、康丁或更晚的說法〔註106〕，這點並沒有被否認，形成了甲骨卜辭斷代上的矛盾。

研究總是後出轉精，裘錫圭隨即在當年發表文字，表示「這次所出的 4 號、6 號等四骨，卜辭的辭例、行款都比較特殊，應該是三、四期的非正統卜辭〔註107〕，所以其親屬稱謂與正統的三、四期卜辭不能相合。」〔註 108〕，他以刻辭的形式、內涵來配合地層上不可排斥的證據，這點在今天形成了定論。

《屯南》的編者將小屯西地 10 版有字甲骨列入附編，是非常有意義的作法。該批為完整牛胛骨，不雜龜甲，年代定在殷晚期前半葉（康丁、武乙），出土坑位合於董作賓先生所稱「村中、村南」之地，與隔年出土的小屯南地甲骨行款〔註109〕特徵完全相符，種種條件都構成它與《屯南》深刻的關聯。儘管《屯南》所出主體為「王卜辭」，與小屯西地卜辭的「非王」身份有別，但這也更加突出了小屯西地卜辭作為《屯南》與非王卜辭間重要橋梁的地位。

本節，筆者要從語言的角度出發，觀察小屯西地甲骨的句型表現以及相關的詞彙配合形態，提出幾項《屯南》同於非王卜辭的共同特徵，作為《屯南》句法研究的延伸，並藉以建立《屯南》與非王卜辭的語言關係。

一、小屯西地卜骨刻辭的句型、文例討論

小屯西地卜骨刻辭共有十版，半數刻辭過分殘缺，並遭到刮削〔註110〕，字數稀少。值得紀錄的則有 5 版，我們將之列舉於下：

附 1（見附圖二）

（1）祖庚豚、父乙豚、子豚？

（2）卯鷹一、丙鼎犬、丁豚？

〔註106〕同上，頁 2、頁 5。

〔註107〕該類卜辭，今日學界普遍稱為「非王卜辭」，本文亦延用之。

〔註108〕裘錫圭〈讀《安陽新出土的牛胛骨及其刻辭》〉《考古》1972 年 5 期，頁 43。

〔註109〕見本論文〈論《屯南》L 形行款卜辭〉一節。

〔註110〕新出花園莊東地甲骨也在某些卜甲出現刮削痕跡，企圖刮去大部分刻辭。花園莊東地甲骨占卜主為「子」，與非王卜辭「自、子、午」各組均相關，值得留意。又，這種刮削後再刻新辭的現象，嚴一萍以為是甲骨的「異代使用」的第二種形態，小屯西地甲骨即屬此類，見《甲骨斷代問題》頁 35，藝文印書館，民 80 年元月。

（3）卲臣父乙豚、子豚、母壬豚？

附 2（見附圖三）

卲吳日丙豕，又毁丁妣龚？又妣戊龚，又父乙豚？

附 3（見附圖四）

（1）卲眾于祖丁牛、妣癸盧〔註111〕豕？

（2）卲祖癸豕、祖乙麂、祖戊龚龚？

（3）乍疫父乙豕、妣壬豚、兄乙豚，化□，兄甲豚、父庚犬？

（4）卲牧于妣乙盧豕、妣癸麂、妣丁龚、妣乙龚龚？

附 5

（1）彳卲父甲羊，又卲父庚羊？

（2）彳卲于父乙羊，于又〔註112〕妣壬豚？

（3）卲父乙羊，卲母壬五豚、兄乙犬？

附 9

（1）茲用。

（2）丙申卜：其☒祖丁？

這些非王卜辭字體和《屯南》康丁期相近，與武乙差異較大。看到這些刻辭，從句型上很容易聯想起新出土的濟南大辛庄甲骨卜辭：（如下，部分放大，引自"人民網 http://www.people.com.cn/〕

（1）不征？允征。□酉亞？

（2）不征？允征。弜亞？

（3）不征？允征。

（4）卲四母：麂、龚、豕、豕？

（5）不征？允征。弗卲？卲？☐

大辛庄甲骨也是非王卜辭。這兩批甲骨在語言上有幾個共同特徵：

〔註111〕字作「困」，釋爲「盧」。

〔註112〕「于又妣壬豚」疑「又于妣壬豚」、「又豚于妣壬」之移位句型。

1.【卯○于祖妣──若干祭牲】是最常用的祭祀卜辭型式。

2. 祭牲排列出現了重複疊用的情形，並且都是豕類。如：附3「妣乙豭豭」對比大辛庄甲骨的「卯四母：麋、𤟭、豕、豕？」。

3. 某些用詞、事類具有分期意義。如：「卯」、「盧豕」、「吳」、「毀」、祭牲用豚。

我們就從這些方面去探究小屯西地卜骨刻辭。

（一）「卯祭」卜辭的句型

首先是「卯祭」卜辭的句型與分期。

根據上列材料，細分這兩批卜骨刻辭的卯祭句型為：

1.【卯－父母祖妣－祭牲】

　　如「卯四母：麋、𤟭、豕、豕」、「卯父乙羊」、「卯祖癸豕」；父母祖妣前或綴有族氏名號者如：「卯臣父乙豚」、「卯吳日丙豕」；以「弓卯」作複合動詞者如：「弓卯父甲羊」、「弓卯于父乙羊」。

2.【卯某人－于父母祖妣－祭牲】

　　如「卯牧于妣乙盧豕」、「卯眾于祖丁牛」。「牧」與「眾」顯然是生人。

3.【卯－祭牲若干】

　　如「卯鷹一」。這種情況最少，一見。

第一型是以下兩型的完整模式。以《類纂》為材料，上揭三小類統合起來，對照殷墟其他卜辭，符合本類型的卯字句，《類纂》中第二期只佔八條，去其重複，列出標準例看：

　　合23178　貞：于父丁卯？

　　合23805　丙寅卜，□貞：于祖乙卯，其㟓，若？八月。

　　合26001　貞：于母卯？

例句裡，「卯」字提前，語序與前述型式相反，並且完全不記用牲，句法、內容與以上三小類完全不符。【卯某人－于父母祖妣－祭牲】這種句型在第五期則完全沒有〔註113〕，由此看來，「卯字句」的這類句型顯然是分期特徵清楚的句型

〔註113〕見《類纂》頁146至149，這八條卜辭中，言「卯王」、「卯子」者四條（合22545、

例，它出現在第一、三、四期卜辭中，以上引標準句型爲原則，列出各類代表例來看：（【】內數目字爲甲骨斷代分期）

合 300　　　　貞：鸷自唐、大甲、大丁、祖乙百羌百宰？二告。　　【1】

合 723 正　　乙□卜，古貞：鸷于妣庚，曹奴又十牛？　　　　　　【1】

合 22074　　癸巳卜：鸷妣辛豕五？　　　　　　　　　　　【1 附】

合 27456　　正丁未卜，何貞：鸷于小乙夋妣庚，

　　　　　　其賓，鄉于多母，鸷？　　　　　　　　　　　　　【3】

合 30297　　甲午卜：王馬𝕳馬歺，其鸷于父甲亞？吉。　　　　【3】

合 32675　　癸巳貞：鸷于父丁，其五十小宰？　　　　　　【4】

合 27456 正有卜人何，爲標準廩辛卜辭，合 30297 爲康丁卜辭，這兩條三期卜辭不記犧牲，句型相對於其他各期也有所差別（「其賓，鄉于多母」、「其鸷于父甲亞」）。嚴格說，在這些例子裡，標準型普遍存在於第一（包含非王卜辭）、第四期，少見於廩辛、康丁期。這不但說明了小屯西地這幾版鸷祭卜辭在句型上接近第四期，字體上卻接近康丁的事實；同時，以鸷祭的頻繁程度來切割，也可以看出武乙卜辭比起康丁卜辭更爲積極，更接近第一期的作法，句型也類同第一期。

　　另外，《屯南》附五版還有「𝕵鸷」兩個祭祀動詞合用的例子，這在卜辭中僅見一例〔註114〕，記錄下來等待日後新出材料的參證。

（二）「盧豕」

　　小屯西地甲骨（屯南附 3）有「盧豕」一詞，查覈《類纂》，發現使用「盧豕」的年代全部在一期附（《合集》第七冊，即非王卜辭）之中。列出典型例，如：

合 20576 正 癸亥卜：屮母庚盧豕？

合 22048　　壬寅卜：弓斤石鸷于妣癸盧豕？

22620、23619、英 1977）；言「于祖妣鸷」者四條（合 23178、23179、23805、26001），鸷字用法與小屯西地卜骨迥異。另，第五期卜辭中的鸷字只用在田獵刻辭上，作「兹鸷」，與鸷祭無關。

〔註114〕合 32729 版有同文例，但覈驗結果與附五實爲同版。

合 22065　戊午，卜虎于妣乙，叀盧豕？

合 22073　乙酉卜：卜新于妣辛白盧豕？

合 22077　己亥卜：出歲于天，庚子盧豕？

對照附 3 版具備「盧豕」的兩條卜辭：

附 3

（1）卜眾于祖丁牛、妣癸盧豕？

（4）卜牧于妣乙盧豕、妣癸麂、妣丁焱、妣乙焱焱？

其中，合 20576 正與合 22073 兩版句型與附 3 完全相同，另外有二版卜辭（合 22048、合 22065）雖有詞序移位（弓斤石卜于妣癸）與增加發語詞（叀盧豕）現象，仍合於「卜○于祖妣盧豕」的形式。

這是另一項絕對證據，證明小屯西地甲骨與第一期非王卜辭之間用語相同、句型一致。由於「盧豕」的使用完全排除王卜辭的可能〔註115〕，在確立小屯西地為第三、四期卜辭的前提下，我們可以這樣描述：非王卜辭為一獨立系統，先在第一期出現，第三、四期仍然存在，並沒有斷絕。〔註116〕它的卜用語言有一定規律（卜祭、盧豕、用豚），但語法部分則仍與當代的王卜辭同步，不會出現異於王卜辭的句型。

（三）「又毀」的使用

毀，朱師以為：「卜辭習稱『毀若干人』、『毀羌』，毀字當用為動詞，有用方器烹煮之意。字與卯牛對文。」〔註117〕小屯西地卜骨（屯南附 2）有「又毀」〔註118〕一詞：

〔註115〕也因為如此，使「盧豕」一語不見於《屯南》主體（康丁、武乙、文丁）卜辭中。

〔註116〕吳俊德在《殷墟第三四期甲骨斷代研究》中指出非王卜辭與歷組應共存於第四期，云：「歷組與王族（非王）卜辭之間的確關係密切，時代一致是可論斷的。」（頁 42）力主歷組時代必與非王卜辭同進退，分期非一即四，說法不夠寬容，似有可議之處。

〔註117〕朱師岐祥：《殷墟甲骨文字通釋稿》頁 368。文史哲出版社，民 78 年 12 月。又，依現今出土禮器的型製看，簋（毀）器應為圓形。

〔註118〕字作「毀」，從殳，左方偏旁應為「皀」字異體，隸作「毀」。《小屯南地甲骨·釋文》隸作「毀」，視左方偏旁為「豆」。李孝定疑兩者為同字。（《集釋》頁 1004）

附 2

　　钟吴日丙豕，又殷丁妣犬？又妣戊犬，又父乙豚？

丁妣，即妣丁。從「又殷丁妣犬？又妣戊犬，」一段組句看來，對妣丁、妣戊，都使用了「又殷」的祭祀程序，作動詞用。〔註119〕「又殷」的對象應即是「犬」，而「妣丁」一辭前置，「殷」實際上是處理祭牲的方法，附 2 版的這個「又殷」，符合朱師的說法。

　　「殷」在其他殷墟卜辭也出現過，我們刪去文辭殘斷過甚的辭條，舉例來看：

合 25971　　戊寅卜，貞：出殷？【2】

合 26956　　又殷羌，王受又？　【3】

合 30315　　叀殷羊？　　　　　【3】

合 35361　　己卯卜，貞：王賓祖乙奭妣己，姬妾卑二人、殷二人、卯二牢，亡尤？　【5】

屯 2259　　叀殷羌？　　　　　　【5】

【】號內為斷代分期。合 25971 版「出殷？」即「又殷」，本版使用「出」字，應是祖庚時期習慣。這五版辭條大都屬康丁期之後，祖庚期僅有一例，顯示資料到目前為止，「又殷」一例都在第三到第五期出現，排除有「出」字形的句子，「又殷」應屬中、晚期特徵辭例。

　　再從字用角度去看，「殷」字的對象有「羌、羊、二人」，與前舉「又殷丁妣犬」是相同的。又，五個辭條中，直接用「殷」字為動詞的句子都是五期卜辭，而使用「又殷」者則偏向第三期多數用法，這也與地層資料相符。第三特徵是「殷」似乎是用在「妣」或者「祖妣」合祀的場合（「又殷丁妣」、「王賓祖乙奭妣己，姬妾卑二人、殷二人」），這是輔助性的推測，還不能單獨形成定論。

（四）祭牲用豕類的傾向

　　在一般印象中，祭祀卜辭用豕類（例：豕、豭、豚、豲）為犧牲時，代表用牲情形品級降低、不夠隆重，或者用牲於女性先祖，例如：

〔註119〕同句末對父乙用「豚」，則不能確定是否為「又殷豚」，以其用牲不同、受祀祖妣亦不同。

合 2527　　貞：卯于母丙豕？

合 19956　　庚午卜：屮妣母甲盧豕？

合 21287　　己卯卜：徣又子族豕用？

但這種印象並不可靠，許多例外是常見的，例如：

合 27294　　又祖丁豕？大吉。

合 27254　　其剮祖辛僎，叀豚？又雨？

合 30411　　□酉卜：王其曹岳，奠，叀犬眔豚十，又大雨？

合 30434　　己丑卜：河奠夕，叀豚？

上舉小屯西地卜骨卜辭，13 條中就有 10 條卜辭祭牲用了豕類，濟南大辛庄甲骨也在辭中的「四母」分別排列了三種豕類（羴、𧱭、豕、豕），這都呈現明顯的偏好傾向。當然，這個現象和兩批甲骨都屬非王卜辭有密切關聯，然而站在更高的、歷時的層面觀察，從「五期分布」的角度看卜辭豕類祭牲的使用，可能是更有意義的。

我們先從基本材料的統計開始。

以下，是五期祭祀卜辭中用豕類（經選擇得出：「豕、豕、豝、豚、羴、豕土」六種）[註120]為犧牲的句例數量表格，統計材料由《類纂》中取出：

分期 / 字例	第一期	第二期	第三期	第四期	第五期
豕（**才**）	254	6	11	27	1
豕（**才**）	52	0	0	1	0
豝（**才**）	37	0	4	6	0
豚（**才**）	24	1	39	3	0
羴（**才**）	110	8	9	7	0
豽（**才**）	18	2	0	1	0
合計	495	17	63	45	1

[註120] 在《類纂》中剩餘「豕匕」一類，由於與「剝」字偏旁容易訛混，若加上文辭殘斷，統計上就會產生無法割捨，但又不能定論的情形，因此略去此一字例。另小屯西地卜辭中的「𧱬」字在其他批甲骨卜辭中罕見而且分散（如合 32393：「□巳貞：其又三匚母𧱬？」），是以不列入統計。

　　從這個表內可以看出：「豕、羠、豚、豼」四者保持相關，都在第一、三、四期呈現分布數量上的高峰，而在第二、五兩期得到偏低或者零的分布值；至於「豕、豕土」二者則沒有第三、四期數量再度偏高的現象，但仍在第一期呈現偏高，第二、五期偏低或零的數值。這個結果，配合《合集》中第一期刻辭佔據半數的現實，減半第一期的數值加權（由 495 減至 248），對比就更加明顯。根據統計，我們得出這些確定的論點：

　　　　祭牲用豕，是第一期卜辭常有的現象，多數豕類都在第三、四期再

　　　　度成為祭牲，而第二、五兩期則是絕對地少見（或不見）豕類祭牲。

這與第二、五兩期周祭卜辭的出現完全相關，當然也和新舊派事類的時代區隔相合。

　　更細緻觀察這分統計數字，會發現用豕頻率的隆殺與否，其真正分界在廩辛、康丁之間，不是二、三期之間的界線這麼粗糙而已。從上揭「豕、羠、豚、豼」四批句例去整理，會發現第三期用豕類祭牲卜辭都是康丁卜辭，我們以數量最多的「豕、豚」句例來看：

　　　　合 29545　　乙丑卜：叀白豕？

　　　　合 29546　　叀白豕？

　　　　屯 2506　　□翌日癯□豕十？

　　　　合 27294　　又祖丁豕？大吉。

　　　　合 27254　　其剝祖辛僆，叀豚？又雨？

　　　　合 28009　　丁亥卜：在陰衛酚，邑顏典冊，又奉方豚，今龜王其史□？

　　　　合 28180　　登叀，叀豚？

　　　　合 28399　　王其比吠，弗単，數□從東兕？

　　　　合 30411　　□酉卜：王其曹岳，叀，叀犬眔豚十，又大雨？

　　　　合 30434　　己丑卜：河叀夕，叀豚？

這些卜辭前辭作「干支卜」，翌日之翌作「翌」，驗辭有「大吉」，其他部分事類與用語只見於康丁，如：「數」、「在○地酚」、「今龜」、「剝＋祖妣」、「叀＋祭牲」、「叀夕」所有特徵都是康丁期的，沒有何組貞人、周祭卜辭出現。因此我們可以很肯定地以用豚類祭牲作為區分標準，判斷小屯西地卜骨卜辭的年代在

康丁或以後。

（五）「吳」的出現年代

《屯南》附 2 版只有一條辭，其中有一名詞爲「吳」：

附 2

　　钔吳日丙豕，又殼丁妣𤔲？又妣戊𤔲，又父乙豚？

「吳」也少量地出現在其他卜辭中，全部列出

　　　　合 3028　　貞：叀万吳令？十三月。　　　　　　　　　　【1】

　　　　合 13728正 ☑万吳☑亡疾？　　　　　　　　　　　　　　　【1】

　　　　合 20164　　□申卜：徙令吳比□侯☑？　　　　　　　　【1 附】

　　　　屯 4556　　辛丑卜：翊日壬王其戌田于吳，亡戋？毕？吉。【3】

情況相當明顯，第一期王卜辭中的「吳」與「万」合稱，「万」是氏族名，商金文上可見〔註121〕，「万吳」在合 3028 版「叀万吳令」句中明顯並爲氏族之名，不論是複合族氏或者並列族氏其性質不會變動，「吳」是個氏族名。

　　第一期非王卜辭（合 20164）中的「吳」也和前二例一般作爲氏族名，爲王或子所令，進行軍事或田獵作爲。

　　屯 4556 是第三期田獵卜辭，由「翊日壬」、「戌田」、前辭、驗辭形式（干支卜、吉）、一辭二卜現象（亡戋？毕？）等特徵合併判斷爲康丁卜辭。此時的「吳」作地名使用，仍與氏族息息相關。

　　總合以上，與「吳」相關的句例都出現在第一、三期中，第一期王卜辭、非王卜辭都有，第三期也是康丁卜辭，與祭祀用豕例相同。

二、結　語

　　在本節中，我們從小屯西地十版卜骨、濟南大辛庄甲骨的句型、文例著手，配合全體殷墟卜辭，觀察各項條件的五期分布情形，得出武丁（包含非王卜辭）、康丁、武乙、文丁等朝卜辭都具備相同語言特徵的結論，而小屯西地卜辭是一條重要的聯繫紐帶。

〔註121〕《集成》10.5101 及 13.7323 皆有此文。5101 號銘文爲：「戈簏吳辰」，7323 號爲：「吳辰」（辰字在吳字左右各一，爲裝飾性寫法。）兩者皆爲族氏名。

關於小屯西地的年代，《屯南・釋文》在附 5 釋文後云：

我們認為，小屯西地出土的十片刻辭卜骨，其字體風格同于小屯南地中期第一類和第二類中的部分卜辭，即近于康丁卜辭和武乙早期的卜辭；而這批卜骨的鑽、鑿形態均屬四型二式、三式、四式，這正是康丁卜骨和武乙卜骨的鑽鑿形態。其次，與卜骨同層出土的陶器，相當于小屯南地中期。因此，這批卜骨的時代，應是康丁武乙之際。其稱謂與正統的稱謂不一致，說明這些卜辭的問疑者不是殷王，因而可以稱為非正統卜辭。〔註 122〕

這繼承了裘錫圭的說法，並且在鑽鑿型態上補強了證據。同時也和我們所談的語言特徵分布相契合。

本來，小屯西地與小屯南地甲骨就有年代與地層關係的聯繫，「屯西」是非王系統，在本節討論中，它與第一期王卜辭、非王卜辭都構成語言聯繫，我們可以藉由非王系統來幫助瞭解《屯南》「康、武、文」三朝如何形成一套堅實的、偏向非王特色，之後又偏向早期王卜辭的中期卜辭體系。

從大結構上來說，是第一期與「康丁、武乙、文丁」卜辭具備某些相同語言特徵。但藉由「盧豕」、「吳」氏的出現，顯示出康丁朝卜辭與第一期非王卜辭更加親密的關係。這也同時相對說明康丁、武乙之間仍有區別，武乙、文丁對武丁王卜辭的「繼承」關係更加密切，因此董作賓先生才說出「文武丁復古」的推測。

武丁時「自、子、午」三組是早期的非王卜辭，小屯西地刻辭則是中期的非王卜辭。我們發現，只要舊派時期，就會有非王卜辭的存在，屬於「新派」時期的非王卜辭目前則未發現。這提供了一種可能性：只有舊派，才容許非王卜辭的存在。但這個說法需要更多的討論與驗證。

在相近的時代中，我們看到了普遍共用的句型及用詞，這些共同特徵是超越王室內外分別的。這證明了同一時代也許可以出現不同的字體分組，但應有相同的語言習慣，所不同的，只是刻寫機關的不同造成事類敘述上的差異。

另外，有一個現象應該提出，那就是小屯西地卜骨在正面施鑿，是個特殊現象，可以作為斷代依據，許進雄說：

這種於骨正面施鑿的形態，從第三期發展到第四期而延伸到王族卜辭，正

〔註 122〕《屯南》下冊，第一分冊釋文。頁 1162。

呈現由少而極盛而衰的規律曲線，符合起興衰廢的發展過程。〔註123〕

　　吳俊德也以骨面鑽鑿的觀察角度說：「（小屯西地甲骨）這與第四期的鑽鑿習慣較爲接近，顯示具有第四期的傾向，適可確定其時代必在第三期晚期。」〔註124〕這也和本節筆者的討論相合。

第七節　結　語

　　在本章中，我們分別從「祭祀卜辭」、「田獵卜辭」句型作基本的鋪陳、分析開始，以動詞爲句型變異的主要軸心，探討「省文」、「移位」等各型態的句型。之後，在「異中求同」的概念下，我們由句型分析中得到「康丁、武乙、文丁」卜辭在整體殷墟卜辭中的地位描述，在祭祀卜辭部分，「王賓」標準句型發生制式套語的抽離現象；另外，田獵卜辭的「王田」標準句型也發生了句法成分移位的現象。

　　建立這樣的中期卜辭地位論述之後，我們將眼光移回《屯南》內部，將語法原則前後一貫的「康丁、武乙、文丁」卜辭，以「同中求異」的概念探討三個王世卜辭的句型變化，瞭解其前後相接續、但又逐步演化的歷程。在前辭的表現上，康丁期多用「干支卜」，武乙、文丁則「干支貞」、「干支卜」、「干支卜，貞」三種並見，充分表現出向乙、辛期前辭「干支卜，貞」的過渡歷程。另外，命辭表現上，文丁期出現較大的變革，與「康丁、武乙」期句型形成明顯差別，整體句型上看，不但詞的移位增多，省略情形也明顯。句型省略、語序鬆脫兩者，造成了一種刻寫體例不嚴的印象。

　　最後，我們補充了附屬《屯南》的小屯西地卜辭的句型、詞彙討論。由於小屯西地卜辭本身即中期的非王卜辭，其句型、事類和武丁非王卜辭相關，於是在語法上，就可以初步建立《屯南》中期卜辭對應武丁期非王卜辭的聯繫關係。

〔註123〕許進雄：《甲骨上鑽鑿形態的研究》頁 51，藝文印書館，民 68 年 3 月。

〔註124〕吳俊德：《殷墟第三、四期甲骨斷代研究》藝文印書館，民 88 年 1 月。

第三章 《屯南》卜辭斷代討論

第一節　重論「歷組」卜辭

一、前賢的說法及爭議的關鍵

　　1928 年，加拿大教士明義士將未收入《殷虛卜辭》的拓本編爲《殷虛卜辭後編》，序言中根據稱謂與字體，將 1924 年多小屯村中的一坑 300 餘片甲骨分類，其中有一大部分材料年代定爲武丁或祖庚、祖甲時期。這種作法，陳夢家批評說：「此坑所出我定爲康丁、武乙、文丁三王卜辭，而明氏誤認＂父丁＂爲武丁（其實是武乙稱康丁）＂父乙＂爲小乙（其實是文丁稱武乙），因此他的斷代不免全錯了。」〔註1〕

　　1977 年，李學勤根據明義士構想，在〈論婦好墓的年代及有關問題〉〔註2〕一文中提出在小屯村中出土的卜骨有「婦好」稱謂，說：「這種卜辭字較大而且細勁，只有一個卜人瑟（歷），我們稱之爲歷組卜辭。按照舊的五期分法，歷組卜辭被認爲屬于武乙、文丁時的第四期。」又說：「婦好墓的發現，進一步告訴我們，歷組卜辭的時代也非提前不可。」李氏定論歷組時代爲「武丁晚年到祖庚時期的卜辭」。在中國古文字研究會第二、三、四屆年會，甲骨斷代成爲討論焦點。李氏之後，裘錫圭、林澐都撰文支持李說。裘錫圭撰〈論「瑟組卜辭」

〔註 1〕《綜述》頁 135～136。

〔註 2〕見《文物》，1977 年 11 期，頁 35。

的時代〉一文，從文例、字體、坑位、地層的反駁開始，接著從人名、事類、親屬稱謂等方面詳細舉證來助成李說。〔註3〕林澐撰〈小屯南地甲骨發掘與殷墟甲骨斷代〉，則是以字體分組、分類作斷代的唯一標準，得出與李氏、裘氏相同的結論，並且確實地繪出了殷墟卜辭各組之間的聯繫關係〔註4〕，爲日後李氏提出「兩系說」理論具體化。贊成歷組提前至武丁期的一方，根據「歷組」時代的提前，以及「𠂤賓」、「𠂤歷」各過渡組別的構想，形成殷墟卜辭發展的「兩系說」。因此，「兩系說」的立論幾乎有一半建立在歷組卜辭年代提前的基礎上。

在此同時，另外一方的反對意見出現，肖楠在〈論武乙文丁卜辭〉〔註5〕、〈再論武乙文丁卜辭〉〔註6〕文中以地層、坑位關聯爲主，提出考古學證據，認爲該批卜辭出土自屯南中期（康、武、文）地層，沒有更積極的證據可說是早期（武丁）卜骨的遺存，而在中期地層才加以埋藏。對於李、裘諸人所強調的歷組與武丁期部「人名」相同的說法，以「異代同名」、「氏族名號的延續使用」作爲解釋，並有大型表列。之後延續這個立場的有羅琨、張永山〔註7〕、謝濟〔註8〕、陳煒湛〔註9〕等。

歷組的爭議一直沒有完全平息，各地的學者紛紛加入其中，以不同角度提出意見。嚴一萍在1982年出版《甲骨斷代問題》〔註10〕其〈再序〉中對裘錫圭說法頗多商權，1983又撰〈歷組如此〉〔註11〕一文，針對李學勤意見提出批駁。他不同意歷組年代提前，仍主張維持董作賓先生定爲「文武丁時代」的看法。另外，許進雄則以鑽鑿型態去判斷第三、四期卜辭的區分問題，對歷組維持中晚期的說法有鞏固的效果。比較特別的是他連帶提到「𠂤、子、午」等王族（非

〔註3〕 《古文字研究》第六輯，頁263～321，1981年11月。

〔註4〕 《古文字研究》第九輯，頁142，1984年1月。

〔註5〕 《古文字研究》第三輯，頁46，1980年11月。

〔註6〕 《古文字研究》第九輯，頁174～185，1984年1月。

〔註7〕 張永山、羅琨：〈論歷組卜辭的年代〉，《古文字研究》第三輯，頁93～100。

〔註8〕 〈試論歷組卜辭的分期〉，《甲骨探史錄》頁107～111，三聯書店，1982年9月。

〔註9〕 〈"歷組卜辭"的討論與甲骨文斷代研究〉，《出土文獻研究》文物出版社，1985年。

〔註10〕 藝文印書館印行，1991年1月。

〔註11〕 參《中國文字》新八期，頁185，1983年10月。

王）卜辭，其時代也應在第四期的論點〔註12〕，是少見的說法。

　　歷組的提前與否，過去的爭執焦點都在於「人名」、「親屬稱謂」、「地層坑位」、「字形字體」等等方面，較少談及「歷組卜辭」的語言問題，理由不外乎是具有貞人歷出現的句例少，卜旬辭比例太高，文辭總過於簡單。然而，關於這類卜辭的語言特徵還是有的，本文探討角度在句法、文例上，自然必須直接面對材料去尋求方法，以下，便以文例、句法為工具，去看具備貞人「歷」的卜辭內容有何線索，由此來抽繹斷代的證據。

二、從語言角度看「歷」卜辭

　　在《屯南》中，「歷」〔註13〕是「康、武、文」卜辭唯一的貞人，與同批其他卜辭無法進行系聯，甲骨分組條件尚不成熟，因此，本文在談到這類卜辭時，就暫稱其為「歷卜辭」，這特指句中有人名「歷」的卜辭，是最狹義的「歷組」卜辭；另外，學界通稱較為廣泛的武乙、文丁卜辭，我們就沿用其稱呼——「歷組」卜辭。

　　在談「歷卜辭」語言句法的角度前，有一點必定要提到的，就是具有貞人「歷」出現的卜辭，它的字形特徵都是和其他武乙卜辭完全相同的，不但是書寫風格的相同，並且也是偏旁結構與變異傾向的相同。例如祭祀動詞「餗」，《屯南》卜辭中有幾種形態：「𧀎、𧀎、𧀎、𧀎」餗字從「収」者，有時省去一方成從「屮」或從「又」；「不」字作「𣏌」，上有長橫，下方三筆轉折明顯，不作柔順彎曲；其他如聂字作「𧀎」、即字作「𧀎」等等，所有出現的字形結構與變化都屬武乙期所獨有，甚至也和文丁無關。

　　所以，在談論「歷卜辭」時，應與武乙其他卜辭合一考慮。亦即有人名、貞人「歷」出現的卜辭，與不見「歷」字的同批卜辭，其年代應相同，同時提前至武丁晚、祖庚早期，或者同屬武乙期，不能分開考量。

　　我們正式來看「歷卜辭」還有哪些語言形式具有時代特徵。從「歷卜辭」語言看分期，可以從「前辭形式」與「命辭的語法特徵」兩方面說明。

　　我們選擇具備「歷」字的辭條，經由過濾、去重，列出重要的代表句例，

〔註12〕許進雄：〈區分第三期第四期卜骨的嘗試〉，《中國文字》新九期1984年9月。

〔註13〕歷，原字形作「𩆜」，隸定為「𤯌」，本文在引用辭例中使用「𤯌」。

我們以爲這是最純粹的例證。依照形式相類排列：

> 合 32815　己亥槑貞：三族其令追召方及于日工？

> 合 32816　丙午貞：酚彡歲于中丁三牢、祖丁三牢？槑貞。

> 合 34599　弜槑晨？
> 　　　　　其槑晨？

> 屯 189　　弜☒日槑☒酚☒？

> 屯 974　　己丑貞：餗，弜槑酚，即？

> 屯 457　　（2）癸巳，槑貞：旬亡囚？（一）

> 屯 3438　　（1）癸丑貞，槑：旬☒？

先談前辭形式。

前辭形式「○○槑貞」是「歷卜辭」的常態型，用在卜旬辭，與武乙期常態的「干支貞」並存。「○○貞槑」則是卜旬辭前辭的唯一變例，見於屯 3438，辭云「（1）癸丑貞，槑：旬☒？」，筆者以爲這是「○○槑貞」少數移位型，不影響全部材料的表現。

在本論文第二章第四節，我們曾經整理了第一期非王卜辭各組的前辭繁簡變化對照表，現在再配合「歷卜辭」前辭形式，共同表列如下：

繁省 分組	繁　　式		簡　　式
𠂤組	（1）干支卜，某貞	⟷	干支卜，某
	（2）干支卜，貞	⟷	干支卜
午組	干支卜，貞	⟷	干支卜
子組	（1）干支某卜貞	⟷	干支某卜
	（2）干支某卜	⟷	干支卜
歷	干支，歷貞	⟷	干支貞

從上表中可以看到，「歷卜辭」的「干支，歷貞」前辭相對其他同批卜辭「干支貞」，存在著貞人省略與否的單純關係，而這種繁省對照關係是和非王卜辭相同的，表現在「𠂤、子」兩組的前辭上最爲明顯。

之前曾經談到，武乙卜辭的前辭形式有「干支卜」、「干支貞」兩類，參照康丁期常用的「干支卜」型，則「干支卜」類前辭在武乙中應偏早期。之後，「歷

卜辭」與非王系統產生關聯，才出現了「干支歷貞」、「干支貞」這類前辭。值得注意的是，除了上承來源，乙、辛卜辭的前辭形式也和「歷卜辭」平行相關，隨著歷卜辭受到非王系統，尤其是「𠂤、午」兩組的影響，武乙、文丁期再度出現「干支卜，貞」的前辭形式。我們再依分期順序，表列這個演變流程：

分期	王年	前　辭　形　式			
一	武丁	干支卜，某貞： ↓	干支卜，某： 干支卜：	干支某卜： 干卜：〔註14〕 干支貞：	干支某卜貞： 干支： 干支卜，貞：
二	祖庚 祖甲	干支卜，某貞：	↓	↓	↓
三	廩辛				
	康丁		干支卜：		
四	武乙 文丁		干支卜： 干支卜：	干支貞： 干支貞：	干支卜，貞： 干支卜，貞：
五	帝乙 帝辛				干支卜，貞：

再以「歷卜辭」所在的武乙、文丁期為中心，將上下兩期對此中心的傳承關係表列，作前辭流變關係表如下：

康丁以前	武乙、文丁	帝乙、帝辛
【康丁】　干支卜　⟶	干支卜	
【𠂤、午】干支貞　⟶	干支貞（含「歷」）	
【𠂤、午】干支卜貞　⟶	干支卜貞　⟶	干支卜貞

由以上的流變過程看，「歷卜辭」前辭「干支𣪘貞」形式放在武乙期來看，才是合理的，它是「干支貞」的繁化型，並且平行伴隨「干支卜貞」一型向下傳續的期程。如果依李學勤等人說法，將「歷卜辭」時代放在武丁晚期、祖庚早期，那麼前辭「干支𣪘貞」形式將會和武丁王卜辭（賓組）、非王卜辭所有前辭形式不合。

接下來我們談到「歷卜辭」語法特徵的問題。

儘管「歷卜辭」句例數量少，句子短，語法成分不多，但我們仍要針對蛛

〔註14〕此為新出花園庄東地甲骨常見的前辭形式，略去地支，直接以日干為記。其分組不明，占卜主為「子」，常見占辭云「子占曰」。左例「干支」亦屬花東。

絲馬跡去比對，看看「歷卜辭」的語言是不是完全合於武乙期的特徵。上舉七版卜辭的前五者是珍貴的線索：

合 32815　己亥丑貞：三族其令追召方及于日工？

合 32816　丙午貞：酌彡歲于中丁三牢、祖丁三牢？丑貞。

合 34599　弜丑聂？

　　　　　其丑聂？

屯 189　　弜☒日丑☒酌☒？

屯 974　　己丑貞：諫，弜丑酌，即？

合 34599 是正反對貞，「弜丑聂」就是「丑弜聂」；「其丑聂」就是「丑聂」。整組句法形式是：

肯定句　「其──S──V」

否定句　「弜──S──V」

屯 974 的「弜丑酌」也合於合 34599 否定對貞句型。它們共同特色在主詞與動詞的先後次序。這類「禱（聂）祭」句在康丁期有固定的語法順序。例如：

屯 606　　庚辰卜：其禱方以羌，在升，王受又＝？

　　　　　其聂，在毓？

屯 657　　甲寅卜：聂邑于祖乙，小乙眔？

屯 1088　甲辰☐：新邑，王其公聂，王受☐？

「聂○于先祖」是最標準的句型，「其禱方以羌，在升」就是「聂羌于升」（羌由方致送而來）；「新邑，王其公聂」就是「王聂新邑于公」。以上諸例，都不違「聂○于先祖」的基調，但這和「弜丑聂」、「其丑聂」的語序差異太大。

　　「弜丑聂」、「弜丑酌」代表了歷卜辭主語的位置不定，脫出倫序的情形。武乙期其他卜辭主語的位置，確實也有脫序、移位較不規則的現象：

屯 2576　壬申貞：聂多宁以羌于大乙？

　　　　　壬申貞：多宁以邑聂于丁，卯更☐☐？

上舉屯 974 版「己丑貞：諫，弜丑酌，即？」句中「諫、酌」兩種動詞同見於一句之中，「諫、酌」兩種祭祀動詞同見一句的狀況是「康丁、武乙」時期獨有的。例如：

屯 610　　（4）弜異酌，叀諫，隹召三牢？

屯 1090　　（9）丙寅貞：☑酻𡥈奠餗☑，卯三牢于父丁？

合 30806　　叀乙卯酻餗？大吉。

《類纂》共見十一例，其中又以「酻、餗」二字連綴出現的情況最常發生。因此我們瞭解到，屯 974 這片有貞人「歷」出現的卜辭，必定要存在於「康、武」時期。

　　還有一個「即」字要說明。屯 974「己丑貞：餗，弜瑟酻，即？」句中的「即」，在三、四期卜辭中有兩種用法，一種是「即于某祖」，一種是「即日（或干支）」〔註15〕，如：

屯 2294　　☐亥卜：父甲☑歲，即祖丁歲祔？

　　　　　　弜即祖丁歲祔？

屯 2359　　丁亥卜：其叀年于大示，即日？此又雨，吉。

　　　　　　弜即日？

屯 4412　　即于岳，又大雨？

合 32440　　丁丑貞：叀，其即丁？　　　　　　　　　　　　【四期】

合 32924　　庚寅卜：即丁卯？不用。　　　　　　　　　　　【四期】

這兩種情形在康丁、武乙都常出現，但要省爲單一的「即」字，之後不加賓語或地方副詞，自成一短句，則是康丁期所沒有的。例如：

合 32228　　癸巳貞：其又彡伐于伊，其即？

合 32995　　弜即？

兩例都是第四期。合 32995「弜即」就是屯 2359 的「弜即日」，合 32228 明白說到「又彡伐于伊」，所以「其即」、「弜即」所針對的就是干支、日期，不會是「即于某祖」。

　　至於合 32815「己亥瑟貞：三族其令追召方及于日工？」中對召方戰事的年代推論，在本文第一章第二節〈事類分析〉已說到，筆者確認：召方對殷王國的敵對關係，分布在「武乙、文丁」兩朝卜辭中，這可以視爲歷組年代的輔證。而另一版合 32816「丙午貞：酻彡歲于中丁三牢、祖丁三牢？瑟貞。」中

―――――――――――――

〔註15〕張玉金以爲相當於白話的「就在」。見《甲骨卜辭語法研究》頁 205，廣東高等教育出版社，2002 年 6 月。

「酻彡歲」也是重點，在《合集》中該類句子統歸入第四期，是看不出王年的，我們以《屯南》爲材料。第四期卜辭中「酻彡歲」連綴成文的句例，分別在《屯南》11、582（文丁）、2215（武乙──文丁）、2603（武乙）、2953（文丁）、4101、4318（文丁）諸版出現。其中五版《屯南》有明確年代，列表如下：

時代	武乙	武乙－文丁	文丁
版號	2603	2215	582、2953、4318

這可以提供我們對「歷卜辭」的年代下限突破武乙，證實它也具有文丁時代常用的祭祀動詞用法。

三、結　語

所有關於「歷卜辭」的語言特徵包含前辭形式、命辭句法與文例表現，都指向「武乙、文丁」這個時期，與陳夢家當年純依字形判斷所見，略有延伸。

談「歷組」卜辭斷代，必須提到《屯南》發掘的地層關係。儘管早期刻辭有可能留存到晚期地層中去存放，但這個例外狀況並不符合歷組父丁類與父乙類整批甲骨在屯南發掘的地層關係，歷組父丁類（例如：屯2065、2058、2079、4331）出土于中期一組灰坑與地層，而父乙類（例如：屯751、2100、2628、2126）出于中期二組灰坑與地層，而一組地層年代絕對是早於二組的，那也就形成歷組父丁類（武乙卜辭）年代早於父乙類（文丁）年代的順序，這樣的歷組兩類放在第四期「武乙、文丁」的前後倫理中是恰當的，如果將歷組提前至第一期晚，父乙（小乙）就必須早於父丁（武丁），這與《屯南》父丁先、父乙後的倫序相反，是完全不可能的事。這樣的事實，無法用泛泛的、例外的、可能的說法去解釋。

第二節　論《屯南》L形行款卜辭及其斷代

一、L形行款卜辭的定義

所謂L形行款卜辭，是《屯南》卜辭中的常見例，一般是存在於胛骨的左右斜邊，由於向下刻寫時考量所餘空間的不足，而形成順著骨緣而向左、右折彎的文辭走向，極類似英文大寫字母「L」的筆順，因此筆者將之命名爲「L形行款卜辭」。

　　董作賓先生在〈骨文例〉一文中，曾根據中央研究院歷史語言研究所前三次甲骨挖掘所得骨版 211 件，489 條卜辭加以統計分析，詳細說明了全部胛骨卜辭的行款走向。〔註16〕不過，晚於〈骨文例〉一文著成年代〔註17〕而出土的小屯南地甲骨，其 L 形行款的形式完全脫離了董先生所歸納的範圍，這不能不說是一項嶄新的發現。筆者以爲這是一個值得探討的明顯特徵，值得深入探討。

　　這種特殊的卜辭行款，之前並非沒有學者發現。黃天樹就曾說：

　　　　有一種卜辭的書寫行款主要見於歷二類，如果一條比較長的卜辭沿
　　　　著胛骨左緣豎刻而下，到底邊還沒刻完的話，就直角拐彎，沿骨扇
　　　　底邊作自左至右的橫行（見屯 1122、屯 182、屯 608、合 32312 等）；
　　　　反之則自右而左（見合 33430、合 32020）。〔註18〕

可惜，論題並沒有得到深入討論；黃氏「行款主要見於歷二類」的說法在《屯南》的統計數字上也不適用。原因將在本節加以說明。

　　L 形行款卜辭不只行款特殊、引人側目。更重要的是它具備了一定的年代框限與類別，成爲甲骨斷代、分類研究之中的一項特徵。它在《合集》第三期、四期中也同樣少量出現〔註19〕，本文將一併統計討論。

　　朱師岐祥曾在論及花園莊東地甲骨的行款時提到：

　　　　行款的類型應是今後解決卜辭內容時該重視和靈活運用的地方。董
　　　　作賓先生曾歸納殷墟卜甲的常態形式，是「沿中縫而刻辭者向外，
　　　　在右右行，在左左行；沿首尾之兩邊而刻辭者向內，在右左行，在
　　　　左右行。」然而，由以上的特殊行款看，甲骨的刻寫方式顯然並非
　　　　單純一如董氏所言。今後對於非王卜辭類刻辭的通讀，更必須注意
　　　　特殊行款的可能性。〔註20〕

〔註16〕董先生所言「文例」即指文辭的行款走向，與本論文所言「文例研究」定義有別。

〔註17〕〈骨文例〉完成於民國 25 年 7 月 8 日，見《董作賓全集・甲編》第三冊，頁 922，藝文印書館，民 66 年 11 月。

〔註18〕黃天樹：《殷墟王卜辭的分類與斷代》頁 160～161，台北文津出版社，1991 年 11 月。

〔註19〕《合集》L 形行款卜辭共計九例，下詳。

〔註20〕〈釋讀幾版子組卜辭——由花園庄甲骨的特殊行款說起〉《中國文字》新 27 期頁 39～40，藝文印書館，2001 年 12 月。

這個說法一樣也適用在《屯南》甲骨卜辭上。在本文中，我們一再提到《屯南》王卜辭在語言形式上與第一期非王卜辭有許多方面表現了承襲關係，這的確有可能構成一個體系的語言形式背景，其中當然包含了刻寫行款的類型。本節論及 L 形行款卜辭，目的就在求出這種特殊行款對殷墟卜辭斷代，以及《屯南》卜辭研究的特殊意義。

二、L 形行款卜辭的表現

我們檢視《屯南》、《合集》全部圖版，確認了 47 版行款呈 L 形走向（《屯南》38 版、《合集》9 版），我們統合成表，列于本節之末，以利討論。

觀察 L 形行款卜辭的表現，首先從它的事類與年代著手。全數 47 版甲骨中，武丁時期非王卜甲者佔 3 版，年代之後跳躍到康丁，計 12 版；康丁至武乙間佔 8 版，武乙期佔 24 版，文丁期則沒有。個別版數，配合「祭祀、田獵、征伐、風雨」四種事類，筆者整理出下表：

年代＼事類	祭祀	田獵	征伐	風雨	總計
武丁	3	0	0	0	3
康丁	5	7	0	0	12
康丁→武乙	4	3	1	0	8
武乙	22	1	0	1	24

由於 L 形行款卜辭都佔據骨版的明顯部位，在骨版中字形尤其偏大，明顯帶有尊重此類卜辭的意味。從表中統計，我們有理由相信康丁重視田獵，武乙重視祭祀的事實，從數字上看，康丁到武乙之間，過渡情形更是明顯，這情形和《屯南》全體卜辭的表現是一致的。

其次，來觀察 L 形行款卜辭的文辭走向。董作賓先生曾說：

> 凡完全之胛骨，無論左右，緣近邊兩行之刻辭，在左方，皆為下行而左，間有下行及左行者。在右方，皆為下行而右，亦間有下行及右行者。左胛骨中部如有刻辭，則下行而右；右胛骨中部反是，但亦有下行而右者。〔註21〕

這是牛胛骨刻辭行款的通例，《屯南》大部分辭條都遵守這個規律。而 L 形行款

〔註21〕董作賓：〈骨文例〉，見《董作賓先生全集·甲編》第三冊，頁919。

卜辭不但下行，而且折彎左行或右行，沒有別立一行的習慣，使整個辭條以線狀分布，而不是塊狀安排，這種書寫方式相當地浪費空間，也因此，出現這類卜辭的骨版往往卜辭數量不多，不超過三條，並且也少有否定、選擇等各種對貞句出現。這種明顯使卜辭獨立而醒目的刻寫方式，是第一期、第二期王卜辭所沒有的。

筆者在 38 例中，去其重複及不清例，檢選出標準例，以本文文字排列方式模仿表現之，分類說明如下：

（一）以行列形式而言

1、單行轉單列，成線狀 L 形

單行轉單列，依左、右胛骨分「下行－右行」的標準 L 形，或是左右相反的「下行－左行」的「反 L 形」，前者屬左胛骨所有，後者屬右胛骨所有。例如：

屯608（見附圖五）	屯637	屯1255	屯2299
丁	庚	又	壬
丑	寅	豐	申
貞	卜	叀	卜
又	翊	祖	王
匸	日	用庶丁	往
于	辛		田
高祖亥	王		比
	兌		孚利
	省		
	魚不毒雨		

同出武丁時期卜甲也有三個例子，雖不受胛骨版面刻寫規律的限制，也一樣地出現此型刻辭：

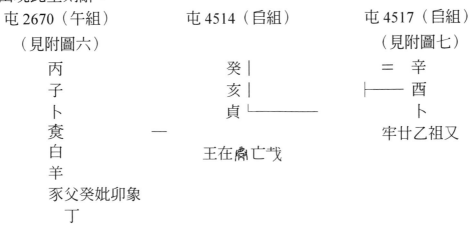

屯 2670 位於甲版左上部，近左甲橋。屯 4514 則位於右甲橋甲緣，沿甲緣刻寫。

屯 4517 則在「酉」字之左、「廿」字之上方有「┣」形卜兆，卜序爲二，明顯爲圍繞卜兆而刻。

2、複行複列，成條狀 L 形

可以分爲單行轉複列，或者複行轉單列二種：

屯 641	屯 2342	屯 2707（見附圖八）
翊	丑取	〔卯〕
日	貞祖乙	貞
壬	王魚	其
王	令伐	大
其	冎告	邲
田	尹于小祖羌祖	王
麸	父乙丁甲辛	自
乎　王	丁	圐𠂤
西麋于		用
又興之		白三牛祖宗
卒		𤟥示在乙卜
		九𠂤

屯 641、屯 2707 兩版屬第一種，屯 2342 屬第二種。屯 641 版看來似乎是縱列的三行，其實第二行後，「西麋王」諸字是平列同高的，而「于之」二字字形縮小，使得後兩行文字，每行其實只維持了上下兩字的格局，作爲文字左行的基本慣例，而這個慣例也同時適用在屯 2707 版上，該版「牛在祖乙宗卜」諸字都維持了兩字一行的格局，這也是筆者爲何將這類行款也定義爲 L 形的原因——它具有不另立一行，重頭從頂端書寫的相同特徵。

另外，值得說明的是，屯 2342 版辭末之「小乙、祖丁、羌甲、祖辛」都應視爲一個詞組，這種詞組在甲骨版面上和單字地位相近，佔據一個塊狀區域來表義，不可視爲一般行款的上下書寫順序。是以「小乙、祖丁、羌甲、祖辛」就必須視爲四個等同單字的表意單位，由左向右書寫，因此我們還是視爲「單列而右行」。

詞組在縱行中左右書寫，或者在橫列中上下書寫，是甲骨刻辭的常態現象。這類詞組通常是干支、先公先王名號、或者祭牲數量的記載。這些從 38 例中都可以發現，如「小乙、祖丁」（屯 2342 先公先王名號）、「丁酉」（屯 182、1122 干支）、「一牢」（屯 2420 祭牲數量）。

（二）以刻寫位置而言

1、位在甲骨版左右邊緣，順勢轉折者

這種情況最爲常見。如：

屯182	屯2329	屯2739（見附圖九）
癸	丁	丁
亥	未	丑
貞	卜	卜
其	翊	翊
又	日	日
匚	戊	戊
伊	王	王
尹　　　三	其	其
叀今丁酉牛	田	田
卯	叀犬言比亡弐卓	卓弗淒

屯182版的「丁卯」、「三牛」都視爲一個詞組，表現方式等同一個單字。在這三版中，屯182、屯2329。版都在骨版左下端，緊貼骨緣而刻寫，文辭到左下角自然右折。屯2739則是一版左胛骨，文辭在骨版右下端，緊貼骨緣而刻寫，文辭到右下角自然左彎。

有一點必須提到：從屯南這38版言，以正面刻辭爲準，這類L形行款卜辭位在右胛骨的左下部，以及左胛骨的右下部，前者作L形，後者作反L形。在38版骨例中，這個規律完全是成立的。關於右胛骨的左緣，以及左胛骨的右緣這兩部分，本身就是骨版結構最爲緻密，書寫空間也最爲寬長的區域，以此作重要的刻辭紀錄，是順理成章的事。

2、位在骨版中央，遇骨緣或鑽鑿而轉折者：

屯636	屯1124	屯2420（見附圖十）
甲	乙	甲
辰	酉	子
貞	卜	貞
射	王	弓
畓	往	歲
以	田	一
羌	卓東比	牢
其		茲

和之前詞組出現的書寫情況相同，三例中的「父丁」、「大丁」、「一牢」諸文也稍稍脫離了行列。這類卜辭通常有著廣大的刻寫空間，全骨也不會有三條以上的卜辭，少有各型的對貞辭，在此背景下，向下方書寫的行款只有在遭遇鑽鑿，或者骨版最下緣時，才有轉折的現象。

小屯西地甲骨也具有這種特色，而且表現得更加明顯，有的例子根本不在胛骨版面的左右下緣，在骨版的中下部也會有這種狀況。例如《屯南》附 3 其大致外形如右。

這一版是左胛骨，情形相當特殊，中央這條卜辭向下書寫，骨版正面下方即有鑽鑿，卜辭順中央而下，遭遇鑽鑿而向右書寫。它的文辭是：（全圖見附圖四）

小屯西地骨版並不是《屯南》同坑出土之物，它在 1971 年出土，依稱謂對應關

係看性質應爲非王卜辭，年代則應與同出陶器並爲廪辛、康丁時期。〔註22〕附3 的這條卜辭行款確屬《屯南》L 形行款卜辭的標準型式，雙方雷同的程度令人訝異。附 3 的年代《屯南·釋文》定在康丁與武乙間〔註23〕，依字形則與康丁類同，並且偏小，而康丁卜辭本身字形、文例也和花東卜辭、非王卜辭產生關聯，這種現象，可以建立起《屯南》王卜辭與非王卜辭的某種聯繫。

三、其他甲骨資料中的類似 L 形行款的卜辭

新出花園莊東地甲骨全部都是大版龜腹甲，清查的結果沒有 L 形行款卜辭，但有右行而下，或左行而下的類型，等於是顛倒的 L 形行款卜辭。例如花 459 版：（拓片不清，以摹本代之，如右）

位置在龜甲的左上部。釋文是「甲寅：叀牝祖乙？不用。」行款以單列左行，至「祖乙」合文而下，除了受到甲片左緣無空間可用的因素而轉折之外，這類卜辭與「遷就卜兆」的習慣也息息相關，劉源曾指出：

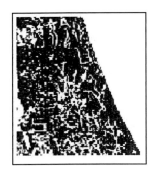

> 花東卜辭的行款與卜兆之間的關係是十分密切的，卜辭所守卜兆的多寡、排列方式都會影響到其行款方向。〔註24〕

《殷墟花園莊東地甲骨·前言》將之列爲第一型基本行款。〔註25〕

《屯南》其實也有這樣的卜辭，如屯 441 版：（如右，部分顯示）

〔註22〕 見郭沫若：〈安陽新出土的牛胛骨及其刻辭〉。郭氏以爲武丁時代遺物，但與陶器形制不合，《考古》1972 年 2 期，頁 5。又裘錫圭在〈讀《安陽新出土的牛胛骨及其刻辭》〉文中也表示：「這次所出的 4 號、6 號等四骨，卜辭的辭例、行款都比較特殊，應該是三四期的非正統卜辭，所以其親屬稱謂與正統的三、四期卜辭不能相合。」見《考古》1972 年 5 期，頁 43。

〔註23〕 合 31993 版與本版完全相同，在骨形輪廓、殘泐痕跡、文字行款、鑽鑿位置形態等方面若合符節，應爲同版卜辭，《合集》列入武乙部分。

〔註24〕 劉源：〈試論殷墟花園莊東地卜辭的行款〉北京·《故宮博物院院刊》，2005 年 1 期，頁 115。

〔註25〕 《殷墟花園莊東地甲骨》第一分冊，頁 22。雲南人民出版社，2003 年 12 月。

　　　貞：弜令卯曰：𡆥來？

這是一版胛骨的右上部位，「貞弜令卯」諸字向右橫書，到骨版盡頭，依骨緣向下寫「曰𡆥來」三字，圖片左下「己」字上方有卜兆。這樣的走向證實它也因為遷就卜兆而折彎書寫，這點同時也是《屯南》所有胛骨 L 形行款卜辭的共同書寫背景，它們常受到卜兆的影響而改變書寫方向。

　　儘管《花東》、《屯南》兩者文辭書寫方向轉折的原由可能不完全一致，但在形式上的確都打破了武丁王卜辭以來複行書寫，全部文辭呈塊狀表現的版面安排，這是第一期卜辭所不見，卻表現在非王卜辭及《屯南》卜辭這方面的。

四、結　語

　　《屯南》卜辭其實是所有殷墟「康丁、武乙、文丁」卜辭的縮影，它不會因為像花東卜辭般，在稱謂、字體、文法、行款、等各個方面都迥異於其他殷墟卜辭，而自成體例〔註26〕，無法與之前先出材料作深刻聯結。《屯南》卜辭以其科學的地層依據，確認了舊有殷墟第三、四期卜辭年代的一貫性，更細緻地說，是鞏固了「康丁、武乙、文丁」卜辭本身自成一系的理論根柢。

　　L 形行款卜辭是「康丁、武乙」兩代卜辭文辭體例一貫的證據之一。這項特徵專屬於胛骨骨版，因著胛骨骨版的自然特徵、鑽鑿型態而出現。董作賓先生曾就卜辭新舊派的考察角度說過：「起初這種觀察，是以兩派曆法的差異為依據的，後來又考驗一切禮制，皆有差異。」〔註27〕占卜時用甲用骨的差別，在當日也必然是有區別、有時代特徵的，加上鑽鑿型態等種種改變，L 形行款卜辭就在特定的背景下產生。這種行款，不能認為是禮制上的要求，但可以說是無意間透露出，具有研究意義的刻寫習慣。在附表的統計中，我們看見了《屯南》「康丁、武乙」一段時期出現了 L 型行款卜辭，加上鄰近小屯西地非王胛骨卜辭（康丁至武乙期）也同樣出現同型行款，於是確定了這類刻寫習慣帶來「康丁、武乙」卜辭的聯繫關係。

〔註26〕《殷墟花園莊東地甲骨·前言》云：「H3 坑甲骨，在整治、鑽鑿形態、字體風格等方面基本一致，全坑都屬同一類卜辭，這在殷墟出土的大型甲骨坑中尚屬僅見。」見第一分冊，頁 26。

〔註27〕《甲骨學六十年》頁 104。

　　確認了「康丁、武乙」卜辭刻寫行款上有一定承繼關係，則歷組卜辭年代提前的說法，恐怕就要再作商榷。

附表1：《屯南》L型行款卜辭董理表

　　「康→武」代表康丁到武乙；「𠂤、午」代表陳夢家等人所稱非王卜辭的𠂤組、午組

片號	時代	句例	備註
182	武乙	□亥貞：其又匚伊尹，叀今丁卯〔酓〕三〔牛〕☒？	可與215綴合
532	武乙	☒又彡伐于伊，其☒？	
593	武乙	辛酉貞：其叙于祖乙，叀癸☒？	
595	武乙	甲申貞：又彡伐于小乙羌五，卯牢？	
608	武乙	丁丑貞：又匚于高祖亥？	正面有鑽鑿
636	武乙	甲辰貞：射畓以羌，其用自上甲𠂤至于父丁？叀乙巳用。伐四十。	
637	康丁	庚寅卜：翊日辛王兌省魚，不冓雨？	
641	康丁	☒翊日壬王其田㷇，乎西又麋，興王，于之𡧛？	
777	武乙	乙丑，在八月，酓大乙牛三、祖乙牛三、小乙牛三、父丁牛三？	
856	武乙	辛亥貞：又歲于大甲？茲用。□酓五牢。	
1032	康→武	☒其射㹜兕，不冓大雨？	
1061	康丁	隹父甲正，王受又？	
1092	康丁	辛巳卜：王其奠元罞永麟，在盂奠，王弗□羊？	
1102	武乙	☒其用自上甲大示？乙酉。	
1105	武乙	癸酉貞：其又匚于高祖？	
1118	武乙	丁亥貞：辛卯酓岳，奞三牢，俎牢？	
1122	武乙	癸亥貞：其又匚于伊尹，叀今丁卯酓三牛？茲用。	
1124	康→武	乙酉卜：王往田比東，𡧛？	左胛骨反面、有鑽鑿
1255	康→武	☒又豐，叀祖丁廌用？	

2142	武乙	☑于祖乙〔羌〕三十，〔歲〕五〔牢〕？	
2299	武乙	壬申卜：王往田比利，屮？	左胛骨反面
同上	武乙	壬申卜：王往田，亡𢦏？	與上同版同面
2329	康丁	丁未卜：翊日戊王其田□，叀犬言比，亡𢦏？屮？	正面有鑽鑿
2341	康丁	辛未卜：王其田叀翊日壬，屯日亡𢦏？永王？	
2342	武乙	□丑貞：王令□𩵋尹取祖乙魚，伐，告于父丁、小乙、祖丁、羌甲、祖辛？	
2365	康→武	壬寅卜：王往田，亡𢦏？	反面刻辭
2370	康→武	乙卯卜，貞：王其正尸犬，亡𢦏？	
2420	武乙	甲子貞：彡歲一牢？茲用。又彡大乙一牢、大甲一牢、☑一牢？	
2666	康丁	庚寅卜：其蠹年于上甲三牛？	
2670	武丁一屰	丙子卜：奞白羊、豕父丁、妣癸，卯象☑？	
2707	武乙	□〔卯〕貞：其大祈王自上甲𤐫，用白豭九、三示六牛？在祖乙宗卜。	
2739	康丁	丁〔丑〕卜：翊日戊王其田溓，弗屮？	
4514	武丁一𠂤	癸亥貞：王在𪉲，亡囚？	
4517	武丁一𠂤	辛酉卜：又祖乙二十宰？	
4528	武乙	乙亥卜：高祖夒奞二十牛？	
4556	康丁	辛丑卜：翊日壬王其戉田于□，亡𢦏？屮？	
附3	康→武	祈牧于妣乙囚豕、妣癸彘、妣丁𤡋、妣乙𤡋𤡋？	「𤡋」字與正常豕字有別，目前無法隸定，故列出原形。正面有鑽鑿
附5	康→武	祈父乙羊，祈母壬五豚、兄乙犬？	正面有鑽鑿

附表2：《合集》L型行款卜辭董理表

片號	時代	句例	備註
28009	康丁	丁亥卜：在陪衛彭邑典𡆥又奏方豕匕，今秋王其〔史〕☑？吉。	可與屯215綴合
28057	康丁	□寅卜：王其乎衛，其儚，王受又？	

31993	康→武	钔牧于妣乙因豕、妣癸彘、妣丁犺、妣乙犺犺？	與《屯南》附 3 完全同文
32020	武乙	辛酉卜：其用●〔以〕羌于父丁父丁？	「父丁」衍文
32312	武乙	□〔卯〕貞：高祖□卯于上甲又囟？	
32329 正	武乙	☒甲子酚，王大钔于大甲，夆六小宰、卯九牛？	
32729	武乙	钔父乙羊，钔母壬五豚、兄乙犬？	
33430	武乙	甲寅貞：其又〔于〕祖乙三〔牛〕？	
33945	武乙	☒今夕至丁亥征大雨？	

第三節　祭祀卜辭的動詞層級：「又、弜 [註28]、歲、伐」

一、成立論題的理由

　　長久以來，學者對祭祀卜辭中各項動詞，往往以「祭名」、「祭儀」、「用牲法」等詞彙來指稱。然而，觀察所有殷墟卜辭例，就會發現這樣區分造成了許多例外。例如：「秦」，一般作「秦年」、「秦禾」、「秦雨」、「秦生」之用，理解為「求年」、「求雨」、「求生育」之意，與處理牲畜的手段有所區隔，但屯 2359版就出現「毓祖丁秦一羊，王受又？」這樣的句例，在形式上，「秦」字成了處理祭牲的及物動詞。過去，這類句例若存在於殘斷骨甲之上，沒有其他同版、對貞例子可對比，就成了難以評定動詞屬性與層級的疑案。

　　另外，許多祭祀動詞在《屯南》卜辭句中的連綴使用也非常普遍。例如

　　屯 248　　　貞：又弜伐合？

　　屯 1131　　□□貞：又弜歲于祖乙？茲用乙酉。

　　屯 1229　　□亥貞：甲子酚秉？在秉。〔九〕月卜。

不連用，而在同一祭祀中嚴密相關者。例如：

　　屯 2032　　丙申貞：酚伊，弜伐？

　　屯 2292　　辛未卜：其酚品豐，其秉于多妣？

　　屯 2707　　丙辰貞：其大钔自上甲，其告于父丁？

這些例子若單獨出現，就容易擾亂對祭祀動詞屬性的判斷。「又、酚、弜、歲、

〔註28〕本文以屯 3853 版「弜」字（康丁期）字形為造字標準，下同。

叀、劦」等等動詞，彼此間明顯是有層次可言的，但由全體殷墟卜辭汲取平行句例，會產生證據材料本質的懷疑：一是不同斷代辭例，經由語法的歷史演變，不一定原則通用；二是即使是同時代卜辭，仍有不同分組及刻寫（或卜問）機構的可能。基於以上二點，筆者對混同全體卜辭的引證態度反趨保守，期待由單批材料形成內證的需求相對升高。

《屯南》甲骨卜辭就是期待中的出土材料。它封閉性強，沒有偽片，地層數據明確，年代相對集中（康丁、武乙、文丁三朝相連），性質單純，幾乎全用骨、少用甲，最重要是同版、對貞辭例大量出現，這使單一型類卜辭的互證作業更加可信。

《屯南》刻辭中大量出現祭祀、田獵兩類卜辭。田獵卜辭集中於康丁期，在句法變化上較為單純。使用動詞總數少，難以形成關聯體系；祭祀卜辭則平均分布於康丁、武乙、文丁三朝。該類卜辭動詞繁複、語序靈活，往往表現出同一祭祀活動的因果與層次關聯。因此筆者認為依照《屯南》卜辭材料特性，而以「祭祀用詞的層次關聯」為切入角度，其作業是可行的，它的可貴在於骨版的完整，可提供成組句例的強力證明。

「又、彡、歲、伐」四者是《屯南》卜辭中常見的祭祀類用詞，彼此連用、合用於同句之中情形十分頻繁。例如：

屯 488　　乙亥貞：又彡歲自上甲〔六〕，菁上甲彡？

屯 595　　甲申貞：又彡伐于小乙羌五，卯牢？

屯 611　　己巳貞：王又彡伐于祖乙，其十羌又五？

　　　　　弜又羌，隹歲于祖乙？

四者之間，似乎形成了初步的層次關係。「又、彡、歲、伐」連用起來，實際出現的組合有以下各種例子（括號內數字為《屯南》版號）：

「又彡」（屯 1439、2124、313）「又伐」　　　　　　　　　（屯 751）

「又歲」　　　　（屯 3673）「彡伐」　　　　　　　　　（屯 2032）

「又彡歲」　　　（屯 1131）「彡歲伐」　　（屯 2308、屯 4100）

「彡歲」　　　　（屯 1088）

這些組合究竟有何層次與關聯？是值得我們探討的。

這裡，還產生兩個問題：「又」字時而為動詞，有實質意義；時而可以省略，

狀似動詞前的語助詞。「又」字在祭祀卜辭中到底有幾種可能的用法？

其次，是「ㄔ歲」與「ㄔ伐」，從《屯南》大部分句例來看，這兩組詞彙似乎是有所區隔的，其中關聯如何？而「伐」字作爲動詞或者受詞，歷來也有爭議，有必要比對相關辭例，尋求規則。以下，便進入討論。

二、「又」字的實質意義

在「康丁、武乙」年代爲中心的《屯南》刻辭中，祭祀卜辭的「又」，就是第一期常見的「屮」字。約在第一期之後，「又」字就涵攝了「屮」的意義，替代了「屮」的用法。〔註 29〕本節以「又」字爲中心，要來談談它在祭祀卜辭中的常態用法與省略句型，藉以判斷作爲單一祭祀動詞用的「又」字，它的意義是否與合用的「又ㄔ歲」、「又ㄔ伐」一類相同。

「又」字在《屯南》祭祀卜辭中經常獨立使用，有實質意義，例如：

屯 95　　王其又父甲、公〔註30〕兄壬，叀彘？

屯 978　　丁酉貞：又于伊丁？

屯 1147　　丁卯卜：其又于帝□？

屯 2470　　甲午卜：王其又祖乙，王鄉于宮？

屯 2699　　甲戌卜：王其又河，叀牛，王受又？吉。

又字直接加在父祖之前，或者加「于」字，形成「又于父祖」這樣的句式，部分例子加上了祭牲，在這種狀況下，「又」字用爲祭典名稱，作動詞使用。

然而，在某一些同版例中，「又」字是可以省略的。例如：

屯 608　　丁未貞：酉高祖匸，其牛高妣？

　　　　　丁丑貞：又匸于高祖亥？

屯 726　　壬寅貞：月又戠，其又土，叀大牢？

〔註29〕朱師歧祥云：「『屮』『又』二字是同一字的前後期書體，吾人由大量相同辭例的前後對比得以互證。如：屮歲、屮伐、屮戠、屮哉、屮句、屮又、屮母、屮妾、屮奴、屮去、屮雨、屮大水等辭例，皆見於第一期卜辭，及至第三、四期以上諸例都改屮爲又。」見《甲骨文研究・殷墟卜辭辭例流變考》頁 246，里仁書局，民 87 年 8 月。

〔註30〕公，字作「屵」。公字可以獨用，見于屯 31 版：「乙未卜：又于公？」；另，「公」僅爲隸定字形，不作他義使用。

・161・

　　　　　　癸卯貞：甲辰，叀于土大牢？

屯 1015　　甲辰□：伐于七大示？不□。

　　　　　　于十示又二又伐？

屯 2354　　戊辰卜：其又歲于中己，王賓？

　　　　　　戊辰卜：中己歲叀羊？茲用。

「又匚」、「又歲」、「又伐」在同版例中可以省掉「又」字。一般而言，這樣的又字，如果不是虛指（意爲有，語助之用），就是泛指求祐（祐）之意，然而在另一些同版例中，相對地也可找到「又」字確指某一種祭祀，而不可省略者。如：

屯 611　　己巳貞：王又彡伐于祖乙，其十羌又五？

　　　　　　弜又羌，隹歲于祖乙？

屯 2413　　其又□歲于□？

　　　　　　弜又，王受又？

屯 3550　　其又伐，王受又？

　　　　　　弜又？

屯 3794　　己未卜：其又歲于雍己？茲用。十牢。

　　　　　　弜又？

很特別地，這些都是否定對貞句。上舉屯 1015 版「甲辰□：伐于七大示？」相應選擇對貞句「于十示又二又伐？」的情形，與屯 3550 版「又伐」否定對貞句作「弜又？」形成矛盾，同一種「又伐」句，對「又」字的省略是可有可無的，這是怎麼回事呢？

　　事實上，「又」字在與其他祭祀動詞連用時的省略，不代表其意義的虛化。省略，是因爲有「互文見義」的前提，如上舉屯 608「高祖匚」文義互足於「又匚于高祖亥」；不省，則見於省略的否定對貞句中，如 3550 版「其又伐」否定句省作「弜又」，而不作「弜伐」，又字不能再省。「弜○」型否定句的省略型式多樣，是《屯南》卜辭的特徵之一。如：

屯 2416　　弜卯？

屯 1439　　弜在祖乙？　　→高自祖乙？

屯 4032　　弜眔？

屯 2320　　弜每？　　　　→癸酉卜：戊伐又牧叀啓人方，戊又戋？

屯 3778　　弜勹？　　　　　　→己亥卜：父甲杏勹□？

「→」之後表相應肯定句。這些否定對貞句中，「弜」字下不一定連接動詞，完全視肯定句的語意重心而定，但不接語助詞則是確定的。在極簡略的句型裡，「又」字如果位居語意重心，就代表實義，不能省略。所以，之前介紹的某一些同版例中，省略的「又」字其實也是具有實義的祭祀名稱。

屯 3350 和 1015 兩版「又伐」句組，又字筆者以爲都應釋作「侑」，它是個確定的祭祀名，不是泛稱。

祭祀動詞「又」字作爲語助詞的觀念，屈萬里曾提及：

> 卜辭：「戊戌卜：又伐岳？」云此又字當讀爲有，語助也……此云「又伐」即伐祭也。〔註31〕

這與以上的討論衝突，屈先生沒有找到省去又字的「○○卜：伐岳？」一類的句例，或者「弜伐？」一類的否定對貞句可以堅定他的說法。除了屈先生外，《類纂》也將「又彡伐」、「又彡歲」書作「有彡伐」、「有彡歲」〔註32〕；而在「又」字獨用爲祭祀動詞時，寫作「侑」，如：

合 19837　　□于乙亥侑祖乙？

合 30432　　庚申卜：其侑于河？

合 32802　　丁酉貞：侑于伊丁？

這和屈先生之說是相合的，但筆者不這麼認爲。作爲卜辭祭祀動詞的「又（侑）」字，不論是獨用、或與其他動詞合用，意義是無別的。如果由簡而繁地列舉相關辭例，就看得出來。如第四期的一例：

34191　　于岳又？

這是「又于岳」的移位句型，再平常不過，然而它也是省略句，代表的是以下列舉的不省例：

33291　　庚戌卜：又于岳，㞢禾？

32028　　辛未貞：㞢禾于岳？

33296　　丁未貞：㞢禾于岳，寠小宰，卯三牛？

〔註31〕屈萬里：《殷墟文字甲編考釋》頁 76，聯經出版社。

〔註32〕姚孝遂主編：《殷墟甲骨刻辭類纂》頁 338。北京中華書局，1998 年 4 月版。

這些都是第四期卜辭。「又」是層級高於「彝禾」的祭祀動詞，當句型簡化時，動詞的刪省有時會由高層動詞開始，而保留層級較低的動詞（省略的否定對貞句例外）如上舉屯 608、726、1015、2354 諸版例子，它們形成了這樣的模式：（○代表先公及祖妣）

　　其又○，袞祭牲→袞于○祭牲

　　于○又伐→伐于○　　　又歲于○→○歲

以這個印象來看《屯南》卜辭中「又、彡、歲、伐」的組合關係，就比較有系統可尋：（數字爲該條卜辭《屯南》版號）

斷代	康丁	武乙	文丁
祭祀動詞	又歲 1031 彡歲 1088 又彡 1439 大彡 2276 又大彡 2324 彡（羌）3853	又歲 3673 又彡歲 1131 又彡 2124 彡（人）4360 （叀）彡 2122 彡伐 2032	又彡 313 又伐 751 彡 3563 彡伐 739 彡歲伐 2308、4100

彡就是又彡，彡歲就是又彡歲，彡伐就是又彡伐，彡歲伐就是又彡歲伐。

　　另，補充上表，「又彳伐」的組合不見於《屯南》，但在第二期則是常見的。如：

22567　　□王□未其又彡伐于祖辛羌三人，卯□？十一月。

22605　　己巳卜，行貞：羽庚午其又彡伐于妣庚羌三十，其卯三彡？

23501　　己亥卜，即貞：羽庚子其又彡伐□？

這輔證了「又彡」、「又歲」、「又伐」一類祭祀卜辭的又字是具有實義的，不能視之爲「有彡」、「有歲」、「有伐」，儘管它經常被省略，然此處「又」仍不能作語助詞用。

　　朱師岐祥云：

　　　減省與殘闕不同，其基本條件是前期有不省的句例，而且當詞組省
　　　略後的上下文意仍能通讀無礙。一般卜辭的基本句式，是與古漢語

相同的「主動賓」格。其中以動詞爲整句句意的核心，在句中佔有
最重要的位置，不容易遭減省。相對的主、賓語與句意的關係較爲
鬆弛，往往在不妨礙理句意的情況下得予以省略。〔註33〕

誠然，省略的前提是不省句例的存在。「又」字確爲動詞，不好省略，但在其他
動詞同時存在，得以互證、使文意通順的情形下，省略也就不足爲奇了。

三、「㞢歲」與「㞢伐」

先說「㞢」字。「㞢」字可以作爲祭祀卜辭單一動詞使用，直接人牲，成
爲及物動詞。如：

> 屯4360　　弜㞢人？
> 　　　　　庚午貞：其㞢人，自大乙？
> 　　　　　壬申貞：人，自大乙酻？

> 屯3853　　己巳卜：王其㞢羌，〔卯〕□？

這種「㞢人」、「㞢羌」句在《屯南》中就僅有這兩版，屬罕見例。

「㞢」字的確實涵意很難臆測，劉桓以爲：

> 對于祭祀犧牲祭品（既有活的用牲，也有宰殺的牲肉和酒）是要握
> 持的，這是對彳字字義唯一合理的解釋。結合字形來看，此字當以
> 釋巴而讀爲把較爲合適。〔註34〕

筆者以爲該說仍值得商榷，以下，改變討論角度，依照文例比對的方式來說明
「㞢」字意涵，或許可得到一些補充。

一般「㞢」字標準句型是「又㞢歲（伐）于先祖妣──若干祭牲」。以「又
㞢歲」爲例，如：

> 合313　　　貞：羽乙亥㞢㞢歲于唐三十羌、卯三十牛？六月。【1】
> 　　　　　　　　〔註35〕

> 合22904　　□王□乙丑，其又㞢歲于祖乙白牡三？王在‖卜。【2】

> 合27150　　乙卯卜，何貞：又㞢歲于唐，亡㞢？　　　　　　　　【3】

〔註33〕見《甲骨文研究・殷墟卜辭辭例流變考》頁223、224，里仁書局，民87年8月。
〔註34〕劉桓：〈試釋彳祭與“某某祊其牢”〉，出《殷都學刊》2001年1期，頁8。
〔註35〕【】內數字爲甲骨分期，依董作賓先生五期斷代。

合 32324　辛亥卜：甲子，又ㄓ歲于上甲三牛？十二月。　　【4】

以上四例分別代表第一到四期，這類句型在第五期沒有出現，「ㄓ伐」例亦如是。

「ㄓ歲」與「ㄓ伐」有何區別？從祭牲使用的角度來看，先挑選「又ㄓ歲」、「ㄓ歲」句例中祭牲紀錄明確者，加以說明：

「又（　）歲」

合 22074　癸巳卜：ㄓ歲于祖戊牢？　　　　　　　　【1】

合 22093　丙午夕卜：ㄓ歲于父丁羊　　　　　　　　【1】

合 22884　乙未：又歲于祖乙牡、三十宰，隹舊歲？【2】

合 27340　庚戌卜：其又歲于二祖辛，叀牡？　　　　【3】

合 32449　甲午卜：其又歲于高祖乙三宰？　　　　　【4】

「又歲」的「又」字在第一期寫作「　」，如上舉前二例。筆者發現，「又歲」句例只使用畜牲，極少用羌（人），只有以下這個例外：

屯 51　　　癸酉貞：又歲于大乙羌二十？

但這似乎是省略後的句型，「歲」祭所使用的畜牲（牛、羊、牢、宰、牡）實際上應是存在的，而在文辭中遭到省略，這情形在以下的敘述中是可以得到解釋的。

「又（　）ㄓ歲」

合 313　　　貞：羽乙亥ㄓㄓ歲于唐三十羌、卯三十牛？六月。　【1】

合 22556　□□卜，旅□：羽乙劦祖乙，其幸，ㄓ歲一宰，羌十人？【2】

合 22558　癸亥卜，旅貞：羽甲子又ㄓ歲上甲其又羌九□？　　　【2】

合 26999　癸丑卜：其又ㄓ歲大乙，伐，卯二〔宰〕？　　　　　【3】

屯 1111　　甲子貞：今日又ㄓ歲于大甲牛一？茲用在吅。　　　【4】

在《屯南》卜辭中「又ㄓ歲」句皆用畜牲，兼用人牲時，會有明顯的區別用語出現，如「又羌」（合 22558）、「伐」（合 26999）、「十人」（合 22556），推測使用「歲」、「ㄓ歲」文例時不用人牲，這個結論是可行的

再看看「又（　）伐」、「又（　）ㄓ伐」例：

「又（　）伐」

合 900 正　貞：ㄓ伐于上甲十又五，卯十小宰、豭？二告。　【1】

懷 23　　　癸亥卜，貞：**屮**伐于丁十人？　　　　　　　　　　　【1】

合 32055　　庚寅卜：辛卯又伐于父丁羌三十，卯五牢？　　　【4】

可以看出，「又（　）伐」一語，使用到的是人牲（十又五 [註36]、十人、羌三十），配合畜牲致祭（卯牢、**羖**）。其中「十又五」例會讓人看不出所「伐」爲何，筆者以爲，《屯南》中的「伐」，文例表現已漸漸由動詞走向「名、動兩兼」的混合用法，這類例證在以下敘述中會持續出現。

「又（　）**彡**伐」

合 1046　　□巳卜，爭貞：**彡**□衣**屮彡**伐□河二十人□？　　　　　【1】

合 22551　　乙卯卜，行貞：王賓祖乙**彡**伐羌十又五，卯牢，亡尤？在十
　　　　　　二月。　　　　　　　　　　　　　　　　　　　　【2】

合 26994　　辛丑卜：王其又**彡**伐大乙，**叀**舊矢**早**冊用十人五？吉。【3】

合 32064　　己巳貞：王又**彡**伐于祖乙，其十羌又五？　　　　　【4】

屯 1091　　甲午貞：又**彡**伐自祖乙羌五，歲三牢？　　　　　　【4】

由上例可知「又伐、又**彡**伐」皆以用人牲爲主，兼用畜牲時以「卯、歲」加以區別，最明顯者爲合 32064、屯 1091 兩版。有另一例也值得提出作爲對比：

屯 739　　　甲午貞：酚**彡**伐，乙未于大乙羌五，歲五牢？

與屯 1091 完全同型，省略了「又」字，「**彡**伐」二字作爲處理祭牲的方式，在文字上，「**彡**」字多用於畜牲，少用於人牲；「伐」字則專用於人牲。

不是只有以上散見諸例，合 32114 版同版卜辭就有對比明顯的句例：

甲子貞：又伐于上甲羌一、大乙羌一、大甲羌，自？

丙寅貞：王又**彡**歲于祖乙牢、牛？

這是武乙卜辭。這一組同版例說明了「又伐」使用「羌」作爲犧牲，而「又**彡**歲」則純用牲畜，不用人牲。根據「**彡**歲」、「**彡**伐」并存的例子看，「**彡**」字和使用人牲與否無關，而「歲」用在畜牲、「伐」用在人牲，事實極爲明顯，和上述情形相符。

「**彡**歲」是在什麼背景下執行的祭祀動作呢？以下的例子可以說明：

合 34614　　乙巳貞：**彡**歲，**叀**彡毒？

〔註36〕「十又五」可視爲「羌十又五」，羌字省略；但也可視爲「十又五伐」，伐字移位。

丁未貞：彡歲，于祭冓？

合 34615　　丁未貞：彡歲，于祭冓？

丁未貞：彡歲，于彡冓？

合 34616　　丁未貞：彡歲，叀祭冓？

□□〔貞〕：彡歲，于冓？

這三版宜爲成套第四期卜辭。合 34616 版第二辭「于冓」，根據同文例可補足爲「于彡冓」，爲奪字例，不構成困擾。「于祭冓」、「于彡冓」之「祭、彡」應指五種周祭之一，但在第四期卜辭中則情況不明。晚商金文有以下各例：

隹王口祀：祐日，遘于妣戊武乙奭，彘一。　　　　　　　　　　【肆簋】

乙巳，王口：奠文武帝乙俎，在召大宕，遘乙羽日。【四祀𨺅其卣】

知「于祭冓」、「于彡冓」應即「冓于祭日」、「冓于彡日」之移位句型。

本套卜辭重點在「遘于何日」這一概念。依此三組對貞辭，卜問「彡歲」遭遇何種周祭日，也就是說，問「彡歲」要選在祭日或彡日何者爲宜。那麼，「彡歲」這個動作層級便處在五種周祭（羽、祭、壹、祐、彡）之下。周祭卜辭分別在第二、五兩期卜辭中句型表現完整，筆者取用時代在康丁之前的二期卜辭來看，也得到驗證：

合 22554　　〔甲〕辰卜，即貞：翌乙〔巳〕祐于祖乙，其冓，又〔彡歲〕羌十、卯五羊？

合 22556　　□□卜，旅〔貞〕：翌乙祐祖乙，其冓，彡歲一羊、羌十人？

情況和《屯南》文例相同，「彡歲」動作層級處於五種周祭之下，用以處理祭牲。

接下來，要處理「又彡歲（伐）」句例中有無「彡」字的區別，這關係到「彡」字本身的意涵。我們針對《類纂》清查「又歲（伐）」、「又彡歲（伐）」句例的祭牲使用狀況，去其重複，列舉於下：

辭例	用牲狀況

不用 弓	又歲	牢（合 22074），盧豕（合 22077），羊（合 22093），牡 三十宰（合 22884）、小宰（合 27572）、一牛（合 27615），三小宰（合 28109），二牢（合 32454），二十牢（合 32494），六牢（合 34317），三牢（合 34319），羌二十（屯 51），十宰（屯 3794）
	又伐	卯宰一伐〔註37〕（合 729），伐十五 十宰（合 899），卯十小宰獻（合 900 正），伐八、伐十（合 904 正），伐三 卯六牪（合 941），伐 卯 南黃牛（合 14315），三十羌卯三十豕（合 32050），羌三十卯五牢（合 32055），十羌十牢（合 32072），羌五卯牛一（合 32083），十人（懷 23）
用 弓	又弓歲	三十羌卯三十牛（合 313），豕匕（合 19899），一宰羌十人（合 22556），白牡三（合 22904），三宰（合 25940），伐 卯二牢（合 26999），三牢羌十又五（合 32057），三牢伐十又五（合 32057），牢 一牛（合 32113），五牢（合 32322），三牛（合 32324），五牛（合 32360），五豕（合 32512），十牢（合 32516）
	又弓伐	羌五卯牢（屯 595），羌五歲三牢（屯 1091），伐十 十宰（合 903 正），二十人（合 1046），羌三十卯五宰（合 22549），羌十又五卯宰（合 22551），羌三人卯宰（合 22569），三牢伐十又五（合 32057），五羌三牢（合 32086），三羌九小牢〔註38〕（合 32097），二伐歲二牢（合 32198），伐十五歲十宰（合 32200），伐卯一牛（合 32229），三羌十小宰（合 34047），羌五 卯牢（屯 595），羌五 歲五牢（屯 739）

很明顯地，「又歲」句只使用一種畜牲祭祀，而「又弓歲」句則與「伐羌」常相結合；「又伐」句也只使用一種人牲，「又弓伐」句也與「歲祭牲」常相結合，雜揉情形普遍。「弓」字在句中似乎可能造成「歲、伐」兩種手段合用，人牲與畜牲也同時相配合的祭祀模式。

最後來看幾個句例，由「歲、伐」在句中的詞序互易，發現一些事實：

合 32198　甲辰卜：弓二伐祖甲，歲二牢？

合 32200　又弓伐十五，歲十宰上甲？

屯 739　甲午貞：酚弓伐，乙未于大乙羌五，歲五牢？

屯 1091　甲午貞：又弓伐自祖乙羌五，歲三牢？

屯 2200　□未卜：□弓歲大乙，伐二十、十牢？

屯 2308　丁酉卜□來乙巳酚，弓歲伐十五、十牢兒？

〔註37〕此處言「伐」，是爲方便代用的單位詞，其本當爲動詞。形式上爲「伐」，其實是「羌（人）」，下詳。

〔註38〕牢，疑爲「宰」字誤刻。

這些句子可以輔助說明我們先前對「彡歲」、「彡伐」的分類界限，最明顯的事實是「歲、伐」二者在「又彡歲（伐）于祖妣」句型下，它們處理祭牲的分工經常是或前或後、相伴出現的，這些例子清楚地告訴我們這樣的邏輯：

彡歲 → 伐若干羌（人）

彡伐 → 歲若干畜牲

用表格更能明白地說明這個邏輯：

版號	彡伐	彡歲	備註
合 32198	二（羌或人）	二牢	「二伐」即「伐二」
合 32200	十五（羌或人）	十宰	
屯 739	羌五	五牢	
屯 1091	羌五	三牢	
屯 2200	二十（羌或人）	十牢	
屯 2308	十五（羌或人）	十牢勿	可能爲圈養犛牛之牢[註39]

那麼，前引的屯 51 版：「癸酉貞：又歲于大乙羌二十？」實際意義可能就必須重新評估，看是否有省略或者誤刻的情形，而不列入常態例子中。二期卜辭有一個例子可以參考：

22573　　　□未卜，旅貞：祖乙歲，其又羌？在六月。

「又歲于大乙羌二十」和「祖乙歲，其又羌」應是同一類的事，「又羌」宜與「伐」相關，不和「歲」相涉。

由於「彡歲←→彡伐」彼此的平行關聯，也可得出「若干伐」、「伐若干」（如上例「彡二伐」合 32198）這類可能將「伐」字當成名詞的情形，這麼一來，以保守的、關照全部材料的立場描述：「伐」字在《屯南》卜辭的確存在著「名、動」兩種詞性混用的狀況。

四、結　語

以下，筆者得出幾點心得：

（一）「祭名」又可以當「祭儀」、「用牲法」的說法必須修正，它與祭祀卜

〔註39〕朱師歧祥云：「（勿）象耒形，今言犁耙。諸點或示所翻泥土……乃犁字初文，即《說文》黎牛字『耕也。从牛黎聲。』卜辭用爲狀詞，乃黧黑字。」見《通釋稿》頁 325，學生書局，民 78 年 12 月。

辭的省略有極密切的關聯；另外，「祭名」、「祭儀」這類的定名在卜辭實際狀況中常遭遇矛盾，我們傾向不使用這類名詞。

（二）「歲」用於一般牲畜，「伐」則必然使用在人牲。而「伐」字雖與「歲」對舉，卻不一定具有動詞的用法。《屯南》卜辭的「伐」字，有著「名、動」兩種詞性混用的狀況。

（三）「𠂤」字涵義難以臆測，從文字形式對比角度看來：「又歲」句只使用一種畜牲祭祀，而「又𠂤歲」句則與「伐羌」常相結合；「又伐」句也只使用一種人牲，「又𠂤伐」句也與「歲祭牲」常相結合，雜揉情形普遍。「𠂤」字在句中似乎可能造成「歲、伐」兩種手段合用，人牲與畜牲也同時相配合的祭祀模式。

（四）祭祀卜辭「又𠂤歲（伐）」一類句例中，「又」字具有實義，可釋作「侑」，但可以因爲與其他動詞連用，在不造成釋讀困難下進行省略。

（五）依照《屯南》祭祀卜辭中常態句例的用法，「又、𠂤、歲、伐」四者形成這樣的四個層級關係：

第一級	又	
第二級	𠂤	
第三級	伐	歲
犧牲	羌	牢、宰、𤘈、牛

第四節　「非正統」[註40]祭祀卜辭對照《屯南》句型文例分析

一、兩方對照研究的必要性

《合集》第一期卜辭中，有一群不與「賓組」貞人繫聯，字形與文例、文法、稱謂、行款各方面也都與武丁賓組迥異的卜辭，它們被安排集中在第七冊中，稱爲「第一期附」卜辭，編號自《合集》19754 至 22536 號。依陳夢家貞

〔註40〕「非正統」卜辭，名稱引自陳夢家《殷虛卜辭綜述》。陳氏就字體上觀察，以爲「𠂤、子、午」均非武丁標準型卜辭，云：「賓組的字體是謹嚴方正不苟的，祖甲和乙辛卜辭是接受這個傳統，而𠂤、子、午三組的字體是非正統派的。」見《綜述》頁158，中華書局，1992年7月。

人分組的稱呼，「第一期附」卜辭包含了「𠂤、子、午」三組。目前多數研究者認為：除「𠂤組」屬王卜辭外，其他二組皆為「非王卜辭」。

「𠂤、子、午」三組只是「一期附」卜辭相對數量較多的卜辭組別，根據李學勤、彭裕商《殷墟甲骨分期研究》所列，尚有「屮類、婦女類、圓體類、劣體類、亞卜辭、刀卜辭」〔註41〕等等小類雜列其中，基本上，筆者依據各類、各組均屬「非賓組」（陳夢家謂之為「非正統卜辭」）的共同特徵，合一處理，必要時再註明組別。

本節討論第一期附屬卜辭時參照陳夢家所區分組別稱呼。根據《合集》第七冊的分類編排，分甲、乙、丙三大類，我們以此材料作為基礎。卜辭歸組的定奪，則以楊郁彥所編集的《甲骨文合集分組分類總表》〔註42〕為準。三大類卜辭中，「乙、丙」類又細分為「乙一、乙二」、「丙一、丙二」四個小類，這些類別與「𠂤、子、午」三組卜辭的對應關係如下表：

類別	「一期附」卜辭分布情形
甲	多數為𠂤組，極少量屮類、婦女類、圓體類、劣體類、亞卜辭
乙一 乙二	多數為子組，少數為婦女類、圓體類、劣體類、𠂤組 圓體類、劣體類、婦女類、𠂤組、子組
丙一 丙二	午組，雜列一片𠂤組 𠂤組、午組、子組、屮類、婦女類、圓體類、劣體類、亞卜辭

由表中可以看出，甲類相當於「𠂤組」，乙一類相當於「子組」，丙一類相當於「午組」；至於「乙二、丙二」類雜列各組、各類卜辭的情形較為明顯。

「𠂤、子、午」三組卜辭對應《屯南》主體「康、武、文」三朝卜辭，兩方之間有著明顯的相關，最有名的即是被另稱為「歷組」的武乙、文丁卜辭，這批卜辭根據「殷墟卜辭兩系說」〔註43〕，時代提前為武丁晚期至祖庚早期。

〔註41〕 李學勤、彭裕商：《殷墟甲骨分期研究》第五章〈殷墟非王卜辭的時代分析〉，上海古籍出版社，1996年12月。

〔註42〕 台北藝文印書館，2005年10月出版。《總表》歸類意見多來自黃天樹《殷墟王卜辭的分類與斷代》、李學勤、彭裕商：《殷墟甲骨分期研究》、方述鑫：《殷虛卜辭斷代研究》諸家，見《甲骨文合集分組分類總表》凡例。楊表是目前唯一以「兩系說」為理論背景，對《合集》全體卜辭作分組、分類的整理表。

〔註43〕 李學勤：〈殷墟甲骨分期的兩系說〉《古文字研究》18輯，北京中華書局，1992年8月。

該批卜辭時代提前的理由就是「𠂤、歷」兩組在稱謂、事類上的大量相關，然而，筆者以爲這樣的相關，是《屯南》「武乙、文丁」卜辭與武丁期非賓組卜辭在語言、禮制上的某種聯繫，不定是年代提前的證據。

除了這個說法之外，筆者經由本文第二章〈句型討論〉過程，也確實由前辭形式、命辭中祭祀與田獵類卜辭句型逐一檢討，確實得出部分與「𠂤、子、午」卜辭的相關特徵。因而，本章目的就在於全面整理「𠂤、子、午」三組卜辭的句型樣貌，以對照《屯南》「康、武、文」卜辭，期能以完整的句型、文例觀察，對於雙方語言上的聯繫關係作出正確的判斷與解釋。

許多學者認爲「𠂤組」屬王卜辭，「子、午」兩者才是非王卜辭，但站在《屯南》與「非賓組」卜辭的對照研究角度來說，「𠂤組」卻是不宜與「子、午」兩組分開的，許多語言上的特徵都在提示這個現象，比如前辭形式的統一（「干支卜」、「干支卜，某：」）、相同文例的重複出現（又𠂤歲、易日干支）、以及同一特徵詞彙的共用（禺豕），在在都表示「𠂤、子、午」三組卜辭迥異于賓組，自成一個體系，有必要形成一個群組，以便整體和「康、武、文」三王卜辭作對照。在這個前提下，爲了不改動「𠂤組」作爲「王卜辭」的立場，我們引用陳夢家的說法，特稱「𠂤、子、午」三組爲「武丁非正統卜辭」〔註44〕，以體現「𠂤組」雖爲王卜辭，但同時具備了非王系統語言特徵的事實。

年代相承的兩批卜辭，在語言關係上應該要達到「句型分類結構」的相合，由於年代不重疊，所以可容許少部分辭彙、文例的改易；如果兩方關係僅止於部分句型與文例的相同、相近，那麼，只能判斷彼此間存在某種關聯，這關聯包括文辭內容或者禮儀制度的模仿，《屯南》武乙、文丁卜辭之於「武丁非正統卜辭」，就存在這樣的關聯。

檢驗這條假設的最佳材料，就是《屯南》卜辭中被另稱爲「歷組」的武乙、文丁卜辭，它與陳夢家所稱武丁期「非正統卜辭」（𠂤、子、午組）在語言特徵上明顯相關。依「兩系說」，歷組年代是與「𠂤組」相接的，「𠂤、歷」兩組若前後相承，語言的因襲關係當最爲直接，整體句型類別是不容易更動的。陳夢家談到𠂤組年代與賓組交集，並爲祖庚、祖甲卜辭下開先河的地位時說：

〔註44〕陳夢家以字體作爲「正統」、「非正統」區分條件，此一字體區分的標準，也合於本論文句型、文例的區分標準，下文詳論之。

由此可知，即在同一朝代之內，字體文例及一切制度並非一成不變
的；它們之逐漸向前變化，也非朝代所可隔斷的。大體上的不變和
小部分的創新，關乎某一朝代常例與變例（即例與例外）之間的對
立，乃是發展當中的一個關鍵。〔註45〕

「𠧧、歷」兩組的對待關係應即如此，句型分類必須「大體上不變」，而文例、
辭彙則容許「小部分的創新」，才能成就「𠧧、歷」兩組相承的理論。我們這麼
作的理由，在於兩組材料之間的關係，需要用「單一角度、觀照整體」的眼光
去比對，不能只求取部分相似程度極高的「強證」，細碎地建立兩者關聯，進而
推證出兩者同一時代的結論。簡單地說，「𠧧、歷」兩組材料語言整體不相容受
的程度仍然很高，是個事實，不能忽略不論。

　　以下，我們採用雙方交集最多的祭祀卜辭為材料，以「句型與文例結構的
對比」、「『非正統』卜辭的句型特徵」兩個探討方式，來對照、尋繹雙方在語言
形式上的關聯。

二、句型與文例結構對比

　　普查《合集》第一期附卜辭，我們發現與《屯南》相同的祭祀動詞有「𠧧、
酚、卯、屮（又）、畐、牽、晉、祝、歲、力（召）、秉、禱、聶」等十二個。
筆者以這批祭祀動詞為軸心，完整鋪排非正統卜辭的句型類別，並與《屯南》
「康、武、文」三王卜辭分別對照，討論如下。

　　1、「𠧧」

　　「𠧧」字，構形意義不明，作為祭祀動詞使用。先鋪排《屯南》卜辭「𠧧」
字句例以及句型類別。

　　從句型上來分類，《屯南》的「𠧧」字可以獨立使用，其後直接加上犧牲，
是第一類型：

　　屯4360　　弜𠧧人？
　　　　　　　庚午貞：其𠧧人，自大乙？
　　　　　　　壬申貞：人，自大乙酚？

　　屯3853　　己巳卜：王其𠧧羌，〔卯〕□？

〔註45〕陳夢家：《殷虛卜辭綜述》頁153，北京中華書局，1992年7月。

這一類型僅存在於《屯南》中的康丁期，武乙、文丁期沒有這種用法。

　　另一類型，是「彡」字與「歲、伐」兩者合併使用，屬《屯南》中的常態例：

　　　　屯739　　甲午貞：酚彡伐，乙未于大乙羌五、歲五牢？

　　　　屯2308　　丁酉卜：□來乙巳酚彡歲伐十五、十牢勹？

　　　　屯4318　　丙子卜：酚彡歲伐十五、十牢，勹大丁？

對《屯南》「彡」字句例以及句型類別有了大致瞭解之後，非王類卜辭「彡」字句例的句型特徵就可以突顯出來。

　　《合集》第一期附卜辭的「彡」字句例如下。這些例子包含了許有類別：

　　＊合19761　　癸丑卜，王：彡二羌祖乙？

　　合19815　　甲午卜，□：又彡〔伐〕大乙，乎？

　　合19866　　□寅卜，王：汰彡〔歲〕祖丁？

　　合19908　　壬未卜，犬：一牛屰奢甲彡歲？（一）（二）

　　合21155　　壬寅，示□又彡歲□羊于壬□用？

以上甲類（自組）

　　合21552　　（1）辛巳卜：叹又彡妣庚麀？　　　　【婦】

　　合22065　　（4）甲子卜：明屰彡歲于入乙二牢？【午】

　　＊合22231　　（2）丁卯貞：彡冊豕于妣己，迺曹？【圓】

　　合22248　　（6）叹又彡妣庚牡？（二）　　　　　【婦】

　　＊合22258　　（9）征彡丁麀？　　　　　　　　　【婦】

以上乙、丙類

　　有「＊」號的辭例屬於第一類型，「彡」字直接祭牲，不與「又、歲、伐」合用。

　　以下，進入比對討論。

　　首先要提到用字的特徵，一期附卜辭用「屰、又」字情形是混雜的，「屰彡」與「又彡」并見，而且還共見於「自組」之中。這點與《屯南》卜辭純用「又彡」情況不同，需要提前表明。

　　先將變異句例檢討一遍。

　　上舉諸例中，合 19908 版命辭作「一牛㞢𩰫甲𢎨歲？」語法成分順序較爲特殊，祭牲賓語提到句首，很不尋常，要先作說明。賓組同類例子作：

　　　　合 313　　　貞：羽乙亥㞢𢎨歲于唐三十羌、卯三十牛？六月。

　　　　合 1849　　　壬戌卜：王㞢𢎨歲祖丁？

其中以第二例（合 1849）省略祭牲的例子較爲普遍。「㞢𢎨歲于祖妣【祭牲】」是賓組與《屯南》三王卜辭共通的的型式，但在一期附卜辭中，詞的移位甚至倒錯、不合理現象常發生，這情形並沒有延續到《屯南》卜辭（包含「歷組」），這些實際比對過程，筆者會在下一段落詳細交代。

　　就上舉諸例第一類型兩方對比，屯 3853「王其𢎨羌」例與合 19761「癸丑卜，王：𢎨二羌祖乙？」是相近事類卜辭。《合集》第四期 32198 版又有：「甲辰卜：𢎨二伐祖甲，歲二牢？用。」「伐」字也作祭牲用，「𢎨二伐」與「𢎨二羌」是同型句例。普查後發現，賓組卜辭沒有這種例子，顯示這一類句式只存在於非正統卜辭及《屯南》的康丁卜辭之中，和武乙、文丁卜辭沒有關聯。

　　在整個句型分類上，非正統卜辭「𢎨」字句在兩大類型與《屯南》卜辭大致相同，「𢎨」字一則可以單獨使用，直接作及物動詞，或者是配合「歲、伐」，形成「又𢎨歲」、「又𢎨伐」這樣的複合動詞。然而「𢎨」字作爲及物動詞的用法並不存在於「𠂤、歷」之間，這對歷組時代提前是一個不利的證據。

　　「𢎨」字句這兩類，數量以後者爲多。

　　至於合 19815 版「甲午卜，□：又𢎨〔伐〕大乙，乎？」句末有「乎」字情形，又是一個少見情形。合 20098 也有一例：

　　　　（2）丁未卜，犬：㞢咸戊、𡆥戊，乎？

　　這個多出的「乎」字，《屯南》卜辭並未發現。推測這種句末使用的「乎」字是「呼射」的省略，第一、第四期都有這樣的例子：

　　　　合 14947　　乙未□，□貞：乎☑㞢𢎨☑？

　　　　合 32406　　癸丑㞢又𢎨于大乙，乎射？

　　　　合 34306　　甲寅貞：又𢎨歲，乎射？

句型都能相合，詞例互足後，加以普查《類纂》所有句子，確認本句型所「呼」的只能是「射」。「伐、歲」代表了祭祀中「人牲」與「畜牲」的存在，𢎨伐句

與ㄑ歲句經常有人、畜兩牲兼用的情形。〔註46〕「射」應爲典籍中的「射人」，《周禮・夏官・射人》：「祭祀則贊射牲，相孤卿大夫之澧儀。」又《國語・楚語》：「天子禘郊之事，必自射其牲；諸侯宗廟之事，必自射其牛，刲羊擊豕。」〔註47〕殷王或諸子祭祀，有自射其牲的儀式，射人在祭祀中襄贊射牲儀式之進行，即「贊射牲」，也就是祭祀卜辭的「乎射」，這點是完全合於傳世記載的。「乎射」句例只發生在第一、第四期，這不僅是語言形式的不同，應該也和第一、四期的祭祀禮制有關。

總合來說，「ㄑ」字句在《屯南》與非正統卜辭的句型基本結構部分相同，然而，由「ㄑ」字直接作及物動詞的用法不見於賓組、歷組（武乙、文丁）的事實來看，《屯南》與非正統卜辭所建立的語言聯繫，還需加進康丁卜辭作爲考慮，並非只是「自、歷」之間的問題。

2、「酚」

「酚」字一般作「酚」形，从彡、从酉。在《屯南》卜辭之中，「酚」字句的句型有四種模式：

1. 酚──祖妣──祭牲

2. 叀（于）──某日──酚

3. 與其他動詞連用（酚ㄑ歲、酚ㄑ伐、酚莘、酚茒、酚餗）

4. ⋯⋯先酚

第一類與各祭祀動詞的常態句型相同，但在數量上則是第二類句型最多。這一到四類，我們依序各舉出一例來看：

屯 1118 丁亥貞：辛卯酚河，寞三宰，沉三牛，俎牢？

屯 639 癸未貞：酚叀翊甲申酚？

屯 739 甲午貞：酚ㄑ伐，乙未于大乙羌五，歲五牢？

屯 4324 叀爨ㄑ，先酚，雨？

非正統卜辭「酚」字句在分類上就有別於《屯南》，「酚」字在本批祭祀卜辭中，

〔註46〕筆者撰：〈談祭祀卜辭的「又、ㄑ、歲、伐」〉，《第十七屆中國文字學全國學術研討會論文集》，頁 50。聖環圖書公司，2006 年 5 月。

〔註47〕見清・孫詒讓：《周禮正義》所引。《周禮正義》王文錦、陳玉霞點校本，中華書局 2000 年 3 月版，頁 2439。

常見和「衫、奉、聂、彡」四種祭祀動詞合用，與單獨使用的「酚」字句形成明顯的區別，分類敘述如下：

（1）酚——衫、酚——奉

合 19844　☑酚祖乙衫十牛？五月。

合 19814　（1）辛巳卜，王貞：余丁酉酚娥衫三匸？十二月。

合 19838　（4）甲子卜，夫：酚卜丙衫？

合 19865　丙寅，王酚祖丁奉，又☑？（四）

合 19809　庚辰卜，王：余酚衫于上甲？八月。

合 22258　（2）酚衫妣庚，矢窜？

合 19840　（1）辛巳卜：酚奉祖乙？（一）

合 22301　（2）辛丑卜：酚奉壬寅？（四）

「酚——衫」、「酚——奉」這兩種文例所形成的句型是相同的：兩者都可連綴使用（如引例之下半四條辭例），或者在兩個祭祀動詞間置入祖妣名號（祖乙、卜丙、祖丁），這兩種型式同時存在於「𠂤、子、午」三組卜辭中。相對於此，《屯南》「酚——衫」、「酚——奉」兩種句例則表現不同，先舉出代表例來：

【酚奉】例

屯 1229　〔☑〕亥貞：甲子〔酚〕奉？在𤔲，〔九〕月卜。

屯 2414　（4）叀辛酉酚奉？

　　　　　（5）叀乙丑酚奉？（一）

　　　　　（6）叀丁卯酚奉？

屯 2605　（5）甲辰貞：羍酚奉，乙巳易日？

【酚衫】例

屯 1104　（4）癸酉貞：甲申其酚，大衫自上甲？（一）

　　　　　（5）乙亥貞：其酚王衫，于父丁告？（一）

屯 2707　（3）丙辰貞：其酚大衫自上甲，其告于父丁？

　　　　　（6）☑〔酚〕大衫自上甲，其告于大乙？在父丁宗卜。

再補充《合集》第三、四期例：

【酚奉】例

　　合 30335　　丁卯卜：其酚羍于父丁宗？

　　合 33324　　□巳貞：叀辛卯酚羍禾？

　　合 34115　　甲申卜，貞：酚羍自上甲十示又二牛，小示𠈇羊？茲用。

　　合 34500　　壬申貞：癸卯酚羍？

　　合 34502　　丁亥卜：于甲戌酚羍？

【酚钔】例

　　合 32330　　丁未貞：叀今夕酚钔？在父丁宗卜。

　　合 34103　　（3）癸丑貞：其大钔，叀甲子酚？

　　　　　　　　（4）于甲申酚钔？

同樣使用「酚——钔」、「酚——羍」，武丁非正統卜辭會在這一組動詞後直接加上祖妣廟號；相對於此，《屯南》「康、武、文」卜辭的詞序則不如此，筆者作出同類型文例左右欄對照整理表如下：（代表未出現）

武丁非正統卜辭	《屯南》「康、武、文」卜辭
酚羍干支、酚钔妣庚	叀干支酚羍、叀今夕酚钔
×	于甲申酚钔
酚钔于上甲	其酚大钔自上甲
×	酚羍于父丁宗
酚卜丙钔、酚祖丁羍	×
酚娥钔三匚	×

　　武丁非正統卜辭少用「叀、其、于」等等虛詞，《屯南》則常用；使用了虛詞的《屯南》卜辭，造成時間副詞前移的規則，這現象非正統卜辭也沒有；在受祀祖妣廟號之前，非正統卜辭也較不使用介詞；干支的使用，《屯南》較為規律並且頻繁，武丁非正統卜辭則否。整體來說，武丁非正統卜辭「酚——钔（羍）」句型，「祭祀動詞——祖妣廟號——時間副詞」三者詞序先後關係較為寬鬆，少用虛詞與干支紀錄，這是兩種不同的構句方式。

　　（2）酚——【其他祭祀動詞】

　　這類文例在武丁非正統卜辭例子少，列舉如下：

　　合 21221　　（1）辛丑卜，術：酚黍聂辛亥？十二月。

　　　　　　　　（2）辛丑卜：于一月辛酉酚黍聂？十二月。

合 21797　　（3）□□□：彡酓，又史？

與此相應的《屯南》句例也不多，如下：

屯 68　　　　（3）丙申卜：聶㚔，酓祖丁眔父丁？

屯 2511　　　　☑貞：甲申酓〔彡〕自上甲？

與《屯南》同期的句例還有《合集》，補充《合集》例如下：

合 34506　　癸亥貞：酓彡羽甲子☑？

合 34596　　貞：弜聶酓羽丁未？（三）

合 34044正　（1）□〔戌〕貞：辛亥酓彡☑自上甲？在大宗彝。

合 32548　　丙辰貞：酓彡于☑？

合 32335　　癸亥貞：酓彡于小乙，其召？

武丁非正統卜辭「彡酓」例句太少，判斷不出大致句型分類，暫不討論。

　　另外，還有「酓──聶」例需要說明。上舉合 21221 例有「黍聶」詞結，非正統卜辭例的「黍聶」詞結，在《屯南》中都作「聶黍」如：

屯 618　　　王其聶黍二升，叀刞？

屯 2710　　　其聶黍，叀羽日乙？吉。

屯 2682　　　甲午卜：父甲聶黍，其□殷？

《屯南》「聶○」例中，所「聶」之賓語皆在「聶」字後，沒有例外，這和非正統卜辭習慣性的「動詞──賓語」倒裝現象不同。其次，是「酓」的詞用問題，在《合集》21221 版中，兩個句例的「酓黍聶」緊密結合，在命辭形成固定詞結。如下：

　酓黍聶辛亥

　于一月辛酉酓黍聶

「康、武、文」卜辭「聶○」句例同時并見「酓」祭者則沒有這種緊密結合情形，如：

合 34596　　貞：弜聶酓羽丁未？（三）

屯 68　　　　（3）丙申卜：聶㚔，酓祖丁眔父丁？

屯 618　　　　（3）王其叢黍二升，叀㱃各㚔福酓？

　　　　　　　（4）其聶黍祖乙，叀羽日乙酉酓，王受又？

「酓」字的詞位往往關涉到時間副詞（酓羽丁未、叀翊日乙酉酓），因此，這段時期的「酓」字與「聶○」詞結關係並不密切，沒有連綴出現的必要。

（3）酓（單獨使用）

關於不合併其他祭祀動詞、單獨使用的「酓」，武丁非正統卜辭例句如下：

合 19771　癸亥卜，王貞：勿酓，羽戠于寅尹戠？三月。

合 19874　□□卜：酓，叀興祝，祖戌用？

合 19921　（2）庚辰卜，王：祝父辛羊、豕，迺酓父□？

合 20055　（1）癸未卜，□：羽丁亥酓兄丁一牛？六月用。

合 21804　（1）戊辰卜，刞貞：酓冎豕，至豕龍母？

　　　　　（2）酓小宰，至豕司癸？

合 22159　（1）庚辰卜：酓自上甲一牛，〔至〕示癸一牛；自大乙九示一宰、禾它示一牛？

合 22184　（1）己酉卜：丁巳酓祖丁☒祖辛二牛、父己二牛？（一）

依「酓」字後賓語型態看，有三種句型：

1. 酓（不加賓語）：例「勿酓，羽戠于寅尹戠」、「酓，叀興祝」

2.「酓──祖妣」：例「祝父辛羊、豕，迺酓父□」、「羽丁亥酓兄丁一牛」

3.「酓──祭牲」：例「酓冎豕，至豕龍母」

《屯南》句例如下：

屯 313　庚申卜：于來乙亥酓三羌、三宰？

屯 639　癸未貞：叀翊甲申酓？

屯 1055　丁丑卜：棟其酓于父甲，又麿，叀祖用☒？

屯 1118　丁亥貞：辛卯酓河，賣三宰，沉三牛，俎牢？

屯 1122　癸亥貞：其又匚于伊尹，叀今丁卯酓三牛？茲用。

屯 2265　甲辰卜：大乙眔上甲酓，王受又？

屯 4324　叀燹賣，先酓，雨？

　　　　先上甲酓？

具備非正統卜辭句型的後兩類，然而，根據《類纂》普查，單獨成立短語的「酓」、

「弜（註48）酉」一類，在《屯南》及同時中期卜辭都不見。此外，《屯南》「酉」字之前使用「其、叀、于、先」等虛詞也是非正統卜辭所少見，這種種差異，和「酉」字當期用法有關。本文第二章第一節〈祭祀卜辭句型探討〉就提到「酉」字本身在祭祀中的角色：層級在主要祀典之下、講究先後程序、施行時間等等特質，都造成句型分類結構的不同。

　　3、「钟」

　　「钟」字作「　　」形，从卩、午聲。非正統卜辭「钟」字句句型細分為三類，如下：

　　　　（1）钟——某氏（人）——（于）祖妣——祭牲

　　　　（2）钟——祖妣——祭牲

　　　　（3）钟——祖妣

第一大類是結構完整的基本型，（2）、（3）類則是省略型。

　　第（1）類句例如下：

　　　　合 19987　　（1）甲申卜：钟婦鼠妣己二牝？十二月。

　　　　合 20030　　（1）癸卯卜：羊妣己钟子汏？

　　　　合 22065　　（12）戊午卜：钟虎于妣乙，叀困豕？（一）（二）（三）

　　　　合 22073　　（1）乙酉卜：钟新于父戊白豭？

　　　　　　　　　　（3）乙酉卜：钟新于妣辛白困豕？

　　（2）、（3）類省略型如下：

　　　　合 19914　　（1）辛亥卜，王貞：父甲钟，曹二百〔牛〕？

　　　　合 21805　　（5）辛丑卜：其钟中母己？（一）

　　　　合 21965　　（1）癸酉，钟洀于妣丁？

　　　　　　　　　　（3）癸酉，钟妣丁？

　　　　合 22066　　（11）钟卜牛一丙？（一）（二）

　　　　合 22136　　癸未卜：钟妣庚伐廿、豈世、世牢、奴三、三束束？

　　這些例子，都以「钟——某氏（人）——（于）祖妣——祭牲」這個基本型而進行省略。

〔註48〕相對於第一期「勿」字，《屯南》慣用「弜」字。

要補充的，是關於合21965「（1）癸酉，彫洀于妣丁？」「洀」字與「彫」字并見，作「❖」，字用有疑義，需要先疏通說明。合20273「辛未卜：今日王洀，不風？」，郭沫若云：「❖字象舟楫之形，疑是般之古字。」〔註49〕于省吾云：「汎即洀、即盤，古文從舟、從凡一也。」〔註50〕于氏融通郭氏之說，從字用上看可從，釋「洀」，讀作「汎」。該字從舟橫水而過，「彫汎」、「王汎」皆泛舟水上之義，因而卜問「不風？」合21965版「彫、洀（汎）」并見，知泛舟之儀亦可行於彫祭之中，如此，則合21965版的「彫洀于妣丁？」中，「洀」字與「彫」並列，作爲複合動詞之一，句子的主要動詞仍在「彫」字上，與同版「癸酉，彫妣丁？」一辭有繁簡互見的效果。

《屯南》方面，「彫」字句例如下：

屯 290　　　（4）庚申貞：其彫于上甲、大乙、大丁、大□、祖乙？（二）

屯 735　　　（3）癸亥貞：其彫于父丁？（一）

屯 1024　　（2）〔丙〕□貞：☑酚□奂☑彫于父丁弜十？

屯 1104　　（1）庚午貞：今來☑彫，自上甲至于大示，叀父丁〔☒〕
　　　　　　　　　用？（一）

屯 3132　　☑彫伊尹〔五十〕☑？

屯 4583　　（6）壬申貞：王又彫祖丁，叀先？

補充《合集》同期句例：

合 32597　　壬申貞：王又彫于祖丁，叀先？

合 32673　　癸巳貞：彫于父丁，其五十小宰？

句型整理後，有以下種類：

　　①彫──于祖妣──祭牲

　　②彫──于祖妣

屯 1104 版「今來☑彫，自上甲至于大示」是少量的例外，並且也可以視爲屯 290 版「其彫于上甲、大乙、大丁、大□、祖乙」的變化型式。從禮制上，非王卜辭看不到「自上甲至于大示」的大小宗合祀祭典，由此而造成《屯南》

〔註49〕《殷契粹編考釋》頁112，日本東京文求堂書店，1937年5月。

〔註50〕《甲骨文字釋林》頁93，北京中華書局，1999年11月。

和非王卜辭句型的區別，也是合理的。

《屯南》「钔」字句用法十分單純，它和非正統卜辭「钔」字句最主要的區別，是爲某生人而行「钔」祀的句型結構：

钔──某氏（人）──（于）祖妣

在《屯南》中不存在，這似乎和不同禮制有著相關。是以，「钔」字用法在《屯南》和非正統卜辭句法比對上，又造成一條明顯界線。

4、「屮、又」

由於「屮（又）」與其他祭祀動常合併使用，討論內容分散在各段，是以本段只取獨用的「屮、又」句例。各類型舉例如下：

【又】

  合 19831 辛未卜：又大庚三牢庚辰？

  合 19863 丙辰卜：又祖丁豕、用宰？

  合 19863 癸卯卜：今日又司，羌用？七月。

  合 19890 戊子卜，昌：又母，乎？

  合 21262 乙酉卜：又三牢？

  合 21541 甲子卜，我：又祖，若？

  合 22188 又示于三祖庚？

【屮】

  合 19771 乙丑卜，王：屮三奚于父乙？三月征雨。

  合 19973 庚午卜：屮奚大乙世？

  合 19817 乙巳卜，犬：屮卜丙，乎？

  合 19828 壬申卜：屮大甲世牢甲戌？

  合 21148 己卯卜，王：牛屮庚母？

這些句子可以細分出幾種句型如下：

 （1）屮（又）──祖妣──祭牲：例如「又大庚三牢庚辰」、「今日又司，
              羌用」

 （2）屮（又）──祖妣：例如「又母，乎」、「又祖，若」、「屮卜丙，乎」

 （3）屮（又）──祭牲──祖妣：例如「屮三奚于父乙」

（4）屮（又）──祭牲：例如「又三牢」

（5）祭牲──屮（又）──祖妣：例如「牛屮庚母」

由以上句例看，非正統祭祀卜辭「屮、又」句例仍以「屮（又）──祖妣──祭牲」爲基本型，「祖妣、祭牲」兩者詞位時常可以交替，兩種順序都是常態句型，再配合（2）、（4）兩個省略型，形成非正統祭祀卜辭「屮、又」句型基本分類結構。

然而，和第一段「彡」字例一樣，（5）類型各詞位脫離常序、倒錯的情形在非正統卜辭並不罕見，看這個例子：

合 19908　壬未卜，犬：一牛屮奢甲彡歲？

本辭干支配合錯誤。「詞位倒錯」也是非正統祭祀卜辭的特徵，只是它相對於上述基本句型而言，仍居少數地位，這個詞序上常見倒錯情形的特徵，會在下一段中詳述。

特殊例部分，合 19973 版「屮奚大乙卅」是其一，本句祭牲數目「卅」移位到句末，依此型式看，是（3）類句型的變異例。合 19771 版「屮三奚于父乙」文例接近、事類相同，可以作爲對照標準。另外，「又示于三祖庚」應該是「又于三祖庚示」的詞序移位，是（2）類句型的變異例。在文例上，命辭末用「乎」字句（合 19890、合 19817）、命辭後記某月（合 19771、合 19863）、施祭當日干支紀錄移後（合 19831、合 19828）、介詞「于」字的少用，種種都可以視爲這類卜辭的特徵。

《屯南》「康、武、文」卜辭沒有「屮」字句，只有「又」，獨用的「又」字句例如下：

屯 95　　　王其又父甲、公、兄壬，叀麀？【康丁】

屯 751　　　己亥卜：又十牢祖乙？【文丁】

屯 978　　　丁酉貞：又于伊丁？【武乙】

屯 1147　　　丁卯卜：其又于帝□？【康丁】

屯 2104　　　辛未卜：又十五羌、十牢？【文丁】

屯 2470　　　甲午卜：王其又祖乙，王鄉于宙？【康丁】

屯 2699　　　甲戌卜：王其又河，叀牛，王受又？吉。【康丁】

這些句子可以歸納出以下幾種句型：

（1）又——祖妣——祭牲：例如「王其又父甲、公、兄壬，叀麑」

（2）又——祖妣：例如「又于伊丁」、「王其又祖乙」

（3）又——祭牲——祖妣：例如「又十牢祖乙」

（4）又——祭牲：例如「又十五羌、十牢」

句型分類和非正統卜辭相似，有兩個標準型，各帶一個省略型，但沒有上舉非正統卜辭詞序倒錯的一類。

在文例上，《屯南》中期卜辭命辭末不用「乎」字句、命辭後不附記某月、對受祀先祖妣廟號前介詞「于」字頻繁使用，這些現象與非正統卜辭的表現大相逕庭。

種種跡象看來，《屯南》卜辭句法呈現有規則的變化，部分句型分類結構與非正統卜辭相合，但從重要的詞序安排、句型穩定現象看，則比非正統卜辭的「移位、倒錯」要來得修整，具備中期卜辭的獨立風格。

5、「畐」

畐字在一期附卜辭中作「畐」（合 20530），《屯南》康丁期作「畐」（屯 2784），武乙期作「畐」（屯 1106），形體大同而小異。除第四期外、各期都有增「示」偏旁的字例（福），也釋作畐。

非正統卜辭各類句例如下：

合 20530　　（1）癸未卜，〔徝〕：畐父甲至父乙，酚一牛？　　【𠂤歷A】

合 20918　　（1）癸巳卜：于畐甲午，雨？　　　　　　　　【𠂤】

合 20926　　（1）己巳卜：乙未□畐桒，敗？　　　　　　　【𠂤】

合 22417　　（1）貞：今夕畐？

　　　　　　（2）其王桒，賓，亡壱？　　　　　　　　　　【劣】

合 22421反（1）己卯卜：畐三匚至糾甲十示？（一）（二）【𠂤歷A】

合 22481　　□曰：夕畐？　　　　　　　　　　　　　　　【婦】

合 20918 版的「于畐甲午雨？」應即「于甲午畐，雨？」的移位句。在此先說明。

句型整理出以下幾個類別：

1. 畐——祖妣——（祭牲）：「畐父甲至父乙」、「畐三匚至糾甲十示」

2. 畐——祭祀動詞：「乙未□畐桒」

3.（于）時間副詞──畐：「今夕畐」、「于畐甲午，雨」、「夕畐」

合 20918 版的「于畐甲午」，應視爲「于甲午畐」的移位句，時間副詞移後。

《屯南》「畐」字句基本句型，補充《合集》同期例如下：

屯 867　　　（3）壬午卜：其畐䶂于上甲，卯牛？

屯 1011　　（3）己丑卜：兄庚畐歲牢？

屯 2391　　（1）丙寅卜：畐夕歲一牢？（一）

　　　　　　（5）丙寅卜：羽日畐二牢？茲用。

屯 4576　　（3）丙子卜：畐杏三牢？

合 27620　己丑卜：兄庚畐歲，更羊？

英 2410　　甲寅卜：帳彡于祖丁，又畐？

句型整理出以下幾個類別：（○爲其他祭祀名）

1. 畐○于祖妣──祭牲：「畐䶂于上甲，卯牛」

2. 父兄畐○──祭牲：「兄庚畐歲，更羊？」、「兄庚畐歲牢？」

3. 畐──祭牲：「羽日畐二牢？」

4. 又畐：「屮衣彡于祖丁，又畐？」

從句型看，最大差異在《屯南》「畐」字句的祖妣廟號常見前置句首情形（如「兄庚畐歲牢」屯 1011），這類句子是《屯南》「畐」字句的最常見型態，而非正統卜辭並未見到。此外，非正統卜辭句末祭牲較少紀錄，可以作爲輔助觀察的旁證。

另方面，從文例看，《屯南》在內的中期卜辭「畐」字常見與「又、莘、歲、杏、酻」等祭祀動詞連綴使用[註51]，非正統卜辭「畐」字僅和「莘」連綴使用，可以看出兩方習慣或者是禮制上的差別。

6、「莘」

「莘」字一般作「米」形。非正統卜辭「莘」字句句例如下：

合 19773　己巳卜：衆又大丁丗☐七☐，歲？

合 19865　丙寅，王酻祖丁，衆又☐？（四）

合 21082　庚戌☐三示衆雨？

〔註51〕見吳俊德：《殷墟第四期祭祀卜辭研究》頁 140～143 表列，台灣大學出版委員會出版，《國立台灣大學文史叢刊之 126》，2005 年 10 月。

合 21179　己丑卜：敊戌庚寅？

合 22043　（3）丁未卜：其敊？【午】

合 22062　正丙戌卜：敊于四示？

合 22100　戊申卜：敊生于妣、于乙、于由？【午】

合 22184　（4）癸丑卜：敊祖丁、祖辛、父己？【午】

合 22346　〔己〕巳，其敊年于河，雨？【劣】

經過整理，有五種句型：

1.「敊（○）──（于）祖妣──祭牲」：例合 19773

2.「敊（○）──（于）祖妣」：例合 22062 正、合 22100、合 22184、合 22346

3.「祖妣──敊○」：例合 21082

4.「敊○干支」：例合 21179

5.「其敊」：例合 22043

上例中，合 19865「王酚祖丁，敊又囗？」可能是「丙寅酚，王敊又祖丁」的移位句。在這些句子中，我們罕見祭牲的紀錄，只有合 19773「敊又大丁世囗七囗，歲」句，因「歲」字存在，而確認「世囗七囗」為祭牲數目的紀錄。這是非正統卜辭「敊」字句相當重要的特徵。

《屯南》「敊」字句基本句型為：「敊○于祖妣──祭牲」，例如：

屯 750　辛卯貞：其敊生于妣庚、妣丙一牢？

屯 2584　壬申貞：其敊雨于示壬一羊？

屯 2666　庚寅卜：其敊年于上甲三牛？

屯 2667　庚戌卜：其敊禾于河，沉三牢？

屯 2860　癸亥貞：弜敊升？

句型十分統一，另外，屯 2860 版「弜敊升？」應是「敊升于祖妣」的否定省略句 [註52]，不宜另立一類型。再細緻分類，「敊」字句也有不以「敊○」型式

〔註52〕屯 2860 版全部句例如下：

（1）乙囗貞囗？

（2）其即宗敊？

出現，直接以「桒」作爲單一動詞的例子。如：

  屯 59　　　其桒于亳土〔註53〕？

  屯 132　　高桒，王受又？

  屯 1099　　己卯貞：庚辰桒于父丁三牛？

  屯 2359　　毓祖丁桒一羊，王受又？

  屯 2860　　其即宗桒？

  屯 3133　　桒二牛？

  屯 4331　　乙未貞：于大甲桒？

句型變化多樣了起來。經過整理，句型分類爲以下幾種：

  1.「桒（○）──（于）祖妣──祭牲」：屯 1099、屯 2666、屯 2667

  2.「桒（○）──（于）祖妣」：屯 59

  3.「桒（○）──祭牲」：屯 3133

  4.「（于）祖妣──桒」：屯 4331、屯 132

  5.「（于）祖妣──桒──祭牲」：屯 2359

屯 2359 版「毓祖丁桒一羊」宜視爲「桒于毓祖丁一羊」的移位句型，亦即第一類的移位例，獨立成第 5 類。我們發現，《屯南》「桒」字句以在句末紀錄祭牲爲常態，非正統卜辭「桒」字句則否。命辭主體（祭祀動詞──受祀祖妣）部分，非正統卜辭「桒」字句類第四「桒○干支」、第五「其桒」兩者在《屯南》不見；而《屯南》「桒」字句類第三「桒（○）──祭牲」也不見於非正統卜辭，說明這兩批材料「桒」字句在部分句型基礎上呈現用法不同現象。

　　7、「曹」

　　「曹」字作「曹」形，从冊、下从口，是屬於用牲手段的祭祀動詞。非正統卜辭「曹」字句例不多，列舉如下：

  合 19834　　丁卯卜：征曹侢大戊〔註54〕辰？　　　　　　　【㠯歷B】

─────────────────────────────

（3）癸亥貞：弜桒升？

（4）其桒？

「弜桒升」的完整貞問句可能即在（1）句，但字跡已殘泐。

〔註53〕依文例，「亳土」在此亦視爲受祀對象，與「祖妣、先公、父兄」等觀。

〔註54〕「大戊辰」即「大戊、戊辰」，兩詞合用一字。

合 19914　辛亥卜，王貞：☐父甲知☐冊二百☐？　【𠂤】

合 22231　（1）甲寅卜，貞：三卜用。𠬝三羊、冊伐廿☐卅牢、卅奴〔註 55〕、三多于妣庚？

（2）丁卯貞：㞢冎豕于妣己，酒冊？　【圓】

「𠈞」是殷敵方國名，《屯南》4516 版武丁期𠂤組卜辭有「己亥卜：王𦎫𠈞，今十月受又？」句可證。「冊𠈞大戊」應即以砍殺〔註 56〕𠈞方之俘獻祭大戊。其他「冊」字句「冊」字也都用於祭牲的處理。句型分類如下

1. 冊——祭牲：「冊𠈞」（合 19834）、「冊伐」（合 22231）

2. 祭祀動詞——祭牲——于祖妣，酒冊（合 22231）

《屯南》冊字句例如下：

屯 324　（2）岳其冊知？

屯 817　（1）冊五牢，王受□？

（2）冊十牢，王受又？

（3）叀五牢冊，王受又？

（4）叀十牢冊，王受又？

屯 1458　☐𡏳𦉪☐〔牛〕一〔冊豕〕☐？

屯 3058　（2）其召妣己，又冊？

（4）冊妣己，叀奴？

句型分類不同，分列如下：

1. 冊——祭牲：例「冊五牢」、「〔冊豕〕☐」

2. 叀——祭牲——冊：例「叀五牢冊」

3. 又冊：例「其召妣己，又冊」

4. 冊——祖妣，叀——祭牲：例「冊妣己，叀奴」

5. 冊知：例「岳其冊知」

〔註 55〕字形作「𡚦」。朱師以爲「奴」字，云：「以手執人，人膝跪從之，隸爲奴字，从𠂤从𠀎可通，古文奴亦从人，孫海波《甲骨文編》釋作𠬝，實與辭意不合。」〉見朱師《通釋稿》頁 50。

〔註 56〕于省吾云：「冊从冊聲，古讀冊如刪，與刊音近字通，俗作砍。」見《釋林》頁 174。中華書局，1999 年 11 月。

情形比非正統卜辭複雜得多，《屯南》晉字句除了第 1 類外，其他「叀○○晉」、「晉祖妣叀○」、「晉卟」都是非正統卜辭所沒有的，這些差異都牽涉到了句型結構，不是單純的文例差異。

8、「祝」

不論《屯南》或非正統卜辭，祝字大都作「🖐」，少數加上示旁，作「祝」。非正統卜辭「祝」字句例如下：

　　　合 19820　　甲子，王自大乙祝至祖☒？　　　　　　　【𠂤】

　　　合 19852　　癸亥卜：往衛，祝于祖辛？　　　　　　　【𠂤】

　　　合 19890　　辛酉卜，王：祝于妣己，迺取祖丁？　　　【𠂤】

　　　合 19921　　庚辰卜，王：祝父辛羊、豕，迺酚父☒？【𠂤肥筆】

經過整理，句型分類如下：

1. 祝──（于）祖妣──（祭牲）

2. 自○○──祝──至○○（○○爲先王廟號）：「王自大乙祝至祖☒」

《屯南》「祝」字句例如下：

　　　屯 261　　　（1）弜祝于妣辛？

　　　　　　　　　（2）其祝妣辛，叀翌日辛酚？

　　　屯 610　　　（5）于父己祝，至？

　　　屯 1060　　　（1）壬寅卜：其祝☒？

　　　　　　　　　（2）壬寅卜：祝于妣庚眔小妾☒？（一）

　　　屯 2121　　　（2）其祝妣母，至（母）〔註57〕戊？大吉。

　　　　　　　　　（3）至又日戊祝？吉。

　　　屯 2122　　　（3）上甲祝，叀弓？（一）

　　　屯 2742　　　（1）丁亥卜：其祝父己、父庚一牛？丁宗癸。

　　　屯 3001　　　☒其奠危方，其祝☒至于大乙，于〔之〕若？

經過整理，句型分類如下：

1. （其）祝──（于）祖妣──（祭牲）：例「其祝父己、父庚一牛」

2. （其）祝──○○至于○○（○○爲先王廟號）：例「其祝☒至于大乙」

─────────────

〔註57〕原句應爲「其祝妣母至母（戊）」，「妣母」之「母」與「母戊」之母共用一字。

3.（于）祖妣──祝：例「上甲祝，重彳」、「于父己祝，至」

《屯南》「祝」字句與非正統卜辭句型第 1 類相同，第 2 類例「自大乙祝至祖☒」（合 19820）、「其祝妣母，至（母）戊」（屯 2121）可以視爲相通句型。

第 3 類「（于）祖妣──祝」則是非正統卜辭所沒有的，不只在「祝」字例，《屯南》其他動詞使用「于」字作爲「動──賓」關係的移位也是常見現象。

總合來說，《屯南》「祝」字句型與非正統卜辭有部分相關，非正統卜辭部分句類缺乏（「于」字移位句），這與《屯南》對「其、于、重」諸虛詞的習慣使用有著極大關聯。

9、「歲」

「歲」是通用於殷墟五期卜辭中的常用祭祀，但各期使用「歲」字的型態，都有或多或少的不同。本段只談及獨用的「歲」字句，與「歲」字複合并用的例子會在其他章節論及。〔註58〕非正統卜辭「歲」字句例如下：

合　19813　反庚寅卜，犬：示壬歲三牛？　　　　　　【㠯】

　　　反

合 22055　丙辰卜：歲于祖己牛？　　　　　　　　　　【午】

合 22066　丙申卜：歲屮〔註59〕于父丁？　　　　　　　【午】

合 22073　己丑卜：歲父丁、戊羊七？　　　　　　　　【午】

合 22078　余屮歲于祖戊三牛？

　　　　　　甲子☒屮歲于下乙牛？　　　　　　　　　【午】

合 22088　癸未卜：屮歲牛于下乙？　　　　　　　　　【午】

合 22098　丁亥卜：屮歲于二示：父丙、父戊？【午】

合 22094　辛巳卜：乙巳歲于天庚？　　　　　　　　　【午】

經過整理，句型分類如下：

1.「（屮）歲──（于）祖妣──祭牲」：例合 22078「余屮歲于祖戊三牛？」

2.「（屮）歲──祭牲──于祖妣」：例合 22088「屮歲牛于下乙」

〔註58〕參本論文第二章第一節〈《屯南》祭祀卜辭句型探討〉、第三章第三節〈祭祀卜辭的動詞層級：又、彳、歲、伐〉。

〔註59〕「歲屮于父丁」依同組卜辭常例，宜爲「屮歲于父丁」。

3.「祖妣——歲——祭牲」：例合 19813 反「庚寅卜，犬：示壬歲三牛？」

3.「（屮）歲——于祖妣」：例合 22094、合 22098、合 22066

《屯南》歲字句例如下：

屯 34　　☑祭戠，又歲于祖辛？茲用。

屯 236　　壬寅卜：妣癸歲𡰯[註60]，酓明日癸？

屯 260　　丙辰卜：其又歲于祖丁，叀翌☐？

屯 611　　弜又羌，隹歲于祖乙？

屯 2354　　戊辰卜：其又歲于中己，王賓？

屯 2683　　庚子卜：妣辛歲，叀牡？

屯 2908　　歲于奢☐？

句型變化有些許不同。經過整理，句型分爲以下幾種：

1.「（又）歲——于祖妣」：例「又歲于祖辛」、「其又歲于祖丁」

2.「祖妣——歲——叀【祭牲、時間】」：例「妣辛歲，叀牡」、「其又歲于祖丁，叀翌☐」

3.「（又）歲——于祖妣」：例「其又歲于祖丁，叀翌☐」

非正統卜辭 2 類「（又）歲——祭牲——于祖妣」在《屯南》完全不出現。而第 1 類和非正統卜辭也不同，缺乏了祭牲的記錄，這值得深入說明。

以《屯南》爲代表的中期卜辭「歲」字句對於祭牲往忽略不記，如上舉諸例；或者以其他方式記載。如：

屯 3794　　己未卜：其又歲于雍己？茲用十宰。

屯 1094　　甲子卜：其又𠂤歲于毓祖乙，叀牡？

當然，第四期偶而會出現例外：

合 32412　　☑歲于大乙三牢？

這類例外很少。筆者以爲，《屯南》卜辭習於使用虛詞「于、叀、其」等，帶出另一分句來補充記錄祭祀本體外的細節（祭牲數目、月分干支、祭祀場所），這個習慣使得命辭本句往往只剩下單純的「動——賓」結構。如：

[註60]「𡰯」，字形作「𣁋」，朱師歧祥云與「𣁋」意同爲「奴」，用爲祭祀人牲，見《通釋稿》頁 51。

屯 236   壬寅卜：妣癸歲𡆥，酚朗日癸？

屯 260   丙辰卜：其又歲于祖丁，叀翊□？

屯 723   ☑來戌帝其降永？在祖乙宗十月卜。

屯 2363   丁丑卜：妣庚史，叀黃牛，其用隹？

這就明白地表示了《屯南》中期卜辭與武丁非正統卜辭在句型結構上的基本差異，在於「虛詞的使用」、「分句擔負部分祭祀內容的記錄」這樣的用語習慣。

10、「力、召」（劦）

「力、召」即「劦」字。第一期賓組、第二期常作「彡」形，《合集》第一期附卜辭召字作「丿（力）」，本節一般敘述部分統釋作「劦」。「劦」字在《屯南》多作「丿」、「召」等形。句型大致分為三類：

1. 劦（于）祖妣——祭牲

2. 于祖妣劦——（祭牲）

3. 其劦祖妣

第一類句子不多。如：

屯 822   劦妣庚，若囟于升，王受又？

第二類句為第一類的移位型，再細分為「有于字在前」、「無于字在前」兩型。例如：

屯 754   于上甲劦？

          于匚丁劦？

屯 2412   于多兄劦？

          于多妣劦？

屯 610   父庚劦牢？

屯 1005   丙子卜：祖丁莫劦羌五人？吉

屯 2520   □父甲升劦，伐五人，受又＝？

屯 2315   〔庚〕申卜：妣辛〔劦〕歲牢？

第三類句子數量最多，說明「其劦」的常用關聯：

屯 287   其劦小乙新宗？

屯 595   □未貞：其劦我祖？

屯 2140　其劦父己，叀入自☐？

屯 3058　其劦妣己，又𠕋？

屯 3960　其劦于公？

非正統卜辭的「劦」字句例如下：

合 20686　丙子力？

合 22055　□辰卜，王貞：力于多子？

合 22099　戊午卜，貞：婦石力？十三月。

合 22268　畐至婦力中母豖？

合 22269　畐至中母力？

經過整理，句型分類如下：

1. 劦于○○：「力于多子」
2. ○○劦：「婦石力」
3. 畐至○○劦：「畐至婦力中母豖」、「畐至中母力」

這三類完全不記錄用牲狀況，與屯南「劦于祖妣——祭牲」、「于祖妣劦——祭牲」、「其劦祖妣」三類完全不同，兩方面不論句型結構或分類型式都不對稱，沒有關聯。

11、「禣」

《屯南》「禣」字作「、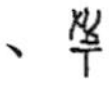、」諸形，以从示、从倒隹之形爲主體，句例全部在武乙時期。依標準型式「禣于父祖——祭牲」去衡量，大部分例子不帶祭牲。如：

屯 593　辛酉貞：其禣于祖乙，叀癸☐？
　　　　于甲禣？

屯 629　庚寅卜：其區禣？

屯 3039　于祖乙禣？
　　　　大甲禣？
　　　　于大乙禣？

屯 647　壬午卜：其刞毓，父丁禣？

屯 1128　己巳貞：其禣、刞，眔父丁？

屯 4178　　乙巳：禳孚羊自大乙？

前三例，是常態性的祭牲省略句型，末三例可以看出「禳」字在句中用牲，並與其他用牲方式并列。

非正統卜辭例的「禳」字同於《屯南》。句例很少，《類纂》僅列一條。附同組辭例如下：

合 21226　　于明日丁禳？

　　　　　　丙申☒㞢☒丙☒？

句型和上舉《屯南》例不同。

楊氏《總表》定此爲「𠂤組肥筆類」。〔註61〕這是一組具有中期卜辭結構特徵的句例，即「于——時間副詞——禳」，干支日配合「于」字的使用而提前至句首，按三、四期卜辭的慣例看，它應該另有一組結構較爲完整的對貞句，但實例中辭句殘缺，作「丙申☒㞢☒丙☒？」。《屯南》「禳」字句不見這現象，但《合集》第三、四期是有的。如下：

合 31008　　于明日禳？

　　　　　　☒子卜，〔貞〕：☒禳〔兒〕，㞢今日？　【康丁】

合 32360　　壬辰卜：于乙禳？乙未允禳，茲用。　【武乙】

合 33012　　☒子卜：于甲子禳？

　　　　　　壬子卜：㞢乙卯禳？　　　　　　　　【武乙】

這些都是「于——時間副詞——禳」句型例以及它們的同組卜辭。

合 32360 例「于乙禳」的「乙」字因驗辭表明「乙未允禳」，故可以「乙」字爲「乙未」之省，一樣作時間副詞，與其他兩例同一型式。

合 31008 與合 21226 是形式相當類似的卜辭，我們以左右表列，比對出它們的結構關係：

	1	2
合 21226 （𠂤組）	于明日丁禳？	丙申☒㞢☒丙☒？
合 31008 （康丁）	于明日禳？	☒禳〔兒〕，㞢今日？

〔註61〕楊郁彦：《甲骨文合集分組分類總表》頁 281。

合 31008 是三期例，合 21226 是武丁例，兩者俱無疑問。雖只是一組例子，卻展現出了這兩個時期句式、語序神似的痕跡。

由於例子少，無法形成通則，但至少可以瞭解非正統卜辭中的「𠂤組」有和《屯南》一樣的文例存在，而時代截然不同，這是值得留意的。

12、「聶」

《屯南》「聶」字作「𩇵、𩇵」諸形，字從収、從豆，趙誠以為「有供奉，進獻之義。」〔註62〕第一類句型為「聶【祭品】于祖妣」。例如：

屯 618　　其聶祖乙，叀羽日乙酉酓，王受又？

屯 2360　　☒聶毇至于南庚，王受又？

屯 51　　　丁卯貞：乙巳聶隹于祖辛眔父丁？

屯 189　　辛亥貞：其聶米于祖乙？

第一類句型以下再分二變化型，首先是省略型。例如：

屯 618　　王其聶黍二升，叀卯？

屯 2710　　其聶黍，叀羽日乙？吉。

第二個變化型式為移位，例如：

屯 2682　　甲午卜：父甲聶黍，其□殼？

屯 2360　　甲辰□：新毇，王其公聶，王受又？

屯 606　　庚辰卜：其聶方以羌，在升，王受又＝？

第二大類句型加入了官職或氏名，以「聶【氏族】以【祭品】」表現之。例如：

屯 68　　　丙申卜：聶秫，酓祖丁眔父丁？

屯 2567　　壬申貞：聶多宁以毇于大乙？

　　　　　　壬申貞：多宁以毇聶于丁，卯叀□□？

非正統卜辭例的「聶」字句例如下：

合 21221　　（1）辛丑卜，術：酓黍聶辛亥？十二月。

　　　　　　（2）辛丑卜：于一月辛酉酓黍聶？十二月。

合 19919　　□亥☒聶☒翊☒庚☒？

合 21124　　☒聶☒自涉？

〔註62〕趙誠：《古代文字音韻論文集》頁 113，中華書局，1991 年 11 月。

合 21225　☒勿翊☒聂隹☒？

除了第一個例子（合 21221）其他「聂」字句字詞殘缺過甚，暫不討論。

　　上舉第一例有「黍聂」詞結，本節第 2 段「酌」字條曾論及。非正統卜辭例的「黍聂」詞結，在《屯南》中都作「聂黍」，沒有例外。不但如此，《屯南》「聂○」例中，所「聂」之賓語（黍、米、鬯、隹）皆在「聂」字後，也沒有例外，這和非正統卜辭習慣性的「動詞——賓語」倒裝現象不同。「聂黍」作「黍聂」，可以視爲文例上詞序的交替，情形可能是偶然的，也可能形成了固定習慣，由於只有一版爲例，我們將這兩種設想都考慮進去，假設「黍聂」等同「聂黍」，用法并存於卜辭中。

　　將「聂黍」等同「黍聂」，從合 21221 版「酌黍聂辛亥？十二月。」、「于一月辛酉酌黍聂？十二月。」兩段命辭去比對《屯南》「聂○」例的整體句型，發現合 21221 版兩個句例都沒有受祀祖妣，只剩餘「聂○干支」、「于一月干支聂○」這樣的省略模式，而「干支移後」的形式是只在《屯南》文丁期出現，如：

　　　　屯 2354　　壬戌卜：用屯乙丑？

　　　　屯 2601　　丙辰卜：不易日丁巳？

　　　　屯 4027　　庚寅卜：畀彡甲午？

　　　　屯 3580　　丙辰卜：王步丁巳？

然而這些卜辭中也不見有「聂黍」之例出現。於此我們看不出合 21221 這一版卜辭有中期卜辭的句型特徵，反過來說，《屯南》中期卜辭「聂黍」之例也不會有這種句型出現。

　　關於合 21221 命辭後附記月分而不用「在」字，是第一期卜辭普遍的現象，這也和《屯南》不附記月分、或者使用「在○月卜」〔註63〕的習慣不同。

　　所以，即使假設「黍聂」等同「聂黍」，不影響句例的比對，《屯南》與武丁非正統卜辭仍無法建立句型的關聯。

三、結　語

　　從上一段整理過程來看，附帶地得到「非正統」祭祀卜辭的句型、文例特徵，分項列出並舉例如下：

―――――――――――――

〔註63〕例如屯南 723 版：「☒來戍帝其降永？在祖乙宗十月卜。」

（一）詞語倒錯、祖妣倒稱

　　合 19838　　甲子卜：酚丁中钔？

　　合 22066　　（11）钔卜牛一丙？（一）（二）

　　合 20030　　（1）癸卯卜：羊妣己钔子汰？

　　合 21221　　（1）辛丑卜，術：酚黍聶辛亥？十二月。

（二）一字兩用情形

　　合 19834　　丁卯卜：征曹徆大戊辰？　　　　　（即「大戊、戊辰」）

　　合 22077　　己亥卜：出歲于大庚子，用㞢豕？（即「大庚、庚子」）

（三）以「不」作爲句末疑問詞

　　合 19817　　乙巳卜，犬：出大乙母妣丙一牝不？

　　合 19900　　叀羊妣壬不？

　　合 19932　　乙卯卜，臽：一羊父乙不？

（四）乎（呼）

　　合 19817　　乙巳卜，犬：出卜丙，乎？

（五）命辭後夾帶「曰」字句

　　合 20485　　戊寅卜：方至不？之日出曰：方在崔曹。

　　合 20534　　丙寅卜由：王告取兒□？由固曰：若，往。

（六）「用若干卜」

　　合 21401　　壬申卜，王：用一卜。弜酳，辛卯不奇，亡至，十月。

　　合 21405　　癸未卜，王：卜用二卜？（一）（三）

（七）時間詞移後

　　合 19824　　甲戌卜：易日乙亥？

　　合 21221　　（1）辛丑卜，術：酚黍聶辛亥？十二月。

　　合 22301　　（2）辛丑卜：酚棄壬寅？（四）

（八）「印、執」的使用

　　合 19779　　□□卜，〔貞〕：□牛在□弗克氏印，其克氏執？

　　合 19784　　貞：□出囚印，亡囚執？九月。

（九）白豕、㞢豕

合 19956　庚午卜：出妣母甲冓豕？

合 19849　叀之日祝，用咸叔，歲祖乙二牢、勾牛、白豕，㚸㚔、三小
　　　　　牢？

以上這些都是非正統卜辭的句型文例特徵。其中僅有（二）、（七）兩項和《屯南》相同。巧合的是，這兩項特徵都出現在文丁期卜辭。例如：

屯 2601　（3）丙辰卜：王步丁巳？（二）

　　　　　（4）丙辰卜：不易日丁巳？（二）

屯 2953　（2）〔癸〕卯貞：酒彳歲于大甲辰五牢？茲用。

很值得我們留意。

　　相對於非正統卜辭，《屯南》「康、武、文」祭祀卜辭的特徵在句型結構句型、分類上大不相同，說明如下。

　　在一期附卜辭中，詞的移位甚至倒錯、不合理現象常發生，這情形並沒有延續到《屯南》卜辭，這說明了《屯南》「康、武、文」維持句型規整的要求，程度上與武丁期賓組卜辭是相近的，它們兩者都是殷王卜辭，語言結構上有制式的風格。

　　其次，武丁非正統卜辭少用「叀、其、于」等等虛詞，《屯南》則常用；使用了虛詞的《屯南》卜辭，造成時間副詞、祭牲、受祀祖妣前移的規則，這現象非正統卜辭也沒有；在受祀祖妣名之前，非正統卜辭也較不使用介詞；干支的使用，《屯南》較爲規律並且頻繁，武丁非正統卜辭則否。整體來說，武丁非正統卜辭「祭祀動詞──祖妣廟號──時間副詞」三者詞序先後關係較爲寬鬆，少用虛詞與干支紀錄，這是兩種不同的構句方式。

　　《屯南》卜辭習於使用虛詞「于、叀、其」等，還影響了整個句型結構，這些虛詞往往帶出另一分句，來補充記錄祭祀本體外的細節（祭牲數目、月分干支、祭祀場所），這個習慣使得命辭本句往往只剩下單純的「動──賓」結構。這種「分段構造」整句卜辭的現象，使得《屯南》卜辭與武丁非正統卜辭無法形成年代前後相接的關聯。換句話說，屬於「武乙、文丁」期的「歷組」卜辭在句法上無法找到與「𠂤組」承襲的關係，即使它們之間常有詞彙、文例的巧合，也無法解釋雙方爲何在「句型結構」、「句型分類」上有明顯差異。

第五節 董作賓先生「分派」理論與《屯南》甲骨斷代

一、董氏分期研究的歷史

瞭解甲骨學史的學者們都知道，董作賓先生的《甲骨文斷代研究例》所提出的十項斷代標準，是開創甲骨文研究方向的里程碑。《斷代例》同時提出殷墟甲骨文研究的五期斷代框架，分別是：

第一期：武丁及武丁以前

第二期：祖庚、祖甲

第三期：廩辛、康丁

第四期：武乙、文武丁

第五期：帝乙、帝辛〔註64〕

這樣的分期標準，成爲數十年來學者依循的標準，相對地，也不斷受到許多學者的檢討、質疑。董先生自己也不斷檢視，終於在《殷曆譜》一書中首度提出「新舊分派」的理論，來取代五期分法：

由本書分期分類整理卜辭之結果，乃得一更新之方法，即所謂分派之研究。此一方法須打破余舊日分爲五期之說，即別分殷代禮制爲新舊兩派，以武丁祖庚之世，及文武丁爲舊派，以祖甲至武乙，帝乙帝辛爲新派也。〔註65〕

「須打破余舊日分爲五期之說」指出了五期分法無法掌握殷墟卜辭屬性的缺點。董先生分別殷墟甲骨刻辭爲新、舊兩派，構成成四個時期。提出甲骨分期框架爲：

第一期：武丁、祖庚

第二期：祖甲、廩辛、康丁、武乙

第三期：文武丁

第四期：帝乙、帝辛

其後，他在〈爲《書道全集》詳論卜辭時期之區分〉一文中提出了修正的

〔註64〕董作賓：〈甲骨文斷代研究例〉《慶祝蔡元培先生六十五歲論文集》上冊，中央研究院歷史語言研究所專刊，1933 年 1 月。

〔註65〕董作賓：《殷曆譜・自序》中央研究院歷史語言研究所專刊，1945 年 4 月。

說法，分期內容有了變化：〔註66〕

分　派	分　期	
第一段（舊派前期）：盤庚、小辛、小乙、武丁、祖庚	第一期	
	第二期（遵循古法，共 111 年）	
第二段（新派前期）：祖甲、廩辛、康丁	第二期	
	第三期（改革新制，共 47 年）	
第三段（舊派後期）：武乙、文武丁	第四期（恢復古法，共 17 年）	
第四段（新派後期）：帝乙、帝辛	第五期（恢復新制，共 98 年）	

　　主要的更動在第二段，自「祖甲、廩辛、康丁、武乙」四個王世卜辭中分割出「武乙」，將之列入第三段。儘管理論仍值得商訂，但這的確是一個非常好的開端。無論如何定義與命題，五期卜辭中必然存在的事實，是兩個「具有五種周祭」的時段：「祖甲、帝乙帝辛」，這兩個時期在禮制、文字上極為相近，尤其在制式的卜辭語言規範上有嚴整的要求，和嚴格執行的周祭制度相互輝映。經由兩個時期的切割，殷墟甲骨全期分析為三到四個時期，也就不足為奇了。

　　本節討論的重心，在於檢視董作賓先生關於甲骨「分派」研究觀念，是否合理？我們以提出理論的年代先後，分別探討此項論題關鍵人物：董作賓、陳夢家、李學勤三人的看法作為骨架，配合其他資料，來定位董作賓先生「新、舊派」的研究方向是否合理。

二、陳夢家「三期說」與《屯南》甲骨斷代

　　第一個感受到殷墟卜辭有「早、中、晚」期之分，而中期應自康丁開始的學者是陳夢家。他在《綜述》中提到，殷墟卜辭應該可以分作三期：

　　早期：武丁、祖庚、祖甲、廩辛

　　中期：康丁、武乙、文丁

　　晚期：帝乙、帝辛〔註67〕

　　所稱「中期」，正是今日《屯南》主體卜辭所處的年代。這個時代斷限的探

〔註66〕《大陸雜誌》14 卷 19 期。又見於董作賓：《甲骨學六十年》，藝文印書館，1974年 4 月。

〔註67〕《綜述》頁 138。

討動機，來自於甲骨「坑位」。過去，中央研究院歷史語言研究所在殷墟第一到第五次挖掘，發現了不同朝代卜辭分批地、有規律地共存在不同地域的現象，與陳氏說法相契。我們引用肖楠〈再論武乙文丁卜辭〉一文整理的附表來看：

史語所前十五次發掘部分甲骨坑位卜辭共存情況表 [註68]

發掘次第	共存情形	所出卜辭		坑號	類
13	賓、𠂤	8661 乙 8674 1——237 8675 8638 8662 8639		B119	第一類
13	賓、𠂤、子	8651——8656 乙 〔16〕 299——467 8502——8531		YH6	
13	賓、𠂤、子、午	8663——8673 乙 487——8500		YH127	
15	賓、𠂤	8935、8936 乙		YH265	
15	𠂤組等	8939——8994 乙		YH330	
1	賓、𠂤、出	110——179 368——375 甲 391		A26	第二類
3	賓、𠂤、出	929 943 甲 211		癸縱 北一	
3	賓、出	2239——2242 甲 2884、2885		甲縱 乙二	
3	𠂤、出	950——969 甲		三橫 乙十	
4	賓、𠂤、出等	3330——3346 甲 3361、3362 2941——3176 3324 — 3328 3322		E16	

〔註68〕該表引自肖　楠：〈再論武乙、文丁卜辭〉，《古文字研究》第九輯。原題名為「解放前，小屯部分甲骨坑位卜辭共存情況簡表」。

4	賓、出	3351　　　　甲 3353	E23	
13	賓、出	277——289 8646　　　　　乙 8501	B125	
3	自、出、何	1032——1042　　甲 2272——2387	三橫 丙十	
5	賓、自、出、何	3382——3574 3651　　　　甲 3653——3658	H20	第三類
8	賓、何	3774　甲 　　　3775	D49	
15	自、何	乙　9033、9034	YH393	
1	康丁、武乙、文丁	甲　353——367　　390 378——387 　　424——427	F24	
1	武乙、文丁	甲 376、392、410、411	F27	
1	自、康丁、武乙、文丁	甲 179　393——409	F31	第四類
1	自、康丁、武乙、文丁	甲 415——420 　428——438 423、440、442、443、445	F37	
1	賓、出、何、乙辛等	甲　1——109　　297——352	E9	
3	賓、出、何、康丁、武乙、乙辛	甲 1353——1465　2513——2883 2892——2898	大連坑	第五類
4	賓、乙辛	甲 3307、3352、3354	E5	
4	出、乙辛	甲 3301、3302	B12	
7	出、乙辛	甲 3688、3687、3690	E181	
9	何、乙辛	甲 3930——3936	D120	

　　其中，可以肯定的是，小屯村中與村南多出「康丁、武乙、文丁」卜辭，村南 F24、31、37 坑更不斷地出現「康、武、文」卜辭並存的現象〔註69〕，這

〔註69〕儘管陳夢家認爲：「坑位只能供給我們以有限度的斷代啓示，而在應用它斷代時需要十分的謹愼。」（《綜述》頁 141）然而他仍依發掘單位描述加以引用，見《綜述》

已經是小屯南地的先聲。〔註70〕陳氏以此爲基礎，用六項文辭上的標準（字體、卜人、用龜用骨習慣、前辭形式、稱謂、周祭與記月）來區分「廩辛、康丁」卜辭，認爲兩者性質迥異，不足以成爲同一期卜辭，使康丁卜辭依屬性歸入「武乙、文丁」一組，而建立這樣的說法。

陳氏《綜述》於 1954 年底寫成，不及見到小屯南地甲骨的出土，但他卻能準確地擬測「康、武、文」三代卜辭可能合爲一期，讓《屯南》卜骨的出土狀況與之若合符節，是一項卓見。

需要補充的是，三期不是唯一的分期法，殷墟卜辭全體狀況不是如此單純。陳夢家有一句話道出了這個爲難之處：

但在實際分辨時，常有困難，所以我們一則提出早、中、晚三期大概的分期，同時也保留了董氏五期分法。在可以細分時，我們盡量的用九期分法；在不容易細分別時，則用五期甚至於三期的分法。〔註71〕

所謂的「九期」，即指武丁以來下至帝辛共九個王朝。陳夢家爲何要如此模稜兩可，沒有定見呢？其實只要認眞考慮以下幾個描述，就會發現他的說法合於殷墟卜辭的現況：

1「武丁與祖庚」、「祖甲與廩辛」，都是形式相近的卜辭，第二期合祖庚祖甲爲一，第三期合廩辛康丁爲一，顯然是不合理的。

2 康丁與「武乙、文丁」卜辭之間，有著字體、文例、習用詞彙的不同。追溯它們對第一期非王卜辭的承襲關係，竟也有流派不同的區別，可見中期卜辭本身也還能再分段。

3「武乙、文丁」卜辭字形稍異，而在人名、事類、文例、習用詞彙、句型大致相同，經常可以合一討論。

所以，三期不是絕對的分期法，必要時四期新法、五期舊法，也都要適時應用。而這其中的理由可能是：新舊分派的內涵需要重新充實、修正，也需要更細緻的描述，這是本節討論的主要目的。

其實，陳氏「三期說」中的「早期」（武丁、祖庚、祖甲、廩辛）再加以析

第四章「斷代上」頁 143。

〔註70〕小屯南地甲骨出土少量第一期非王卜辭，即包含「𠂤、午」兩組。

〔註71〕《綜述》頁 138。

離，就會接近董氏的新舊派分期。但董先生四期分法仍是需要修正的，其中的第二、三期內容必須調整，根據本論文各項討論層面（句法、文例、詞彙）的理解，以《屯南》主體卜辭為中心，可以構成以下的分期方案，而它們合乎殷墟卜辭整體內容與形式的性質演變，或者說是派別興衰：

第一期：武丁、祖庚

第二期：祖甲、廩辛

第三期：康丁、武乙、文丁

第四期：帝乙、帝辛

這不是新的分期方案，這是董作賓先生與陳夢家兩方理論的協調成果，伴隨著《屯南》甲骨的出土，相信兩位前輩會微笑同意。

三、新舊派與兩系說

殷墟卜辭發展的兩系說，是李學勤所提出的，這個說法有兩個前提：

1. 𠂤組卜辭提前至武丁早期。

2. 歷組卜辭提前至武丁晚期、祖庚早期。

「𠂤組」延用陳夢家的分組稱呼，是非正統卜辭的其中一組，語言形式與非王卜辭關係密切。「非王卜辭」，貝塚茂樹稱之為「王族卜辭」。董作賓先生視該組為「文武丁」時代卜辭。1973 年小屯南地甲骨出土，在武丁早期地層發現𠂤組卜甲後，該組年代判定各家趨向一致，認為是武丁期之物。

1977 年，李學勤在〈論婦好墓的年代及有關問題〉[註72] 一文中提出在小屯村中出土的卜骨有「婦好」稱謂，說：「這種卜辭字較大而且細勁，只有一個卜人𢦏（歷），我們稱之為歷組卜辭。按照舊的五期分法，歷組卜辭被認為屬于武乙、文丁時的第四期。」又說：「婦好墓的發現，進一步告訴我們，歷組卜辭的時代也非提前不可。」李氏因而論定歷組時代為「武丁晚年到祖庚時期的卜辭」。

根據「歷組」時代的提前，以及「𠂤賓」、「𠂤歷」各過渡組別的構想，形成殷墟卜辭發展的「兩系說」。因此，「兩系說」的立論幾乎有一半建立在歷組卜辭年代提前的基礎上。

〔註72〕見《文物》，1977 年 11 期。

　　李學勤在 1992 年正式提出「殷墟甲骨分期的兩系說」，他在定義裡如此說
道：

> 所謂兩系，是說殷墟甲骨的發展可劃分爲兩個系統：一個系統是由
> 賓組發展到出組、何組、黃組；另一個系統是由𠂤組發展到歷組、無
> 名組。〔註73〕

由李學勤所提出的二系說，林澐將之具體繪成圖表如下〔註74〕：（筆者重新橫排）

從這個分系圖表裡，根據筆者瞭解，可以讀出幾個論點：

1. 「𠂤組」是殷墟卜辭兩系共同祖先。

2. 原稱「康丁期」的「無名組」卜辭，其年代向上下展延，上溯祖庚早期，
下至帝乙時期。

3. 「賓、出、何」組一系，「𠂤、歷、無名」組一系。

〔註73〕李學勤：〈殷墟甲骨分期的兩系說〉《古文字研究》第十八輯，頁 26，1992 年 8 月。

〔註74〕林澐：〈小屯南地發掘與殷墟甲骨斷代〉，《古文字研究》第九輯，頁 142，1984 年
1 月。

兩系的說法因著歷組卜辭年代提前到武丁晚、祖庚早期，而產生「𠂤、歷、無名」三組必須在年代上相銜接的困擾，因此，也就出現無名組年代向上延伸到祖庚，而下至帝乙、帝辛的勉強理論，沒有一期的貞人群組或刻寫者可以跨越這麼長的供職年數。

李氏又說：

> 實際董作賓先生在《甲骨文斷代研究例》中已意識到兩系的存在，
> 指出小屯村北主要出他所分一、二、五期，村中（包括村南）主要
> 出他所分三、四期，不過他把兩者作為一系對待了。〔註75〕

董作賓先生從來沒有把殷墟卜辭視為一系或者兩系看待，不但在文字描述上如此，在實際的論證過程中也如此。「分派」或「新舊派」的說法，比起「兩個系統」觀念較為持平，對於殷墟卜辭不強分為兩個體系，就是因為他看出了前後期、不同派別的卜辭仍然有因承的關係，不管從字形、文例、制度上看，都是如此。與其把殷墟卜辭分兩系，之後再來就兩系之間的橫向關聯與影響作解說，還不如依文字的實況以及相關現象的表現，直接說明有兩種風格、制度，也就是派別，才符合卜辭材料的實況。

兩系說的發動楔子是歷組年代提前，然而歷組本身在考古地層的埋藏表現是相反的、不利於提前的。裘錫圭反駁說：

> 首先，較晚的地層和灰坑裡可以出較早的遺物，因此卜辭跟它們所
> 從出的地層灰坑以及同坑器物的時代並不一定都是一致的。其次，
> 僅僅依靠考古發掘和器物排隊，往往只能斷定不同地層、不同器物
> 的時代先後，而不能把它們的時代跟歷史上記載的王世確切地聯繫
> 起來。〔註76〕

這是依照一般常理所作的推論，認為早期遺物當然有可能位在中晚期地層中。依此，儘管早期刻辭有可能留存到晚期地層中去存放，但這與整批埋藏、或者個別散入情形有極大關聯。郭振祿曾依《屯南》甲骨的五段地層年代與卜辭時代相關聯，作出歸類總表〔註77〕，筆者根據該表，摘選重要坑層列出簡表如下，

〔註75〕同上。

〔註76〕裘錫圭：〈論「歷組卜辭」的時代〉《古文字研究》第六輯，頁273，1981年11月。

〔註77〕郭振祿：〈小屯南地甲骨綜論〉，《考古學報》1997年一期，頁35、36。

可看出各坑層中出土不同時期卜辭的共存關係：

1973 年小屯南地出土刻辭甲骨統計表（簡表）

期段	灰坑號	卜辭號	卜辭類型	時代
早期 二段	H102 H107 H118 T53④A	2698 2767-2771 2778、2779 4511-4518	午組 自組、午組 一片爲賓組 自組	武丁 早期
中期 三段 （一組）	H72 H92 H95	2259-2531 2661-2663 2667-2676	中期一類 賓組，習刻 午組，中期一、二類	康丁 武乙
中期 四段 （二組）	H23 H24 H47 H75 H85 H103	290-856，補 37、38 857-2057，補 39-88 2113-2115，2117-2129 2334-2542 2584-2639 2699-2764	中期一、二、三類 中期一、二、三類 午組賓組，中期一、二、三類 中期一、二、三類 武丁，中期一、二、三類 中期一、二、三類	文丁
晚期 五段	H17 H57 H58 H65	574-689 2255-2493，補 96-103 2455-2493，補 104 2524-2528	中期一、二、三類，乙辛字體 中期一、二、三類，庚甲、乙辛 中期一、二、三類，武丁、乙辛 自組，中期一、二、三類	乙辛

　　我們對不符該坑地層分期的少量卜辭類型作粗黑字體處理。可以看出，早期卜辭如「賓、自、午」組，及庚甲卜辭，其進入中晚期地層的情形是散見的，不是整批的。康丁卜辭即表中的「中期一類」卜辭，歷組卜辭相當於表中的「中期二（武乙）、三類（文丁）」卜辭，整批歷組卜辭見於中期三段（康丁、武乙）、四段（文丁）地層，部分散入晚期五段的乙辛地層。在中期三段地層裡，康丁、武乙卜辭合見於同一埋藏，而文丁卜辭獨存於中期四段以後地層，讓人無法理解：提前至武丁、祖庚時代的「歷組」卜辭，何以整批分藏於兩個中期地層中？

　　《屯南‧序文》云：

　　第一類、第二類卜辭出于中期一組灰坑與地層，第三類卜辭出于中

期二組灰坑與地層。一組灰坑與地層時代要早于二組，故第一、二類卜辭的時代要早于第三類卜辭。〔註78〕

我們來作一個模擬地層的表格，可以清楚地瞭解以上這句話：

地層	卜辭類型	年代
中期二組	中期三類	文丁
中期一組	中期一、二類	康丁、武乙

所以，除了相信這兩類卜辭就屬於該地層的年代外，沒有別的說法可以圓融。

歷組父丁類（例如：屯2065、2058、2079、4331）出土于中期一組灰坑與地層，而父乙類（例如：屯751、2100、2628、2126）出于中期二組灰坑與地層，而一組地層年代絕對是早於二組的，那也就形成歷組父丁類（武乙卜辭）年代早於父乙類（文丁）年代的順序，這樣的歷組兩類放在第四期「武乙、文丁」的前後倫理中是恰當的；如果將歷組提前至第一期晚，父乙（小乙）就必須早於父丁（武丁），這與《屯南》「父丁先」、「父乙後」的倫序相反，是完全不可能的事。這樣的事實，無法用浮泛的、例外的、有可能性的說法去解釋，這是必須補充說明的。

四、結　語

筆者認為，《屯南》甲骨的出土，不但強調了董作賓先生分派研究方向的合理性，也同時確立陳夢家的中期（康丁、武乙、文丁）卜辭框架。事實證明，中期卜辭的確就是董氏所稱的「舊派後期」，也就是「舊→新→舊→新」派別演變中的第三段卜辭。這段舊派卜辭語言、禮制的復興，並非完全襲用武丁期的規律，而且「康、武、文」三朝卜辭前後既有共同特徵，也有個別差異，這些差異表現在對武丁期各組卜辭的聯結關係上，尤是「𠂤、子」兩組更是明顯。

李學勤的「兩系說」，在相當程度上可以說是董作賓新舊派的新解，他說：「實際董作賓先生在《甲骨文斷代研究例》中已意識到兩系的存在……」可以說，李氏所見殷墟卜辭的某些特徵與其起伏和董氏其實是一樣的，他以「賓、出、何」組作為一系，「𠂤、歷、無名」組作為一系，就是看到了無名組（康丁）、

〔註78〕中國科學院考古研究所：《小屯南地甲骨》上冊〈前言〉頁21，北京中華書局，1980年10月。

歷組（武乙、文丁）卜辭與「𠂤組」的關聯，這是舊派關係中的一環，而董氏並未細說；相對地，「賓、出、何、黃」則是走向新派，由於其中「何、黃」之間時代出了缺環，所以〈兩系圖〉始終沒有畫出合流的統系來，何組以下，情形都是不明的。脫離了兩系的關係牽扯，董氏新舊派的大方向反而較能包容「康丁、武乙、文丁」之所以騰越祖甲、廩辛以來的演變模式。儘管我們目前對舊派復甦的動機、理由並不清楚，但卜辭表現出的實況就是如此，分為兩種派別、制度，非常明顯。

殷代禮制中的二分現象，不僅存在於卜辭，商王廟號、青銅器銘文、紋樣花飾也都有不同派別存在，張光直在八○年代已有構想。〔註 79〕張氏進一步地更大膽提出了「A、B 兩組（乙、丁制）輪流繼承」的王位傳承制〔註 80〕，企圖解釋殷商傳位原則的轉變。近年來，趙誠雖本著反對張氏學說的立場，利用花園莊東地卜辭「子」的特殊身分〔註 81〕，提出自祖乙之後「祖辛家族和羌甲家族的前兩代曾輪流成為商王，即曾輪流執政。」〔註 82〕的說法，但也同時暗合了董作賓先生「自盤庚以降，兩派的政治勢力，起伏消長，輪流執政。」〔註 83〕的說法。三位先生其實都明白指出殷代政治制度的二分、兩股對立勢力存在的現實，而這些差別，往往就表現在甲骨刻辭的記載上。

總結來說，董作賓、陳夢家、李學勤三代學者，表面上理論不同，但所想要解釋的現實背景是一樣的，這包含：

甲、歷組（武乙、文丁）卜辭內容、事類和武丁大量相同

乙、「𠂤、子、午」三組非王卜辭與「賓、歷」組各有關涉

〔註 79〕 張光直：〈殷禮中的二分現象〉收入《中國青銅時代》，中文大學出版社，1982 年。

〔註 80〕 張光直：〈論王亥與伊尹的祭日並再論殷商王制〉，收入《中國青銅時代》，中文大學出版社，1982 年。

〔註 81〕 趙誠先生以為花東占卜主「子」宜為羌甲之曾孫，亦即南庚之孫，為羌甲家族第四代，著名的婦好即為其姐，武丁納婦好為妻，即為安撫羌甲家族之舉動，見〈花園莊東地甲骨意義探索〉，東海大學中文系《甲骨學國際學術研討會論文集》頁 46，2005 年 11 月。

〔註 82〕 趙誠：〈花園莊東地甲骨意義探索〉，東海大學中文系《甲骨學國際學術研討會論文集》頁 43。

〔註 83〕 見張光直：〈殷禮中的二分現象〉，《中國青銅時代》頁 121 所轉述。

　　董氏據此作出新舊派的分判，穩定分期架構；而李學勤等則依材料相同點，對「自、子、午」組與歷組調整年代，以求合於實際。我們根據語言形式去檢視，瞭解武乙、文丁（歷組）卜辭雖具有非王卜辭特徵，但它們畢竟還是殷王卜辭，將它們年代提前，立即會造成武丁晚期、祖庚早期兩套殷王卜辭並存的怪象。

　　要想排除「兩套殷王卜辭」的矛盾，就必須證明非王卜辭也算入殷王範疇，

　　然而「非王卜辭」的概念，終究是可以成立的，新出花園莊東地甲骨專出占卜主為「子」的卜辭，就證明非王卜辭不但可存在於第一期，也能與殷王卜辭完全分割，在文辭、禮制、稱謂等方面成為獨立的體系，當然它也容許少許和殷王卜辭內容的相關。

　　因此，我們可以謹慎地表示：董作賓先生的「新舊分派」基本立場仍然是合理的，我們可以在這大的指導方向下作細節的描述、調整，而不需離析殷墟卜辭的發展歷程，大量更動原有的分組與斷代。